海外小説の誘惑

話の終わり

リディア・デイヴィス

岸本佐知子＝訳

白水 u ブックス

Japanese translation published by arrangement with
Lydia Davis c/o Denise Shannon Literary Agency, Inc.
through The English Agency (Japan) Ltd.

話の終わり

彼を最後に見たとき、そのときはそれが最後になると思っていなかったが、私は友人とテラスに座っていた。彼は汗をかき、顔と胸を上気させて濡れた髪で門から入ってくると、形ばかり私たちの前で足を止めて声をかけた。彼は赤いペンキを塗ったコンクリートの上にしゃがむか、木のベンチの縁に腰かけるかした。

六月の暑い日だった。彼は私の家のガレージから荷物を運び出してトラックの荷台に積みこんでいた。他の家のガレージに移すつもりだったのだろう。彼の顔がひどく赤かったことは覚えているが、はいていたブーツも、しゃがむか腰かけるかしたときの白く太い腿も、自分に何も求めてこないとわかっている二人の女たちに向けて彼が浮かべていたはずの寛大で人なつこい表情も、想像で補うしかない。覚えているのは、デッキチェアに脚を伸ばして座っていた自分と友人が彼の目にどう映っているかを私が気にしていたこと、友人と並んだ自分はいつにもまして年上に見えるだろうが、彼はそれを魅力的と思うかもしれない、と考えていたことだ。彼は水を飲みに家の中に入り、また出てきて、終わったのでもう行くと私に告げた。

それから一年後、私のことなどすっかり忘れただろうと思っていたころ、彼からフランス語の詩を手書きで写したものが送られてきた。手紙は添えられていなかったが、詩の冒頭に手紙の書き出しのように私の名前が置かれ、最後に手紙のしめくくりのように彼の名前が置かれていた。はじめ封筒の彼の筆跡を見たとき、私は貸したままになっている三百ドルあまりの金を返してくれたのかと思った。私のほうでもいろいろと状況が変わってその金が必要になっていたので、覚えていたのだ。詩は彼から私に宛てた形になっていたが、その詩によって彼が何を言おうとしたのか、彼が何を言おうとしていると考えることを私が期待されているのか、彼がどういうつもりでこの詩を使ったのか、私にはわからなかった。封筒には差出人の住所が書いてあったので、返事を期待されているのかもしれないとは思ったが、どう返事をすればいいのかわからなかった。別の詩で答えるなどということはできそうになかったし、どんな手紙を書けばこの詩に答えたことになるのかわからなかった。何週間かたって、私は一つ方法を思いついた。彼からの手紙を受け取ったときに私が何を考えたか、最初何を期待し、そうではないと気づいたか、それをどう読み、不在と死と再会にまつわるこの詩を送ることで彼が何を意図していると私が思ったか、そういうこと全部を短編小説として書いたのだ。小説の形にしたのは、それなら詩と同程度に第三者的になると考えたからだ。私はそれに、この話を書くのは難しかったというメッセージを添えて封筒の住所に送ったが、返事は来なかった。私はその住所を自分のアドレス帳に書き写し、短命におわった前の住所は消した。彼の住所はどれも短命におわったので、何度も消したアドレス帳のその部分は、紙が薄く弱くなっている。

さらに一年が過ぎた。私はある友人と砂漠を旅していた。そこは彼が住んでいた街からそう遠くないところにあったので、手紙にあった最後の住所を訪ねてみようと思いついた。旅はそれまでのところ不調だった。その男友だちとのあいだに奇妙な距離を感じていた。最初の晩、私は酒を飲みすぎて月あかりの景色の中で遠近感を失い、クッションのようにふわふわに見えた白い岩のくぼみにダイヴしようとして彼に止められた。二日めの晩はベッドに寝ころがってコカコーラを飲み、彼とはほとんど口をきかなかった。その翌日、私は朝からずっと老馬の背にまたがり、馬の列の最後尾について、両側に崖の切り立った山中の一本道をゆっくり登ってはまた下り、片や私に愛想をつかした友人は岩山から岩山へレンタカーを走らせていた。

砂漠を抜けると私たちの関係はふたたび親密さをとりもどし、彼が運転している横で私がクリストファー・コロンブスについての本を朗読して聞かせたりしたが、件《くだん》の街が近くなってくると、しだいに上の空になった。私は本を読むのをやめて窓の外に目を向けたが、見えるのは、最初きれぎれに見えていたのが近づくにつれ海だと知れた断片、ユーカリの樹にいちめん覆われたまま海へなだれ落ちていく峡谷、砂時計の形にえぐれた白い孔《あな》だらけの石灰岩の一枚岩とその上にとまっている一羽の黒い鵜《う》、ジェットコースターのある埠頭、街全体を見おろすように建つ丸屋根の屋敷と傍らの女王椰子、私たちの前と後ろで弧を描く線路と、それをまたぐ橋などだった。街を目指して北に走っているあいだは線路はつねに私たちとともにあり、時には見えるくらいに近づき、時には線路が内陸に向かって切れこんでいき、私たちの道路はそのまま海沿いの崖の上を行ったりした。

翌日の午後、私は一人で出かけて市街地図を買い、石のフェンスに腰かけてそれを眺めた。陽射しは暖かかったが石は冷たかった。通りすがりの人に訊ねると、私が行こうとしている通りは歩いて行くには遠すぎるとのことだったが、それでも私は歩きだした。丘の上に出るたびに海のほうを眺めて橋やヨットを見た。そして小さな谷あいにおりるたびに、白い家並みがふたたび私の周りに寄せ集まってきた。

徒歩で行くこの街がこれほど広く感じられ、足がこれほど疲れるとは予想もしていなかった。それに白い家々の壁にまぶしく照りつける太陽のせいで、しまいに目まいがしてきた。強い陽射しを浴びた家の壁は時間を追うごとにますます白くなり、さらに時間がたつと白さは弱まったが、だんだん目が痛くなってきた。私はしばらくバスに乗り、また降りて歩きだした。一日じゅう陽が射していたが、夕方近くになると日陰は肌寒かった。ホテルを何軒か通りすぎた。自分がどこにいるかよくわからなかったが、そこを離れてしばらくすると、どこだったのかわかった。

何度か正しい道を行ったりまちがった道を行ったりした末に、私は彼の住所にたどり着いた。夕方のラッシュ時だった。通勤着の男や女が私の前を通りすぎた。車の列はゆっくりと進んだ。日は西に傾き、町並みに濃い黄色の光を投げかけていた。意外だった。彼のいた界隈がこんなふうだとは思っていなかった。その住所が実在するとさえ思っていなかった。だがその建物はたしかにそこにあった。淡いブルーのペンキを塗った三階建てで、やや荒れた感じがした。私は通りの反対側の階段に立って建物を眺めた。私の立っている階段にはタイルを並べて薬局の名前が埋めこんであったが、実際にはそこはバーの入口だった。

アドレス帳にその住所を書き入れてから一年あまりのあいだに、私の中にはまるで夢で見たようにくっきりと一つのイメージができあがっていた。二階建ての黄色い家が並ぶ日当たりのいい小ぢんまりとした通り。人々が玄関の階段をのぼったりおりたりして家を出入りするのが見える。私は彼の家の斜向《はすむ》かいに停めた車の中から玄関のドアや窓を見ている。彼が家から出てくる、頭を垂れて何か考え事をしながら足早に階段を降りてくる。あるいはもっとゆっくりとした足取りで妻と二人で降りてくる。私は彼が妻といるところを彼に気づかれずに二度見たことがあった。一度は映画館の前の歩道に立っているところを遠くから。一度は雨の日に、彼のアパートの窓の中に。

自分が彼に話しかけるかどうかはわからなかった。その想像の中で、私はいつも彼の顔に浮かんだ怒りの表情にひるむからだ。驚き、ついで怒り、そして恐れ。そう、彼は私を恐れていた。彼は顔を無表情にこわばらせ、目を細め、わずかに頭を後ろにそらす——今度は自分に何をするつもりだ、というように。そして私から一歩あとずさる、それで私の手から逃れられるとでもいうように。

彼の住んでいた建物が実在していたことをこの目で確かめても、彼の部屋が実在しているとはまだ信じられなかった。そして仮に部屋が実在していたとしても、ドアベルの横に彼の名前が貼ってあるとは信じられなかった。私は道路を渡り、彼がかつて住んでいた、それもおそらくはつい最近まで、少なくとも一年足らず前までは確実に住んでいたはずのその同じ建物の中に入り、彼の部屋番号である六号室のベルの横に〈アード〉と〈プルエット〉と書かれた白い紙が貼ってあるのを見た。

アードとプルエットという、この奇妙に性《ジエンダー》を感じさせない二つの名前の持ち主について私が後になって考えたのは、きっとこの人たちは彼が部屋に残していったさまざまなものを見ただろう、ということだった。いろいろなものにこびりついたテープの切れ端。床板の間にはさまったゼムクリップや虫ピン。ガス台の裏に落ちた鍋つかみやスパイスの瓶、鍋のふた。引出しの隅の埃や細かなゴミ。バスタブの下や台所のシンクの下には、彼がかつてバスタブや調理台を猛然とこするのに使った、汚れて硬くなったスポンジ。クローゼットの奥の暗がりにぽつんと吊るされた服。木材の細い切れ端。それが何のためのものだったか知らないアードとプルエットからすれば無秩序で不規則に並んでいるとしか見えない漆喰にあいた釘の穴、そしてその周囲に残る染みや引っかき傷。二人は私を知らないし、私も彼らに会ったことがないのに、私はふいにこの人たちと自分が他人ではないような気がした。この二人もまた、彼の存在を身近に感じて暮らしてきたのだ。むろん彼の残したものを見つけたのは彼らより前の入居者だったかもしれず、アードとプルエットが見つけたものはその住人の痕跡だったかもしれないが。

彼を探すと決めた以上はやりとげたかったので、私はベルを鳴らした。もしここで彼を見つけられなければ、もう探すのはやめにしようと思った。ベルを一度鳴らし、二度鳴らし、さらにもう一度鳴らしたが返事はなかった。私は外の通りに立ち、いつかはしなければならなかった旅の終着点にとうとうたどり着いたのだという実感が訪れるまで、そこに立ちつづけた。

その日、私は徒歩で行くには遠すぎる距離だとわかっていながら歩きだした。夕方おそい時間になり、もうこれ以上歩けないと感じてもまだ歩きつづけた。彼の住んでいた場所に近づくと、すこしまた力が戻った。そしていま私は彼の家の前を離れ、チャイナタウンと歓楽街のほうに、港の倉庫地帯と海のほうに向かって歩きだした。歩きながら考え、この街を記憶に刻みつけようとした。彼はもうあの家には住んでおらず、私は疲れはてているうえにさらに歩かねばならず、登らねばならないさらなる丘に周囲を取りかこまれていたが、自分があの場所に行ったということが私の心を穏やかにしていた。それは彼に捨てられていらい久しく感じたことのなかった安らぎだった。彼はそこにいなかったのに、まるで見つけることができたかのようだった。

彼がいなかったからこそ戻ることができたのかもしれないし、終わりにすることができたのかもしれない。もしも彼がいたなら、すべては続くはめになっていただろう。私はそれについて何かを――たとえそれがその場を立ち去り、うんと離れたところからそれについて考え直すというだけのことだったにせよ――何かをしなければならなかっただろう。これでもう、彼を探すことをやめられる。

だが自分がすっかりあきらめたのだと、彼を探すのをやめたのだと、はっきりわかったのはその少しあと、その街で書店の椅子に腰をおろし、見ず知らずの他人にもらった安くて苦い紅茶の味を舌の上に感じたときだった。

その書店には足を休めるために入った。木の床が軋《きし》んだ音をたてる古い建物で、狭い階段を下りると薄暗い地下のフロア、上がると明るくてきれいな地上フロアだった。私は地下のフロア、ついで地上のフロアをくまなく歩きまわり、全部の書棚を経《へ》めぐった。本を一冊取り、椅子に座って読もうとしたが、疲労と喉のかわきで読めなかった。

私は入口近くのレジに行った。カウンターの中にはカーディガンを着た生真面目な感じの男の店員がいて、本をいくつかの山に仕分けしていた。私は書店にそんなものはないだろうと知りつつも、ここに水を飲むところはないか、水を一杯もらえないだろうかと訊ねた。店員は、ここにはないが近くのバーに行ってみてはどうかと答えた。私は何も言わず向きを変え、数歩行ったところにある、表通りに面したスペースに行った。ふたたび椅子に座って休む私の周りを、他の客たちが音もなく通りすぎた。

わざと無礼にふるまうつもりはなかった。単に口を開けてしゃべることができなかった。肺の中から空気を押し出して声を発するだけで、持てる力をすべて使い果たしそうだった。もしそれをすれば深刻なダメージをこうむるか、何か取り返しのつかないものが自分の中から失われてしまいそうだった。

私は本を開いてページを読まずにただ眺め、別の本を最初から最後までぱらぱらめくったが中身は頭に入らなかった。レジの男は私のことを浮浪者と勘違いしたのかもしれない、と思った。その街には浮浪者、ことに夕方、暗くなり気温が下がってから書店に来て座るようなタイプの浮浪者が少なくなかった。そういう浮浪者が店員に水を一杯くれと言うことはありそうだったし、断られて無礼な態度を取ることもありそうだった。そして自分が無言で向きを変えて去ろうとしたときに彼の顔に浮かんだ、驚いたような、あるいはおびえたような表情から推測して、浮浪者と勘違いされたのかもしれないと思い至った瞬間、ふいに自分が、彼が思ったとおりのものであるような気がしてきた。それまでにも夜中や雨の日に通りを歩いていて、誰も私がここにいることを知らないのだと思うと、自分が名前も顔も持たない匿名の存在になったような気がすることがあったが、その感覚がカウンター越しに向き合った店員の男によって思いがけず裏付けられた気がした。彼に目を向けられた瞬間、私は私であると自分で思いこんでいたものから遊離し、ニュートラルで透明で無感覚になった。私が私であると思っていたもの——この疲れて水を一杯所望する女——と、彼が思う私とのあいだには、ほとんど何ら差はなかった。私たちをつなぎとめる真実などもはやどこにも存在しないのかもしれず、結果としてカウンターをはさんで向き合う彼と私は、ふつうの見知らぬ他人どうし以上に遠い存在だった。周囲の声も足音もかき消され、体の周りのごく狭い範囲にしか視界の届かない深い霧に隔てられているかのように、彼と私は近くにいるのに遠かった。そして浮浪者という新しい役柄を得た私は、途方にくれて疲労のあまり口もきけず、返事もせずに向きを変え、隣の部屋に去ったのだった。

だがそんなことを考えていると、カウンターの男が私の座っている高い本棚の陰までやってきて、私のほうに身をかがめ、優しい声で紅茶を飲むかと訊ねた。それを持ってきてもらうと私は彼に礼を言い、口をつけた。紅茶は濃く熱く、舌が干からびるほど苦かった。

・

これが話の終わりであるようにそのときの私には思えたし、しばらくは小説の終わりでもあった——その紅茶の苦さには、はっきりと何かが終わったという感じがあった。その後、あいかわらずそれは話の終わりではあったものの、私はそれを小説の最初にもってきた。最後を最初に語らなければ、その後の部分を語れないような気がしたのだ。最初から始めればもっとすっきりしたのだろうが、最初はそのあとの部分がなければ大した意味を持たなかったし、そのあとの部分は最後がなければ大した意味を持たなかった。あるいは私はどこから始めるかを決めたくなかったのかもしれない。すべてを同時に語りたかったのかもしれない。君はできるはずのないことをやりたがると、ヴィンセントにもいつも言われる。

もしも誰かにこの小説のテーマは何かと訊ねられれば、いなくなった男の話だと私は答える。何とも説明のしようがないからだ。だがじっさい彼の消息はもう長いことわからないままだ。最初わかっていたがその後わからなくなり、ふたたびわかり、それからまた見失った。彼は一度は私が今いる場所から数百マイルの小さな街のはずれに住んでいた。一度は物理学者をしている父親のところで働いていた。今ごろは外国人相手に英語の教師をしているかもしれないし、ビジネスマンに文章の書き方を教えているかもしれないし、ホテルのマネージャーをしているかもしれない。別の街にいるかもしれないし、街とは呼べない場所にいるかもしれない、町《タウン》よりは街《シティ》のほうが彼らしい気はするが。まだ結婚しているかもしれない。聞いた話では、妻とのあいだには娘が一人いて、どこかヨーロッパの都市の名前をつけたらしい。

五年前に今の町に越してきてやっと、彼がとつぜん目の前に現れるかもしれないと期待することを私はやめた。それはあまりに現実味に欠けていた。今までに暮らしたどの土地にも増して、ここは可能性が低かった。すくなくとも三つの街と二つの町で、私は彼と出会うことを期待しつづけた。道を歩けば向こうから彼が歩いてくるところを想像した。美術館の中にいれば、彼が隣の部屋にいるにちがいないと感じた。だがけっきょく彼と出会うことはなかった。もしかしたら彼はそこに、その同じ通りや同じ部屋にいて、すぐ近くから私のことを見ていたのかもしれない。そして私が気づくより早く、そっとその場から立ち去ったのかもしれない。

彼がどこかで生きているのはまちがいなかった。そして何年間かは、彼が訪れてもおかしくない街に私は住んでいた。私が住んでいたのは港のそばのうらぶれた汚い地区だったが、街の中心部に近づけば近づくほど、彼に会うかもしれないという期待は高まった。たとえば自分のすぐ前を見おぼえのある後ろ姿が歩いていることがよくあった。がっしりした筋肉質の体つき、私とそう変わらない背丈、金色のまっすぐな髪。ところがその頭が動いて横を向くと、顔がまるでちがう。額がちがう、鼻がちがう、頰も、何もかもちがっている。するとその顔は、もしかしたら彼のものだったかもしれなかったのにそうではなかったという、それだけのために醜く見えた。あるいは向こうから歩いてくる人が彼とそっくりの尊大で張りつめた空気を漂わせていることもあった。あるいは混雑した地下鉄の車内で、彼と同じ薄いブルーの目、そばかすの散ったピンク色の肌、高い頰骨などをすぐ間近に見ることもあった。ある時は、顔の造作は彼そっくりなのに全部が誇張され、顔全体がゴムの面のように見えたこともあった。髪は同じ色だがより量が多く、目はさらに色が薄くてほとんど白に近く、額と頰はグロテスクに飛び出して赤い肉が骨格から垂れ下がり、きつく結んだ唇は怒りをこらえているように見え、胴は滑稽なくらい横幅が広かった。別の時に見た顔は、彼に似ているがぼんやりとしてつかみどころがなく、彫りが浅く平坦で、じっと見ているうちに、今にも私がかつてあれほど愛したもう一つの顔にするりと変わりそうに見えた。

他人の着ているものに彼の服装を見ることもしょっちゅうだった。上質だがざっくりとした生地の、擦り切れたり色あせたりしているが常に洗いたての服。我ながら馬鹿げているとは思いながら、もしそういう服を着た人が一か所に一定数以上集まれば、その磁力に引き寄せられて彼がその場に現れるのではないかと考えずにいられなかった。あるいはこんな想像をしたりもした。ある日私は彼と寸分たがわぬ服装をした人物と出会う――赤い格子柄のランバージャケットか淡いブルーのネルシャツ、下は白のペインターパンツか裾のほつれたジーンズ。しかもその人は彼とそっくり同じに赤みがかった金髪を広い額に斜めに垂らし、目の青さも、高い頬骨も、薄い唇、がっしりとした体格、臆病さと尊大さの同居した立ち居振る舞い、何もかもが彼とそっくりで、白目のピンクがかった部分や唇のそばかす、前歯のわずかな欠けのようなこまごました細部までが一致している。すべての要素を完璧に備えたその人物が彼に変わるために足りないものは、たった一つの正しい言葉だ。

•

十月のよく晴れた夕方の、高層ビルの最上階だったということは覚えているのに、何のレセプションだったかが思い出せない。大勢の人であふれる円形か長方形の吹き抜けのホールのような場所で、陽光がふりそそぎ、四方に通路がのびていた。彼を私に引き合わせたのはミッチェルだった。ミッチェルの言った彼の名前を私は即座に忘れた。誰かを紹介されるときはいつもそうだった。彼のほうではすでに私のことを知っていたので、私の名前を忘れなかった。ミッチェルはどこかに行ってしまい、私は彼と二人になった。周囲では、一人や二人連れの女たちがゆっくりと控えめに歩きまわり、強い陽射しの中を出たり入ったりしていた。もっと年上かと思っていた、と彼は私に言った。彼が私について何かを思っていたということが驚きだった。驚いたことは他にもあった。彼のくだけた態度、着ていた服――私にはハイキング用の服装としか見えなかった――そして何よりも彼がそこに存在しているということ、誰からも話を聞いたことのなかった人が目の前に立って私に話しかけているという、そのこと。その場所を出ると、もう私は彼のことを考えなかった。彼があまりに若かったからかもしれない。

その日の夜、私は自分の町よりも北にある海岸沿いのうらぶれたカフェに出かけた。その店で先住民族の宗教的な詠唱《チャント》か何かのパフォーマンスをやることになっていて、彼と彼の友人たち、それに他の私の知らない人たちが集まっていた。私が入っていったときすでに店内は暗く、ステージ上のスポットライトだけがついていた。長テーブルで空いている席は彼の隣しかなかったが、椅子の背には誰かの服と女ものらしきバッグがかけてあった。どうしようかと迷っていると、彼が私に気づいて立ち上がり、服とバッグを取り上げ、テーブルの反対側の端に移した。パフォーマンスが始まってすぐ、女が薄暗がりの中を椅子のところまでやってきて、腹立たしげに別の席に移っていった。その女が誰だったのかはいまだにわからない。

彼はテーブルのステージからいちばん遠い端に、私が入ってきた戸口に背を向けて座り、私は彼の左隣に座って狭いステージのほうを見ていた。壇上では二人組の男の片方が詠じたり歌ったりし、もう片方がウッドベースを弾いていた。私の向かいにはエリーがいたが、その時はまだ彼女のことはよく知らなかった。パフォーマンスの間じゅう、彼は何度もエリーのほうに顔を近づけた。演奏はひどくやかましく、狭い店内のすぐ目の前でやるので、相手の耳元に口を近づけないと会話ができなかった。

当時の私はよく酒を飲んだ。誰かと座って話すときには酒なしではいられなかった。外で人と会うとき、そこがアルコールを出さない場所だとそわそわして楽しめなかった。夜、人の家に招《よ》ばれて行くときでも、着いてすぐ酒を出されるのでなければ嫌だった。

最初の休憩のとき、このカフェにはアルコールはあるかと彼とエリーに訊ねたが、ないという返事だった。どこか酒を買える場所はあるだろうかと訊くと、少し行ったところに小さな食料品店がある、そこでビールが買えるだろうと彼らは答えた。彼がいっしょに行くと言い、この時もまたさっと椅子から立ち上がった。

おもてに出ると、彼は私の横に並び、道路脇の土を突き固めた部分を、厚く積もったユーカリの落ち葉や実を踏みながら歩いた。

そのとき彼と何を話したのかは覚えていない。もっともあの頃の私は、初対面に近い人と会うと、いろいろな雑念に気を取られて話の内容はまるで記憶に残らなかった。話しているあいだ自分の服や髪が変ではないかと気になったし、立ち方や歩き方、首と頭の角度、足の位置までもが気になった。歩いていなくて、飲んだり食べたりしながら話さなければならないときは、物を喉に詰まらせずに飲み食いできるかどうかが気にかかり、じっさいときどき詰まらせた。そういったことを考えるので手いっぱいで、相手の言ったことは、それに返事をするあいだは覚えているが、それ以上は考えないので、あとまで記憶に残らなかった。

時刻は七時半か八時ごろで、道はすでに暗かった。正確には、道路の私たちが歩いていた側は街灯とカフェやその並びの商店の灯に照らされて明るかったが、反対側はユーカリの並木に明かりをさえぎられて暗かった。木の合間に看板が一つ二つあり、その向こうには線路が二本走っていたが、そこもやはり暗く、線路のさらに向こうには小さな川が、それ自体は見えないものの丈高い岸辺の草によってそこにあるのがわかり、その向こうには別の、私たちの道よりももっと細く、車通りもほとんどないが明るく照らされている道が、地肌がむきだしになった丘の裾を走っていた。その反対側、カフェや商店の裏手は二、三百ヤード先が丘か崖になっていて、その先が海だった。海は目には見えなかったが、暗さと広大さの気配はありありと感じられ、闇は道にまで迫ってきていて、かろうじて電灯によって押し返されていた。

私たちがアスファルトの上を歩いていたのか土の部分を歩いていたのか、道すがら何が目に入っていたのか、私の横を彼がどんなふうに歩いていたのか、ぎこちなかったのか滑らかだったのか、早足だったのかゆっくりだったのか、私とぴったり並んでいたのか何フィートか離れていたのか、はっきりと思い出すことはできない。彼は懸命に話そうとして、また私の言うことを聞こうとして、体を私のほうに傾けていたかもしれない、私は小さな声で話していたから。私たちがどの銘柄のビールを買ったのか、お金と銘柄をめぐって何か行き違いがあったのだがそれが何だったのか、彼が私のビール代まで出してくれたのかどうか、それも思い出せない。もしかしたら私は高い銘柄のビールを飲みたくてそれを二本買い、彼は安いビール二本ぶんの金しか持っておらず、有り金をはたいてそれを買ったのだったかもしれない。彼が何かで有り金を使い果たしたのは確かで、というのもその日の夜か翌朝早くに彼の車がガス欠になり、ガソリンを買うお金がなかったので通りすがりの人に一ドル借りたからだ。彼はそれを次の日、図書館でエリーに話し、エリーがそれを私に——ずっと後になってからだったが——話した。

カフェに戻ったあと、彼からの誘いがあり、私のためらいがあり、彼の大胆があり、私の誤解があり、それから彼の車の騒音、私の恐怖、夜の海岸線、夜の私の町、私の前庭とバラの木、クラッスラの茂みと木の柵、私の家、私の部屋、パイプ椅子、私たちのビール、私たちの会話、彼による虚偽の陳述、彼の再度の大胆、等々、等々。

二人でどこかに飲みに行かないかと彼に誘われたとき、本当は家に帰って仕事をしなければならないのだけれどと咄嗟《とっさ》に答えたが、言ってしまってから、いかにも彼よりずっと年増の、冴えない翻訳者かお固い大学教師の言いそうなことだと思った。それでなくとも、そのころの私は日に日に齢《とし》をとったように感じていた。新しい土地の新しい環境に身を置いて、自分という人間を初めて見るような目で眺め、計りなおしていたせいかもしれない。じっさいはそれほど齢というわけではなかったが、それでも彼よりはずっと年上だった。

思い出したくないことは他にもある。私のためらい、ふいに訪れた不安、彼のあとを追いながら感じた焦り、走って彼を追いかけてしまった恥ずかしさ、ぶざまさ、内心では年寄りのように感じているくせに大人げないふるまいを（と私には思えた）してしまったこと。

パフォーマンスが終わると、彼はいきなり無言で大股に店から出ていってしまい、私は自分がためらったせいで気分を損ねたのだと思った。まだ十言ぐらいしか言葉を交わしていないのに、もう彼の気分を損ねたように感じていた。今にして思えばこれは驚くことではなく、その後もっとずっと長く彼を知るようになってからも、彼の気分を損ねたのではないか、怒らせたのではないかと感じることはしょっちゅうだった。むろん、私があわてて後を追いかけたので、口ではためらってはいても、私が彼とどこかに行きたがっているのは一目瞭然だった。後を追って店の外に出ると、彼は車の中の物を取ろうとしただけだと言った。物も言わずにとつぜん外に出ていったのは、単に振る舞いがぶっきらぼうなだけだった。

店の外でそれぞれの車の横に立っていると、どこに行こうかと彼が私に訊いた。そこで彼はまたいきなり大胆になり、私の家に行こうと提案した。私がふたたびためらうと、彼は今度は謝った。その謝りかたが慎ましく、それを私は好ましいと感じた。彼についてまだ何一つ知らなかったので、彼が何か言ったりやったりするたびに、まるでヴェールが一つずつ取り除かれていくように、まったく未知の一面を見せられる思いがした。私は疲れていたので、まっすぐ自分の家に行ってもいいと思った。私は私の車に乗り、彼も彼の車に乗った。私は彼が後をついてこられるようにしばらく待ち、やがて彼がエンジンをかけると、大型の古びた白い車は吠えるようなけたたましい音をたてた。私のすぐ後ろをついてくるあいだ、彼の車はずっとけたたましい音をたてつづけ、私はしまいに歯がカチカチ鳴り、ハンドルを握る手は震え、あまりきつく握りすぎたために関節が痛くなった。

彼のヘッドライトをバックミラーに受け、ハンドルをきつく握りしめながら、私たちは海岸線を下り、映画館から客がぞろぞろ吐き出されてくる別の町を通り、さらに海沿いを行き、ちょっとした湿地を越え、乾いた高台のほうに上がって私の町に入り、信号をいくつか越え、角のオープンカフェを過ぎ、左に曲がって丘を上がり、私の家に着いた。

ヒマラヤ杉の木の脇の車寄せは暗く、彼がタイヤの跡ででこぼこになった地面につまずいて転びそうになったような記憶があるが、これは思いちがいかもしれない——というのは私自身がその数日後、帰る彼を見送ろうとして、ウミイチジクの生い茂る土手でよろけて下の車寄せに後ろ向きに転げ落ちかけたからだ。家の正面の、ヒマラヤ杉のある高い土手に立って彼に向かって手を振っていて、転びはしなかったものの、転びそうになりながらかけ下りた。彼といるときの私はいつも動作がぎこちなかった。部屋の中を歩くにも、椅子に腰をおろすにも、自分の腕や脚をうまく制御できない感じだった。彼に言わせれば、それは気持ちが先走りすぎているからで、自分の体が追いつかないくらい速く動こうとするからそうなるのだった。

私は彼の先に立って歩いたが、家の前まで来たとき、彼が伸び放題になって垂れ下がっているつるバラのつるを手で押さえて棘《とげ》が私に当たらないようにしてくれた。でも真っ暗ななかでそれができたはずはないので、もしかしたらそれは別の日の昼間のことだったのかもしれない。あるいはその夜のことだったが、じつはそんなに真っ暗ではなかったのかもしれない。じっさい、そこが真っ暗なのは私のその夜の記憶の中だけのことで、現実にはすぐそばに街灯が二本立っていて、そのうちの一つの明かりは私の部屋にまで入ってきていたはずだ。

私たちは円形の車寄せを横切り、私が毎日長いこと座ってぼんやりと外を眺めている窓のそばに生い茂るままになっているバラの木の前を過ぎ、家の横手にまわってクラッスラの茂みの前を過ぎた。レンガ敷きの小径《こみち》を少し行くと突き当たりに白ペンキの木の柵と白ペンキの木戸があり、木戸を抜けて屋根つきの通路を歩いて私の部屋の窓の前を通り、私の部屋の入口に着いた。ドアの横の漆喰の壁に据えつけられたランタンの中で、電球が明るく輝いていた。

中に入ると、ふだん仕事をするのに使っている緑色のカードテーブルとレンタルのアップライト・ピアノの間に折り畳みのパイプ椅子を二脚出して、それぞれ腰かけた。キッチンからビールを二本出してきて、固くて座り心地のわるい椅子に座ってそれを飲んだ。

彼は長編小説を一つ書き上げたばかりだと言ったが、後になってそうではなかったことがわかった。彼が書き上げたのは長編ではなく二十枚ほどの短編で、そのあとさらに削って結局は六枚になった。私が聞き違えたのかもしれないし、彼が緊張のあまりうっかり長編と言ってしまい、自分でもそのことに気づかなかったのかもしれない。

名前を知らなかったせいで、彼はどこか現実でないような、まったく見ず知らずの人のように思えたが、ふしぎと怖いとは思わなかった。そうして一、二時間ほど向かい合って固い椅子にべつべつに座り、あれやこれやについて行儀よく、適度な距離を保ちつつ、注意ぶかく話し合ったあと、私は三たび彼に驚かされた——唐突に、ブーツを脱いでもいいかと訊ねたのだ。

こうして自分が書くことの何割かは事実と異なっているだろうが、そのこと自体はさして気にならない。悩むのは、何を書いて何を書かないかということだ。カフェでの私のためらいと彼の強引。私が彼の後を追って店の外に出て、また中に入ったこと。彼が車のエンジンをかけたときのおそろしく大きな音。バックミラーいっぱいに映っていた、彼の古い白い車のヘッドライトとラジエータ―グリル。家の前で、私が棘にひっかかれないようにと彼がバラのつるを優しくどけてくれたこと。パイプ椅子の固い感触。そしてベッド脇のスタンドが明るすぎてばつがわるかったこと。自分の意識が部屋の高いところに浮かんで、まるで眼鏡をかけた大学教師のように、下で起こっていることにあれこれ論評を加えていたこと。

明け方、私は彼が何か言う声で眠りを覚まされた。彼は帰ろうとしていた。意識がはっきりするにつれ、何を言っているのかがようやくわかった。別れのあいさつのかわりに詩の一説を引用していたのだ。気持ちは理解できたが、煩わしかった。

それからまた彼の車のけたたましいエンジン音が鳴り響き、それが界隈の高級住宅街の静寂を破って遠ざかっていった。たとえ誰にも見られず聞かれなかったとしても、自分の家から明け方こんなに若い男が帰っていったこと、そしてその男の車のたてる騒々しい音が海辺の上品な町の静けさを破ったということが気恥ずかしかった。車はフェンスや生け垣をめぐらせた近隣の家々の前を過ぎ、丘を下っていった。お向かいのパゴダ風の建築は町の大地主の一家の屋敷で、後日、何かを新調したのだったかそれとも建てたのだったか、もしかしたらプールだったかもしれないが、とにかく何かをお披露目するというので町の人々をおおぜい招いてパーティを開き、その中には私とマデリンもいた。その一軒下は老夫婦の家で、彼らがサボテンを丹精している庭の向こうには、私がよく煙草やキャットフードを買いにいくコンビニエンス・ストアに通じる細い道路があった。私の家の隣の白い小さなコテージに住んでいるのは若い夫婦で、その時はまだ知らなかったが、それは彼らの持ち家ではなく借家だった。若妻のほうは中心街の、私も何度か物を買ったことのあるブティックに勤めていて、その数年後に、町に近い高速の出口《ランプ》を降りようとして減速したところを後ろから大型トラックに追突されて命を落とすことになるのだが、そのことも私は知らなかった。彼の車は正面にユーカリの木のあるこげ茶の木造のノルウェイ教会の前を過ぎ、丘を下りきったところで右に曲がり、けたたましいエンジン音はしだいに遠ざかり、ついには聞こえなくなった。

•

いま住んでいるこの場所も海が近いので、ときどきカモメが飛んでいるのを見る。すぐ近くに小川があり、かなり幅広なので最初は川と呼んでいたが、ヴィンセントに〝川〟ではなく〝小川〟であると訂正された。その小川は広大な感潮河川に流れこんでいて、でもそれもヴィンセントに言わせると正しくは〝河川〟ではなく〝河口〟なのだそうだ。二つの水にはさまれた細長い丘の上に、この村落はある。

だがこの海は別の海だ。そのうえ海に接するようにして大きな街があるため、何マイルも街を通り抜けてからでなければ海にはたどりつけない。ここにはウミイチジクも、クラッスラも、ヤシの木もない。石は砂岩ではなく花崗岩と石灰岩で、土もさらさらした赤茶ではなくこげ茶色の粘土質だ。

今は三月で、寒い。物干しに吊るしてあるヴィンセントの分厚い綿の靴下は、日なたに何時間も干してあるのにまだ乾かない。地面には雪がうっすら残っているが、渡り鳥たちはもう戻ってきはじめていて、鳴きかわしたり巣作りの場所を探したりしている。庭のポーチの屋根の上をフィンチたちが飛びまわり、靴についた泥でキッチンの床が汚れるようになった。

つい最近、難解な文体で書かれたフランス民族誌学者の自伝を訳しおえた。一冊にかける時間が長くなればなるほど貧乏になるので、仕事が終わってほっとした。あとは原稿に請求書をつけて出版社に送り、小切手が送られてくるのを待つだけだ。

午前中は英国に住んで英語で書いている日本人作家についての記事を読んでいた。厳密に構成された、筋らしい筋のほとんどない、情報が断片的に、何かのついでのように読者に与えられる、そんな小説を書く作家だ。何とはなしにその記事は自分にとって重要だという気がしたので、取っておいてもう一度読みなおそうと思っていたのに、いま探したら見当たらない。私の小説の書き方は効率がわるくて、私のやることなすことすべてにその効率のわるさが伝染している。以前のように断続的にこの小説を離れたり戻ったりしていた時期ならまだしも、ほぼ毎日書くようになった今でも、前日のところまでを書いたときに自分がどうするつもりだったのかをすっかり忘れていて、途方にくれる。だから私は小さなカードに自分あての指示書きを箇条書きにしておき、一つひとつの先頭に矢印をつけておく。次の日になると矢印を探し、指示書きを読んでその通りに書いているうちに、だんだんと自分のやろうとしていたことや全体の流れを思い出してくる。そしてその日の終わりにまた自分あての指示書きを作る。だが駄目なときは寝巻のまま机の前に座り、ただ襟元から立ちのぼってくる生温かい自分の体臭をかいでいる。窓の外から途切れることなく聞こえてくる車の音を聞いて、時間が流れているというだけで何かが起こっているのだと考えたりする。そんな日には、半日でも着替えずにそうしている。

・

以前の私はよく、あの最初の晩の一つひとつの場面を頭の中で再現しては味わいなおした。彼の片側に友人たちが座り、私の片側にも友人たちが座り、パフォーマンスの音がうるさくて誰もまともに会話できず、彼と私がまだほとんどお互いのことを知らないままいっしょに店を出て、ビールを二本ずつ買って店に戻り、一本めを飲み、二本めはまだ開けずに茶色い紙袋に入れて足元に置いてある、あの時のことを。まだ何ひとつ始まっていなかったあの時間こそが、ある意味では最良の時だったのかもしれない。二本めのビールを開けたとき、私たちは秋の終わりから冬にかけて起こったその後のすべての出来事もいっしょに開けてしまった。けれどもまだ二本めを開けずに座っていたあの島のような時間には、幸福だけが二人の目の前にあって、二本めを開けないかぎり、それは始まらずにいつまでもそこにあった。その時はまだこの先何が起こるか知らなかったから気づかなかったが、後になって振り返ってみれば、そうだったとわかる。

あの晩のことを思い出すことは、ある意味それを初めて体験するよりも楽しかった。思い出の中では、物事は私にちょうどいいスピードでしか進まない。どう振る舞えばいいかと思い悩むこともないし、次に何が起こるかわかっているから疑念や不安に心を惑わされることもない。あまりに何度もその晩のことを再現したため、その晩のことは私に再現されるために起こったのではないかとさえ思えた。

けれども彼と別れてから振り返ってみると、あの始まりは、その後に連なる無数の幸福な瞬間の最初の一つだったというだけでなく、すでに終わりを内包していた。私たちが大勢の人々に混じって座り、まだお互いに何も知らないまま彼が私のほうに顔を近づけて耳元でささやいていた、あの時の店の空気の中にすでに終わりは忍びこんでいたし、店の壁も終わりという名の素材でできていたように思えるのだ。

その町には、彼と出会う数週間前に移ってきた。職はあったが、住む場所がなかった。私は旅行で長期間留守にしている学生カップルの小ざっぱりとしたアパートに仮住まいしていた。教師としてその町にやって来たのだが、教壇に立つのは初めてだったので不安だった。アパートの部屋でひとり、本棚から本を取っては、学生の質問に答えるときに役に立ちそうな箇所を読んだ。想像の中の学生たちはみな賢くて、私が知っているようなことはとっくに知っていた。けれどもあまりに焦って手当たり次第に読んだので、内容はすこしも頭に残らなかった。

その土地で唯一の知り合いであるミッチェルが街や近隣の町々を案内してくれ、私といっしょにキャンパスを歩いていろいろな人に紹介してくれたが、彼自身ひどく内気なために、昔からの同僚の名前でさえしょっちゅう度忘れした。そのミッチェルが私のために、よさそうな物件を二つ見つけてきてくれた。一つは家具つきの、狭いけれども一人で住めるアパートで、もう一つは家具のない大きな一軒家、ただしこちらは別の女性とシェアするという条件だった。ミッチェルはまず一軒家に私を連れていき、けっきょくもう一つのほうには行かずに終わった。

美しい、内部《なか》にほとんど何もない家だった。左右の棟が合わさった中央にテラスがあり、それを囲うようにフェンスと古い木立があった。スペインの牧場小屋《ハシェンダ》のようだと、スペインの牧場小屋がどういうものかよく知らないままに思った。もう一人の女は、犬猫一匹ずつといっしょにそこに住んでいた。誰も彼女のことをよく知らないわりに、みんな彼女についていろいろのことを言った。ミッチェルが私を連れて門を開けてテラスに上がると、家の中からその彼女、マデリンが出てきて私たちを出迎えた。背が高く、赤みがかった長い金髪を後ろで束ねていて、引きつったような満面の笑みを顔に貼りつかせていた。私に会うので緊張しているのだとわかった。緊張と不安のため、彼女はほとんど硬直したようになっていた。正午ちかい明るすぎる太陽が、私たちの上に照りつけていた。

犬猫以外にその日に私が見たものは、何かの電気器具と、マデリンが作ったという彩色していない縄目模様の大きな壺だけだった。どちらもたしか陽の当たる場所に並べてあった。電気器具のほうは、それきり二度と見かけなかった。

私は私で緊張していた。ニンニクや湿ったお香、雑穀、お茶、犬猫、絨毯用シャンプーなどのくすんだ匂いのいりまじったこの家で、私の知らない、誰もよく知らない女といっしょに住むことになるのだ。マデリンは自分の側の棟をとてもきれいに使っていたが、部屋には犬猫のノミがうようよいた。私の側の部屋にはノミはいなかったが、床にはいつのものとも知れない土埃が積もっていた。

家の反対側の端にある地下倉庫からマデリンと二人で運び出してきたボックス・スプリングとマットレスを除けば、私の部屋には車で大陸の反対側から運んできた荷物があるきりだった。その後、これもたぶん地下室でだったと思うが、カードテーブルとパイプ椅子を何脚か見つけたので、それも二人で部屋に運んだ。

同じ家に住んでいながら、私たちはまるで一人で暮らしているかのようにふるまった。私たちはそれぞれの部屋で独り言を言った。険悪なムードの日には、一つの部屋で「ちっ」という声がすれば、別の部屋からは「くそったれ《ビッチ》」という声がした。おかしな行き違いも起こった。食べかけのパイが出しっぱなしだったことを夜中に思い出したマデリンが起きてしまいに行くと、それはもう私がしまったあとだった。すると彼女は自分がしまったのを忘れていたのだと思いこむ。

マデリンは車を買う金も電話を引く金も持っていなかった。私は部屋に電話を引き、ピアノもレンタルしていた。私が出かけているあいだに、マデリンは彼女が唯一持っている楽譜――黄色い表紙にコーヒーの輪じみのついたよれよれのシャーマー社版ショパン『夜想曲集』――を私の部屋に持ちこんで、一つの曲を何度もくりかえし、けだるい調子で弾いた。私が外から帰ってくると、彼女がピアノの前にしゃんと背を伸ばして座っていることがよくあり、私はそのときどきの気分や日々変動する彼女との関係しだいで、腹を立てたり喜んだりした。夕食のあと、私はよくハイドンのソナタを弾いた。私の弾き方は単調でそっけなく、機械的だった。

そこへいくとマデリンのピアノは下手だったが、臆することなく堂々とひたむきに弾くので、まちがいだらけで感傷的だと頭ではわかっていても、これはこれでいいのだと思わせるものがあった。自分にすこしの迷いもなく、何をするにも確固たる信念でやるので、ちがうとわかっている時でも、いつも何となく彼女のほうが正しいような気がした。彼女といると自分がひどくぶざまで、愚かしいまでにナイーヴだという気がした。実際には少しもナイーヴではないのに。後になって彼が私たちに加わると、彼は私よりさらにナイーヴに見えた。

私が越してきたとき、季節は乾期で、空はめったに曇らず、雨もめったに降らず、たまに降ってもぱらつく程度だった。授業は毎日一コマずつだった。海沿いの道を家に向かって車を走らせ、うねる波を見つめながら考えるのは、帰って最初に飲むビールのことだった。帰ってもすぐには食事をせず、まずは冷えたビールかワインを一杯飲むのが常だった。翌日の授業のことが心配で、夜はめったに人と会わなかった。夜はレポートを添削したり、授業で話すべきことをメモしたりして過ごした。床についたあとも暗闇の中で授業は続き、時にそれは何時間にもおよんだ。翌日の授業よりも寝床の中でのほうが、数倍うまく自分の考えを言葉にすることができた。

夜、たまに他の人たちと会うときは、ビールやワインをどんどん注いでもらいたがった。眼鏡をはずして膝の上に置くのだが、それが何度も床に滑り落ちるので、しまいに床に置いたまま靴を脱いだ足で押さえつけた。物の輪郭がにじみ、人々の顔が溶けあわさり、ゆっくりと感覚が失われていく。他の人たちが酒を飲みおえてしまうのは寂しかった。それは夜が終わってふたたび現実世界が始まり、次の日が目の前に立ちはだかることを意味していたから。だから私はひとり飲みつづけた。帰りの運転が危うくなるから本当は良くないことだった。きっと一時停止の表示を見落とすだろう。海沿いの曲がりくねった道を走るときも、がらんとした交差点で信号が青に変わるのを待つあいだも、何とか意識を集中させようと険しい顔つきでハンドルにとりつくことになるだろう。それでも私は酒を飲むのをやめられなかった。ずっとこのまま飲みつづけ、指先がいうことをきかなくなってもまだ飲みつづけ、頭が片方にがくんとかしいで瞼《まぶた》がときどきふっと閉じかけてもさらに飲みつづけ、うんと意識して考えをまとめ言葉を選んでからでないと言っていることが支離滅裂になってもまだ飲みつづけ、そうするうちについには向こう側に突き抜け、新たな地平に、新しい世界に到達できると信じている節があった。家に帰って鏡を見ると、たしかに小さな変化はそこここに見つかった――赤らんだ頬、ぼさぼさに乱れた髪、色の失せた唇。

来る日も来る日もカードテーブルに向かって仕事をした。私の部屋はとても広かった。赤いタイルの床、舟底型の天井、砲眼のように奥行きのある窓、壁は白漆喰が厚く塗られていて、外で太陽がぎらぎら照りつける、うだるような暑さの日でも、室内はつねに涼しかった。仕事中に目を上げると、空を背景にゆっくりと揺れうごく深緑の松の枝や、木々の向こうにのぞくバラの木の真紅や、多肉植物のゴムめいた質感の細く反りかえったノコギリ状の葉、家から逸れるように斜めに立つ高い糸杉、その根元の粒子の細かな柔らかい地面とその上に転々と散らばる松ぼっくりなどが見えた。通りの向こう側には東洋風の木の格子戸があった。ときおり陽射しのなかを、水色のゆるい服を着てテニスのラケットを抱えた女の子が門の中に入っていき、二匹の小型犬がきゃんきゃん吠える声がした。車はゆっくりとした速度で丘を上がったり下ったりした。通りを散歩する人々は、アスファルトをひたひたと踏む音や、より大きな短く弾むような声の響きを引き連れて唐突に出現した。

白髪の身だしなみのいい老婦人や老夫婦たちが、ゆっくりと確かめるような足取りで海のほうに降りていったり、買い物やウィンドウショッピングをしに大通りに向かったり、自分の家に戻っていったりした。繋がれていない犬が窓枠の端からひょっこり現れ、あちこち匂いを嗅ぎまわった。

どこか遠くを列車が走る音がよく聞こえた。私のいる丘よりも下の、海に近いあたりだった。夜になると、よけいにはっきりと聞こえた。昼間は私とその音とのあいだをさまざまな音が隔てていた。善良で時間をもてあました近所の人たちが通りでおしゃべりをする声が窓ごしに聞こえた。丘のカーブをうねりながらゆっくり上り下りする車がときおり通りすぎた。二ブロック下の海岸沿いの道を、車やトラックがひっきりなしに行き来していた。数ブロック先の工事現場からは、重機のエンジン音やノコギリや金槌をふるう音が響いてきた。それ以外にも無数の名も知れぬ音があって、日常のざわめきを形作っていた。間断なく照りつける陽射しをくぐり抜け、濃緑で肉厚の葉をもつ木々や、真紅と淡い水色の花をつけた地を這う草々の秩序ある氾濫の上に響くせいで、それらの音は優しく大らかに聞こえた。

夜、空気がしっとりと柔らぎ、陽射しも色彩の氾濫も消え、暗闇のなか、木々が建物の壁や道のカーブを背にぼんやりとした輪郭に姿を変えると、そうした種々の音も影をひそめた。その夾雑物《きょうざつ》の取りはらわれた空気を伝って、線路を行く車輪の響きと、ピーッという汽笛の音が――その澄んだ音色は、列車の黄色い一つ目に似つかわしかった――ここまで聞こえてきた。

昼間はたまにテーブルを離れて散歩に出た。あまりに長いこと家にこもった後だと、太陽の熱や風のさわやかさや白いフェンスに映える植物の色が、室内で過ごした時間のぶんだけ濃縮され、ほとんど耐えがたいまでの衝撃に感じられた。たまに陶芸用の土や食料を買いにいくというマデリンを車に乗せていくこともあった。車に乗らずに通りを歩いて、むきだしの地面にサボテンの植わった庭をフェンス越しに見ながら過ぎ、麦わら帽にオーバーオールで大きな革の脛当てをした老人がのろのろと園芸仕事にいそしむのを過ぎ、ノルウェイ教会を過ぎ、ガラスをぴかぴかに磨きあげた診療所の木造の建物を過ぎ、ウミイチジクの茂みのそこかしこで立ち上がってはまた沈むスプリンクラーの水煙を過ぎ、際限のない陽光にぎらぎらと輝く車のクロームめっきを過ぎて、大通りまで出ることもあった。

浜辺や丘を散歩することもあった。一人のときもあり、マデリンといっしょのときもあった。マデリンは、自分の部屋やテラスで何かを粘土や紙粘土《パピエ・マッシュ》でこしらえるのに忙しくなくて、料理中でも食事中でもなく、瞑想をしておらずテレビも観てもいないときには——そのすべてを彼女は同じ真剣さとひたむきな熱意で分け隔てなく執りおこなった——外に散歩に出かけた。犬を供に連れ、黙々とたゆまぬ足取りで、知っている誰かと出会って話すときか、町の変わり者として知られる彼女を囃《はや》したてる悪童どもを追い払うとき以外は立ち止まりもせずに、何時間でも歩きとおした。大通りをずっと歩いていってまた戻り、商店街を過ぎて公園まで行き、鉄道の駅を越えて浜まで出て、波打ち際に沿って遠くまで歩いていって元の場所まで戻ってくると、今度は反対側をまた遠くまで歩いていった。

マデリンといっしょのときは、浜を歩くか、海を見おろす崖沿いの道を歩いた。私一人のときは、家を出て丘を上がっていった。

町は急勾配の丘の斜面に作られていて、他の海岸沿いの町もみんな丘の斜面か海に面した崖の上にあった。そのせいで、何かの上に住んでいるという感覚、岩棚か崖っぷちの上にでもいるような、上も下も急な斜面の山肌の途中のごく幅狭な平地に住んでいるという感覚が、つねにあった。私の家は一つの平地の上。海岸通りは別の平地の上。その下の公園はまた別の平地、そしてそのすぐ下の、海沿いから丘に向かって切れこんでくる線路はさらに別の平地の上にあった。家を出て丘を登っていくと、道はそこここで急勾配になり、少しのあいだ平坦になり、またゆるやかな上りになり、そうやって歩いていく途中には、丘の斜面に突き出した緑深い庭園がいくつもあった。庭々は鬱蒼と木が生い茂り、家は隠れて見えないことがほとんどなので、一見したところ個人の所有地だとはわからないことが多かった。所有地はどこも手入れが行き届いていたが、ひと区画ごとに一つ、必ずといっていいほどビールの空き缶や空き瓶が道路脇に転がっていて、それらはまるで、個人の地所のあいだを川のように流れる道路が波に乗せて運んできては川岸に打ち上げていく外の世界の便りのようで、そうした外界の痕跡を、土地の所有者たちは昼間のうちに木立や芝生の周囲を歩き回って丹念に取り除くのだが、夜になるとまたスピード狂のティーンエイジャーの小艦隊が川の流れに乗ってやってきて、上がってはまた下る急流に歓声をあげながら、ふたたび同じ痕跡を残していく。どの道も、いちど上りになったあとで必ずまた下りになった。急な上り坂のときは海に背を向ける形になったが、丘の斜面に添うようにして、ほとんど海と平行にゆるやかに上っていくときにはつねに海が見えていて、それが松の枝の向こうに青い板金の切れ端のようにのぞくこともあれば、一つの家の前を過ぎてふいに木立ちが途切れ、眼下に大きな青の、あるいは銀の、あるいは黒の海原が広がることもあった。だが急であれゆるやかであれ、上り坂をずっと歩いていくと、まるでそれ以上重力に抗しきれなくなったかのように、道は必ずふたたび下りになった。遠くに見えている四つ辻の真ん中に巨大な松ぼっくりが一つ落ちていることがあり、かと思うとそれは松ぼっくりではなく、同じように黒っぽく先のすぼまったナゲキバトだったりした。ユーカリの葉の香気はむせるほど濃く、開いた唇に薄く膜が貼りつくようだった。

そういう景色も気候も私には目新しかったので、熱心に観察した。もっとも歩きながらよりも、自分の部屋や車の中からの観察が主だった。海沿いの道路はおおむね海岸線に沿っていたが、ときおり内陸にひっこんで丘の裏側にまわりこんだり、海を見おろす高い崖の上を走ったりした。道が高度を下げて海のすぐそばを併走すると、私は窓の外に目をやって、頭の上に覆いかぶさってくるような波や、空に巨鳥のように浮かんでいるハンググライダーや、サーフボードを脇に抱えて砂の上を道路のほうに帰っていく黒いウェットスーツのサーファーたちや、砂浜や海の中や空の上にいるそれらすべての人々を眺めた。空には凧も浮かんでいて、一度か二度、ストライプの大きな気球が陸に向かって力強く飛んでいくのも見た。

浜にいる人々はたいていい二人一組だった。重そうな装備を体じゅうに背負って、あちこちのバックルを忙しそうにはずしたりはめたりしているダイバー二人。同じように髭をはやして同じように短パンをはき、並んで体操をしているいかつい男二人。しみひとつないスウェットシャツとショーツから長くてまっすぐな日焼けした脚を出し、早足でウォーキングをする中年夫婦。金髪で筋肉質の大学生がサングラスを頭の上にあげ、椅子に座って分厚い革装の本を読んでいる横で、ガールフレンドが砂にタオルを敷いた上に寝そべっている。車に乗っておらず、自分も浜にいるときには、ある場所から見あげると、海辺の小さな駅が見えた。ベルとともにすべりこんでくる電車、ホームをびっしり埋めつくす人の姿。

・

今いるこの場所にも電車はある。貨物列車で、通りすぎるのにあまりに長い時間がかかるので、最後の車両が過ぎ去るころには列車の存在をすっかり忘れてしまっている。ここでもやはり、夜おそい時間のほうが音がはっきり聞こえる。車通りが絶えた深夜、がたんごとんという車輪の規則的な音が向こうの丘にはねかえって、くっきりと響く。雨の日もそうだ。雨が降ると、線路がすぐそばの木立ちの陰を走っているのではないかと思うほど音が近く聞こえる。

今朝は体のあちこちが痛む。きのう客を一人迎えるので家じゅう大掃除をし、手の込んだ料理を作ったせいだ。独り身の人で、痩せて背が高いことと、トムという簡素な名前のために、よけいに孤独な感じがする。おそらくは同じ理由から、実際にはよどみなくよくしゃべるのに、無口な人という印象をつねに受ける。ヴィンセントの父親にしょっちゅう邪魔されつつも、食事はまずまず首尾よくいった。老人は私の右隣のひじ掛け椅子に座り、何度も私の皿の料理を欲しがった。

この小説を書きはじめてから、ずいぶん長い時間が経つ。その間に私は街のアパートを引き払ってヴィンセントといっしょに暮らしはじめ、やがて彼の父親も私たちといっしょに暮らすようになり、そのせいでやらなければならない雑用が増え、入れ代わり立ち代わり介護の看護婦が家に来るようになった。

同じころ、私がよく散歩していた原っぱが消え、小さな集合住宅《タウンハウス》の建設が始まった。その原っぱには野の花がたくさん咲いていて、雑草も、すくなくとも四種類以上のちがう種類が集まっていた。土地の一角にはひょろひょろとした若木が何本かかたまって生え、それとはまた別の一角、トロリー用車庫の脇には、岩山を背にしてオークの大木が一本立っていた。そのオークも今はなくなり、横長の集合住宅が岩山を背に建っている。その手前のかつて原っぱだったところには真新しい黒いアスファルトの車寄せと、木の植わっていない、だだっ広い芝生の地面があるきりだ。

村のはずれにあるもう一つの空き地では、洗車場の建設が進んでいる。つい何か月か前には、町の人間ほぼ全員が反対しているにもかかわらず、巨大な宅地造成と商業施設の計画が認可された。近所の養鶏家が子供のころ走り回っていたという、通りの向こうから先何エーカーもの原っぱも、そのためにつぶされる予定だ。養鶏家は今では廃業し、鳥の巣箱を作って道端の店で売っている。

他にも変化を数えあげればきりがない。

　ヴィンセントの父親の看護婦がまた新しい人に代わり、ちょうど今も階下で仕事をしている。しっかり者で勤勉な人らしく、性格も前任者よりずっと明るいが、少々ヒポコンドリーの気味がある。二の腕に何かの刺青があるが、まだしげしげと見る勇気がない。今は老人が、私が書いておいた昼食のメニューと違うものをよこせと言っている。こうして二階で仕事をしているあいだも、片方の耳は二人のやりとりを聞いている。彼女は今日でまだ二日めだが、老人はけさ彼女が家にやってくると上機嫌で迎え、両手で彼女をハグした。彼女は小声で私に「あたしの髪がお好きみたいよ」と言った。それでも彼女がちょっと相手をするのを怠ると、老人はすぐに私を探しはじめる。

　看護婦問題は私にとっては絶え間ない頭痛の種だ。どの人も老人を気に入ってくれるのに、長続きしたためしがない。ある人は決めた日数の半分しか来なかった。たまに来ても遅れてやって来て、そのつど病気だの、車の故障だの、生理痛だの、サマータイムへの切り替えだのと言い訳をした。別の人はひと夏いっぱい来てくれる取り決めだったのに、二、三週間ほどして急にカリブ諸島に行って料理教室を開くと言いだした。それは困ると私が言うと猛然と怒りだし、ヴィンセントの父親にさよならも言わずにぷいといなくなってしまった。老人は私たちがどんなに説明しても、きょとんとした様子だった。

　仕事場の真下の居間で、看護婦が咳をしながらつっかえつっかえピアノで何か弾いている。もしかしたら、もうそろそろ帰りたいから仕事を切り上げて降りてきてほしいという合図のつもりかもしれない。前任者の一人は、私が降りていくのが五分でも遅れようものなら、すぐに上がってきて時間ですと告げた。別の人は、老人がひどく苦労しながら階段を上がってくるのをわざとほったらかしにした。

・

あれから何日も経ってから、彼は私の家を夜明け前に出ていった理由について、自分と共に朝を迎えるのを私が喜ぶかどうかわからなかったからだ、と説明した。あの日私の家を出たあと、彼はエリーに会いに図書館に行った。そして彼女に相談した。自分は私の教室の前で私を待つべきだろうか、私が授業をしている建物まで行って廊下で待っているべきだろうか。もちろんそうするべきだとエリーは答えた。そんなことをしたら私が嫌がらないだろうかと彼は訊いた。もちろんそんなことはないとエリーは答えた。そんなエリーの後押しがあって、その日彼は私の教室の前で待っていた。パイプを手に持つか吸うかして、注意深くポーズをつけていた。私はそのいきさつを、何か月も経ってからエリーからすっかり聞いた。

二度めに私の家に来たとき、彼は朝になっても帰らず、日中もずっといっしょに過ごした。私たちは浜辺を歩いた。彼が岩を乗り越えて砂浜に降りていくところを、なぜかわからないが、私は直視できなかった。私たちは岩場を過ぎ、貝殻のかけらがたくさん打ち上げられている波打ち際をずっと歩いていった。私は落ちつかなかった。彼が私への気後れから黙っているような気がした。何とか話しかける努力をしたが、ひどく疲れた。言葉をしゃべるというより、分厚い沈黙の壁の向こうに無理やり言葉を押しこむような感じだった。やがて私は努力をやめてしまった。

・

私は彼の名字を知らなかったし、ファーストネームについても確信がもてなかった。もし私が思っているので合っているとすれば、それはかなり変わった名字で、そんな名前の人間を私は一人も知らなかった。だが彼に直接訊ねるのは気が引けた。どこかで見るか聞くかできないものかと思っていた。

今にして思えば、なぜ誰かに電話して訊かなかったのか我ながら不思議だ。電話して訊けそうな人を私はすくなくとも二人知っていた。だがその二人とは、当時はまださほど親しくなかった。なぜ本人に直接訊かなかったかについては何となく想像がつく。そうできそうなタイミングをとっくに過ぎてしまって、今さら訊くのは間が抜けているような感じがしたのだ。

彼の名前を知らない状態はそのまま何日か続いた。その間ずっと彼と二人きりで過ごしたせいだ。彼は私と急速に親しくなっていったが、名前がないせいで、どこか他人のままのような感じがした。そしてついに彼の名前を知ったとき、それはまるで自分の夫とか兄弟とか子供の名前をあらためて知るような感じだった。けれども彼と深く知り合ったあとで知ったせいで、その名前は奇妙に必然性に欠け、べつにその名前でなくとも、他の名前であってもおかしくないように思えた。

・

彼と会った二日後、私は夜おそく家に帰ってきて床についた。暗闇の中で横になり、心細い気持ちで彼のことを考え、彼がここにいてくれればいいのにと思い、ほんの一瞬うとうとしてからふたたび目を覚まし、また彼のことを思った。夜中の二時すぎ、大きな車のエンジン音が丘のふもとから上がってきて窓の前を過ぎ、ヘッドライトの光が部屋の壁を流れたと思ったらエンジンが止まって、ヘッドライトも消えた。ベッドの横の窓から外を見ると、家の前の大きなヒマラヤ杉の下に停まっている車の白いボンネットが見えた。誰かが何かしゃべっている声が聞こえ、ところどころ言葉が聞き取れた。「だから俺はお前に……でもそれはできないって……このメリーゴーランドが……古いメリーゴーランドを……街に……」。彼が家の外で独り言を言っているのだと思った。彼の車も同じ白だったし、同じようにエンジンの音が大きかったし、何より私の家の前に停まっている。もしそうだとすれば、彼は少し狂っているのかもしれなかった。だが私はまだ彼のことをよく知らなかった。彼が狂っているかどうかわからなかった。ただときおりぼんやり魂が抜けたようになって、自分がたった今まで何をしていたのかわからなくなることがあるのは知っていた。少し恐ろしかったが、彼について何を知ることになってもそれを受け入れようと、覚悟を決めた。私は服を着た。裏口から出て家の横手に回り、ヒマラヤ杉の下を通って車寄せを抜け、道の前まで出た。だがよく見ると車は彼のものより小さかった。それどころか彼の車とは似ても似つかなかった。すると今度は別種の恐怖が襲ってきた。これは頭のおかしい見ず知らずの他人だ、よけいに何をするかわからない。私は回れ右をし、家に向かって歩きだした。だがヘッドライトがふたたび点いて私をとらえ、声がした。「おおい、大丈夫か？」私は立ち止まり、「どなた？」と訊いた。すると声は「今ちょっと気持ちを整理してるんだ」とか、何かそのようなことを言った。

私は家に入った。廊下を歩いてバスルームに行き、トイレに座った。ふと見ると、手も脚も震えていた。

それから眠って、大学のホール階で彼の書いた短い小説を見つけるという夢を見た。タイトルページには私の名前と私の大学の住所が書いてあった。おおむね平易な文章で書かれていたが、途中パリがどうこうというくだりが出てきて、そこから急に情緒的な文体になり、〝戦争のおののき〟などという表現が出てきたりした。それからまた平易な文に戻った。最後の一文はことさらそっけなかった──「われわれはつねに帳簿係を驚かせつづけている」。夢で私は彼の作品を気に入り、そのことに安堵していた。ただし最後の文章だけ気に入らなかった。だが目が覚めてみると、最後の文章もいいと思った。そこが一番いいとさえ思えた。

今にして思えば、夢を見た時点ではまだ彼の書いたものを一つも読んでいなかったのだから、私はただ彼がこんなものを書いていればいいと望むものを自分で創作していたことになる。そしてこれは私の夢であって、彼は私が夢に見たような作品を実際に書いたわけではないにもかかわらず、いまだにあの文章を彼が書いたもののように思い出す自分がいる。

・

彼と出会ってから三日後、目の前で友人が彼のことをファーストネームで呼んだので、私は自分の推測が正しかったことを知った。そのさらに二日後、こんどは図書館のミニコミ誌を扱っているセクションで、雑誌に彼のフルネームが彼の詩と共に印刷されているのを見つけた。

それまで私は、彼の書いた詩をもしも好きになれなかったらと、そのことが心配だった。だが活字となった彼の名前を目にすることはまったく想定していなかったので、不意打ちのような衝撃をおぼえた。その衝撃は彼の名前そのもの——やたらと子音が多くて発音が難しく、それ以前には一度も目にしたことがなくそれ以降も一度も見かけないので、まるで彼一人のためだけにある名前のように思えた——から来るのではなかった。その衝撃はもっと別の何かから来ていたのだが、それが何なのか、すぐにはわからなかった。

知りたいと何日も願いつづけた名前がやっとわかって、彼の存在は以前よりも現実味を増したような気がした。名前を獲得したことで、彼は世界の中にやっと確かな位置を占めるようになり、前よりも少しだけ昼の世界に近づいた。それ以前の彼は、疲労のために昼間のように物がうまく考えられず目もよく見えない時間帯、光の周囲をつねに闇が取り囲んでいる時間帯に属していて、日の光の下よりも暗闇の中を動き回る存在だった。

それにまだファーストネームしかなかった時の彼は、他の誰かから聞かされた話の中の登場人物のようでもあり、単に誰かの知り合いのようでもあり、私のよく知らない誰かのようでもあった。じっさい私は彼のことをよく知らなかった。一インチの隙間もないくらいに近しい関係になっていたにもかかわらず。

だが彼のフルネームを知り、知り合って数週間が経ったあとでも、彼が日の光の下では会わない相手で、真夜中にとつぜん私の部屋にやってきた名前の不確かな男であるという感じは、いつまでも消えずに残った。

彼の詩を読みおえ、エリーを探して稀覯本《きこうぼん》のコーナーに行った私は、その日二度目の衝撃を味わうことになった。彼の母親と私が五つしか歳が違わないことを、エリーの口から聞いたのだ。

・

彼を小説の中で何という名前にするか、そして自分を何という名前にするか、私は長いこと決めあぐねていた。本当は彼の実際の名前と同じ一音節の英語名にしたかった。だがそれに合う名前をいろいろと探しているうちに、翻訳で難しい問題に突き当たったときによくやる逃げ――唯一ぴったりくる答えは元の単語以外にないという――を、自分の頭がまたやろうとしているのに気がついた。けっきょく私は、彼が以前に書いた小説に出てくる二人の登場人物の名前を拝借することにした。だから最初のうち二人の名前はハンクとアナだった。しばらくして私は小説の最初の部分をエリーに渡して読んでほしいと言った。急がなくていい、時間のあるときに読んでくれればいいからと言いはしたが、思った以上に待たされた。最初のうちは、なかなか読んでくれないことも気にならなかった。自分でもそのことについてあまり考えたくなかった。小説から少し離れていたかった。けれどもしだいに、早く意見が聞きたくてじりじりしだした。

エリーがなかなか読んでくれなかったのは、彼女自身この小説とそっくりの状況に置かれていたからだった。自分よりもずっと年下の男に入れ込んでいたのだ。彼と別れたわけではなかったのに、いつ捨てられるかと戦々恐々としていた。そしてその後しばらくして本当に捨てられたときにも、エリーはまだ私の小説を読んでいなかったばかりか、ますます読みづらくなってしまった。気持ちを切り換えて読むようにすると言ってはくれたが、どうだかわからなかった。腹立ちまぎれに外国に移住するとさえ言いだしていた。

他の人に見せることも考えたが、適当な人が見あたらなかった。読んでやってもいいという友人が何人かはいたが、そのうちの数人には客観的な意見は望めなかったし、そうでない人たちも、他の理由であまりに参考になりそうになかった。参考になることを言ってくれそうな人も二人いたが、その人たちには、もっとまとまった長さになるまで見せたくなかった。

どうして自分に読ませないんだとヴィンセントは言った。彼がそれほど熱心に読みたがるのは、おそらく私についてもっと知りたい、わけても私が彼から隠している（と彼が思っている）過去の出来事について知りたいと思っているからにちがいなかった。そういうものの中には、たとえば私のヨーロッパでの〝アバンチュール〟（彼いわく）があった。だが私に言わせれば、神経質な痩せた男と四晩続けて一つ部屋に寝て、彼を起こさないように気を使い、あげくに自分が眠れなくなって、バスルームの床のタイルに座り込んで本を読もうとするものの酔っぱらいすぎていて書いてあることがさっぱり頭に入らない、そんなのを〝アヴァンチュール〟とはとても呼べなかった。相手の男は自宅以外の場所ではいつもひどい不眠に悩まされた。しかもつねに旅行がちで、妻の待つジュラ山脈の自宅に帰ると何週間も眠りつづけた。すくなくとも本人の弁ではそうだった。彼は白い顔を疲労でひきつらせ、眠るんだ、眠るんだと言いながら暗いホテルの部屋をうろうろと歩き回った。それからベッドの中にもぐり込み、私の背中にぴったり寄り添って、一時間でも二時間でも私のうなじに話しかけた。そのうちにやっとうとうとしはじめる。私は自分が眠れないときはバスルームに行って明かりを点けて床にじかに座りこむか、ホテルを出るかした。

最初の晩は難なくホテルを出て自分の宿に戻ることができた。二度めのときは明け方近くで、正面の出口が閉まっていた。疲れている男を起こすのはいやだったので――彼はやっと眠ったところだった――呼び鈴を鳴らして夜勤のフロント係を呼んだ。係の男はバスローブをひっかけてひどく不機嫌な顔つきで現れて、さんざん押し問答をしたあげくに鍵を開けた。タイル貼りの金魚の水槽の前を通り、湿気のむっとこもったエントランスを抜けて通りに出ると、朝日のなか、道路の黄色いラインを引きなおしていた工事夫たちが顔を上げ、まだ昨夜の黒いドレスを着たままの私を好奇の目で見た。私の泊まっていたホテルの入口も閉まっていたので、村を歩いてひと巡りし、市場で人々が露店の設営をするのを眺めた。

その日の午後は独りで海に泳ぎに行ったが、気分がすぐれなかった。腰までの深さのところに棒立ちになり、ただ水平線を見つめるか、浜のほうを向いて茣蓙《ござ》の上に寝ころがったり、座って両手で目にひさしを作り、強風にあおられた砂粒が目に入らないようにしている他の海水浴客たちを眺めているだけだった。やがて陽射しと熱気で目眩《めまい》がしてきたので、水から上がって砂の上を歩き、浜辺のカフェに入って、店主とウェイトレスに気づかわしげな視線を向けられながら夕方までずっとローブ姿で座りこみ、氷を額に当てたり、指で塩の粒を舐めたりして過ごした。日没近く、背の高いイギリス人の女性が私の手を引いて浜を歩かせてタクシーに乗せ、ホテルの部屋まで付き添ってアスピリンと水を飲ませてくれた。

ヴィンセントには今のところまだこれを見せるつもりはない。彼はすでにこの小説に対して否定的な感情をもっている。私の口からはっきり言ったわけではないが、これがどんな内容かは、うすうす察しているらしい。おまけに彼は、私の過去の恋愛をすべて破廉恥だと決めてかかっているようなところがある。たしかに彼の前にも男は何人かいた。古びたボート屋に独りで住んでいる画家がいたし、私とオペラに行くときにいつも自分の母親を連れてきた人類学者がいた。そのすぐ後にはやたらにこやかな男がいたし、そのすぐ前にはやたら酒を飲む男がいた。それから例の砂漠の男がいたし、その前にはありもしないことを勝手に妄想しては嫉妬に狂う男がいた。だがどの関係も大して長続きせず、なかにはベッドまでたどりつかないのもあったが、どの男もみな社会的には立派で、多くは大学教師だった。

私の送った文章を、エリーはずいぶん経ってからやっと読んでくれた。彼女は年下の恋人の件とは無関係にではあったものの、一年間の期限つきで本当に外国に行くことが決まり、私の原稿を読むのも出発前に片づけなければならない仕事の一つになったのだ。面白い話だと思うけれど名前が変だ、と彼女は言った。彼の名前はハンクではないほうがいい。ハンクなんていう名前の男を好きになる人間がいるとは思えない。ハンクと聞くとなんだかハンカチを思い出してしまう、そうエリーは言った。もちろんハンクという名前の男を好きになる人だっていないわけではない。ただ作家が登場人物にどんな名前をつけようと自由だけれど、ハンクという名前の男を好きになる男や女は、その不自由をしのんで恋愛しているのだ。

エリーにあまり強く反対されたので、私はしばらく女の名前をローラ、男のほうはギャレットにしていた。だがこの女がローラというのは何となく不満だった。ローラという名前の女はもっと穏やかで、まちがってもぶざまな真似はしない気がする。スーザンのほうがいい気もしたが、スーザンという名前をもつ女は、彼の姿をひとめ見たくて、彼が別の女といっしょにいるのを知りながら、彼と彼の白いぽんこつ車を求めて夜中に一時間もかけて町の端から端まで歩き、また戻ってくるなどという馬鹿な真似はしそうになかった。雨の日に彼の家まで車で行って、ベランダに上がりこんで彼の部屋の窓をのぞきこむなどということも、たぶんしない。

そんなわけで、女の名前はハンナになり、マグになり、ふたたびアナに戻った。私は自分の部屋の様子をそのまま小説に書き、このアナという女が邪念と闘いながらカードテーブルに座って何とか仕事をしようとするさまを書いた。別のバージョンでは、ローラが私のカードテーブルに向かっていたり、ハンナがピアノを弾いていたり、アンが私のベッドに寝ていたりした。彼のほうは長いことステファンだった。その時点では小説のタイトルも『ステファン』だった。するとヴィンセントが、ステファンというのはヨーロッパ風で気に入らないと言った。たしかにヨーロッパ風ではあったが、彼には似合っていると私は思っていた。だがそれで完全に満足していたわけでもなかったので、また別の名前を探しはじめた。

何冊か小説を出している友人から少し前に聞いた話。その人はあるとき小説を一つ大変な早さで書き、一日に一、二ページしか読み返さずにどんどん書き進め、出来あがって読み返してみたら、一人の登場人物の名前が途中で十二回も変わっていたのだそうだ。

道端に立って私を待っている彼を見るとき、私の目に映るのは彼の顔だけではなく、手だけでも姿勢だけでもなかった。襟のすりきれた赤い格子柄のネルのシャツ、裾のほつれた白のスウェットシャツ、カーキ色のアーミーパンツ、ハイキングブーツ、そういったものも私は見ていた。手にはパイプを持ち、腕にバッグをかけていた。

最初のころは彼に会うたび、彼が現れた瞬間に自分の目に映ったものや、前回会ったときとの違いを何一つ見逃すまいとしたので、今でも彼の着ていたものを驚くほどはっきりと思い出すことができる。

彼の体に腕をまわすと、指先や腕の皮膚にまず触れるのは彼の着ている服の生地だった。腕に力をこめるとはじめて、その下にある筋肉や骨が感じられた。彼の腕に触れるとき、実際に触っているのは木綿のシャツの袖だったし、脚に触れれば、触っているのはすりきれたデニムの生地だった。腰の後ろに手を当てれば、骨のように硬い二筋の筋肉の畝《うね》といっしょに、私の手の熱で温められた彼のセーターの柔らかな毛糸も感じていた。そして彼の胸に抱き寄せられれば、すぐ目の前に見えるのは、シャツの布地の木綿糸の織目やランバージャケットの表面の毛羽立ちだった。

彼のいでたちが会うたびに少しずつちがったように、会うたびに私は彼について新しい発見をした。発見の一つひとつが私にとっては小さな衝撃で、その衝撃が私を嬉しくさせることもあれば不安にすることもあり、不安はあるときは小さく、あるときは大きかった。あの最初の日、二人でバーで飲んでいたとき、彼は私の生徒の何人かやミッチェルに対する怒りを口にし、私を驚かせた。

彼らに嫉妬する理由など一つもないのに、その調子には嫉妬が混じっていた。そして彼が激しい怒りを口にしたとき、彼は急にまた見ず知らずの他人、嫌な感じの他人のように感じられた。彼についてもっとよく知った今となってみれば、あのときの怒りが失望に根ざしていたのだとわかる。彼はしょっちゅう誰かに失望していた。ほとんどすべての人間に失望し、怒りを感じていたと言ってもよかった。すくなくとも男性に関してはそうだった。彼は男たちに多くを期待し、尊敬するべき男に飢えていた。

彼は何人かの男たちに腹を立て、何人かの偉大な作家には憤っていたが、どちらも根っこには同じ種類の失望があるように見えた。彼はつねに文豪と呼ばれる作家のものを読んでいた。この世でいちばん優れた書物をすべて制覇してやると言わんばかりの勢いだった。一人の文豪の作品を片端から読み、読みおわると憤った。何かがちがう、と彼は言った。尊敬できる作家だとは思う、だが何かがちがう。そしてまた別の文豪の作品を片端から読み、また憤った。やはり何かがちがうのだった。その作家たちに裏切られたような口ぶりだった。彼にとって、偉大であることは完璧であることと同義語だったのかもしれない。その作家にどう失望したかについての彼の意見には賛成できるところもないではなかった。彼の言い分はなかなかいいところを突いていた。だが、そうやってむさぼるように本を読むいっぽうで、彼は自分を裏切った作家のことを端から忘れていった。まるで彼らに裏切られつづけることで、この世界に居場所を見つけられるとでもいうようだった。

彼についてわかったことは他にもある——私が彼に直接たずねたのだ——それは私の前にも女は

いた、それも少しではなく相当な数で、なかには私より年上の女もいた、ということだった。知った当初は動揺し、彼と私を結びつけるものが否定されたような気がした。やがて時間とともにそのことにも慣れ、受け入れられるようになった。

のちに彼は私の元を去ってすぐ結婚したので、少なくとも私は彼の最後の女だったと自分で自分を納得させることはできた。だが、もしかしたら彼は何もかも正直に言ったわけではなかったのかもしれない。私の問いに答えたときの彼の一瞬のためらい、顔に浮かんだ困惑の表情、それだけで私は彼を信じた。だがもしかしたら、彼は私のぶしつけな問いに困惑していたのかもしれない。そんな質問には嘘でしか答えようがなかったのかもしれない。

・

私が初めて彼に愛していると言ったとき、彼は何も言わず、ただ私の言葉を吟味するようにじっと私を見つめ返しただけだった。そのときはなぜ彼が躊躇するのかわからなかった。その言葉を私はほとんど自分の意思に反して、言わされるような形で言ったのに、彼はそれに答えてくれなかった。今にして思えば、彼が同じことを私に言うのに慎重だったということは、彼のほうがより深く私を愛していたのかもしれなかった。私は自分の気持ちをよく確かめもせずに早急にその言葉を言い、それを彼もわかっていたのかもしれない。だがけっきょく数日後に彼も同じことを私に言わざるをえなかったのは、たぶん彼も私を愛していたか、愛していると思ったからなのだろう。

私はあるところで、私はとつぜん彼に愛を感じた、ロウソクの灯のそばで互いに見つめあっているときにそれは起こった、と書いている。だがそれはあまりに安易な感じがするし、そのロウソクがどこのどういうロウソクなのかも思い出せない。最初の夜のあのカフェにロウソクはなかったし、その後の私の家にもロウソクはなかったのだから、最初の夜にはまだ彼を愛していなかったということになる。けれども次の日の昼前、彼とふたたび会ったとき、胸の中にとつぜん強い感情がわきあがったのを覚えている。もしそのときにまだ愛していなかったのだとすれば、あの感情が何だったのかわからない。もしその時点ですでに彼を愛していたのだとすれば、彼が明け方帰っていったときから、次にふたたび彼と会うまでの間にそれが起こったことになる。あるいは彼とふたたび会った瞬間に突然それが起こったか。

だが彼が目の前におらず、私が自分で気づいてもいないあいだにそれが起こるなどということがあるだろうか。もしかしたら突然起こったわけではなく、徐々にそうなっていったのかもしれない。彼とふたたび会ったときにわきあがった感情は単にその第一段階にすぎず、その日の午後、その次の日、さらに次の日、そのまた二日後……というふうに段階的に高まっていき、ついには極限まで高くなって頭打ちになり、勢いを失ってふらふらと揺れ、やがてゆっくりと下降を始め……といった具合につねに流動的だったのかもしれない。もしかしたらロウソクは、私が初めて彼に愛しているると言ったときに部屋にあったのかもしれないが、その瞬間に彼を愛しはじめたのでないことは確かなので、いまだにそのロウソクの素性はわからないままだ。

部屋の明かりがついているときは、彼の細部が肌のきめまで見えた。部屋が暗ければ、窓の外の空の薄明かりを背に彼の輪郭だけが見えたが、彼の顔は知り尽くしていたので、暗くて細かなところまでは見えないはずのその顔が、どうかすると表情まで見えた。

たぶん人は、あるときにはゆっくりと段階を踏んで誰かを愛し、別のときにはまったく突然に愛しはじめるのだろうが、経験の乏しい私にはよくわからなかった。彼以前に誰かを愛したことは、たぶん一度しかなかった。

私は彼を愛していると感じることもあれば、愛していないと感じることもあって、敏感で頭のいい彼は、私が彼を愛していそうなときとそうでないときがあるのを感じていたにちがいなく、それで私のことを完全には信じられなかったのかもしれない。私が彼を愛していると言ったときに彼が躊躇し、それに答えるのに何日も要したのも、もしかしたらそのせいだったのかもしれない。

たぶん最初にあったのは彼に対するある種の渇望だった。ついでそれほどまでに強い渇望を私の中に引き起こし、それを満たしてくれる彼に対して優しい気持ちが芽生え、それが徐々に育っていった。私が彼への愛だと思っていたものの正体は、実はそれだったのかもしれない。

だがそれよりももっと前、彼に対して最初に抱いた感情は、初対面の時の、しごく客観的な好ましさにすぎなかった。知的で感じのいい、体格のがっしりとした人物が私にも同じように魅力を感じてくれていて、だからこそ私たちはしごくストレートに、その夜のうちに、飢えて渇いた二人の人間のように、どこかで二人きりになりたい、互いの欲望が満たされるまでいっしょにいたいと思うことができたのだった。

この好印象、この漠とした渇望は（それは彼個人に対して感じるものというよりは、私好みの資質をそなえた男性になら誰にでも感じる類《たぐい》の欲望だった）、その後すぐに強まっていったわけでもなければ、彼だけにしか満たすことのできない固有の欲望に変わったわけでもなかった。それ以前、彼と会ってからほんの数時間以内、遅くとも次の日ふたたび彼と会ったときまでに、ある別の感じが生まれていた。それは心を吸い寄せられるとでもいうか、思考を妨げられるような感覚だった。彼は私の考えていることを妨げるものとして私の頭の中に侵入してきた。私の頭の大部分を占領する障害物のようなものだった。他のことを考えようとすれば彼を迂回して考えなければならず、何とか他のことを考えるのに成功したとしても、しばらくすると、まるで少しのあいだ忘れられたことでさらに力を増したかのように、ふたたび彼が舞い戻ってきて、その何かを押しのけた。

いっしょにいないときには彼に思考を妨げられ、いっしょにいればいたで、まるで吸い寄せられるように彼の姿を見、彼の声を聞かずにいられなかった。彼の姿を見、彼が話すのを聞いているときの私は、ほとんど身動きせずに彼の横についていた。彼のそばにいて、半ば体が麻痺したように彼を見、聞いているだけで満足だった。ほんの一日二日前まで彼のことを知りもしなかった私が。

彼への思いに妨げられて、私はそのときやっていたことを中断し、彼のそばに、彼の姿の見える場所に向かわずにいられなかった。そして引力に吸い寄せられるように彼のそばから離れられなくなり、彼のそばから離れられない気持ちが渇望に変わり、渇望は私の中で、そして彼の中でも、どんどん強くなっていった。

•

私の家から彼の住む町までは一マイルの道のりだった。途中には競馬場があり、フェア会場の敷地があり、その両方の駐車場として使われる土がむき出しの広い空き地があった。車で行くと、道はカーブしながら競馬場の駐車場の外周をまわり、夜に通ると道のそちら側は広大な闇の広がりで、反対側もやはりタイヤの跡だらけの未舗装の空き地、その向こうに細い川があり、そのさらに向こうには丘があって、丘の競馬場に面した側には家が一軒もないが、反対側、海に面した側の斜面はびっしり家で埋めつくされていて、私の家もその一つだった。道はそこから橋を渡って細い川を越える。川は丘のほうから流れ下ってきていた。上流のほうではごつごつした岩床を流れるせせらぎで、周囲には背の低い貧相な木々が生い茂り、五月の終わりごろになると流れのいたるところに殻の柔らかなザリガニがいて、川岸のぬかるみにはスイカの皮やビールの空き瓶が散乱していた。海に流れこむあたりまでくると川は広く浅くなり、引潮になると、強い潮の流れに引かれて川岸の砂が少しずつ削り取られ、小さな塊になってぽろぽろと崩れて流された。道はそこから内陸に向かい、別の丘の脇を抜けた。

彼の家に初めて行ったときには、道順を聞いてひとりで行った。ガレージがいくつか並んだ裏手にある細長いワンルームだった。部屋にはベッドがなく、床にマットレスをじかに置いているわけでもなく、カーペットの上に寝袋が一つ転がしてあるきりだった。家具と呼べるものは皆無で、むき出しの本や服が壁ぎわに積んであったり、崩れて山になっていたりした。それにタイプライターが一つ、ただしこれはガレージにあることが多く、あとはインドの太鼓が一組あった。部屋には小さなキッチンもついていたが、テーブルの上にのったホットプレートと小型の冷蔵庫の他には何もなかった。キッチンの奥がバスルームだった。私はしばらくそこにいて、カーペットの上に座り、彼と紅茶だったか水だったかを飲んだ。彼は狭い部屋で申し訳ないと言ったが、それはたぶん私がいかにも居心地わるそうにしていたからなのだろう。

紅茶か水を飲んだあと、彼は私にガレージを見せた。彼の自慢のガレージだった。コンクリートむき出しの室内には床置き式の本棚が何本もあり、大量の本が収納されていた。私は彼がこんなにたくさん本を持っていることに感心した。じつは大部分が彼の友人の本だったのだが、そのことを彼は言わなかった。後日その友人は、本に関することで彼に非常に腹を立てたが、もしかしたらそれは彼が大家にそこを追い出され、本もすべて没収されてしまったことだったのかもしれない。ガレージの入口に向かい合うように机が一つ置いてあり、ランプとタイプライターがその上にあって、そこで彼は書き物をした。よく何時間もひとりでそこで何か書いていたが、何を書いているのかを知ることはできなかった。訊いても教えてくれなかったのかもしれず、私が訊きたくなかったのかもしれない。

彼の部屋にあまり足が向かないのは、部屋が暗くて狭いからだと自分では思いこんでいたが、のちに彼が海沿いの一つか二つ先の町の、サボテン農園を見おろす明るくて風通しのいいアパートに移っても、やはりあまり行く気になれなかった。いちど背の低い本棚に本を並べるのを手伝いに行ったのと、別の時に、味の薄いキャベツ・スープを彼が大鍋にいっぱい作ったのを二人で食べたのは覚えているが、その後も数えるほどしか行っていないから、要するに自分の家で会うほうが好きだったということなのだろう。彼がサボテン農園を見おろすアパートを出たときには、私はもう彼とはあまり会わなくなっていたし、親しくもなくなっていたので、そこを出たことは知っていたが転居先を知ることはなかった。その後私も引っ越して、彼のほうも私がどこに行ったかたぶん知らなかったと思う。

・

彼はそのインドの太鼓を演奏できた。すくなくとも本人はそう言い、私もそれを信じた。子供のころにインドに住んだことがあると彼は言った。そこから船で、母親と姉とともにアメリカに帰ってきた。叩いてみせようかと何度か言われたが、私は長いことそれから逃げていた。見たこともないこの奇妙な楽器を彼が目の前で演奏するところを想像したときに感じた気恥ずかしさは、その後しばらくして別の友人が反戦ソングをギターで弾き語りしたときに感じた気恥ずかしさに通じるものがあった。私の背中を太鼓みたいに叩いてほしいと頼んだことはあって、彼は本当に指と手のひらのつけ根を使って、私の背中をリズミカルに叩いてみせた。やっと彼が太鼓を叩くのを見たのは、もう関係も終わり近くで、すでに私は彼といっしょにいてもただ気まずく、彼に対して何も感じなくなっていて、彼も私のせいで傷ついていた。その時期の私たちは、互いに対してまだ何か感じられるかどうか試すように、それまでやらなかったことを次々にやった。だがけっきょく私は予想していたとおりの気恥ずかしさを感じることしかできなかった。

・

この小説を書きはじめた当初は、ある種の事柄、たとえば彼の行動などについては、なるべく事実そのままを書かなければならないと思っていた。でないと、たとえばインドの太鼓という部分を変えて、彼が何か別の楽器を演奏したことにしてしまったら、本を書く意味そのものが失われてしまうような気がしていた。そういうことをずっと書きたいと思っていたのだから、事実をありのままに書かなければならないと思っていた。だがいったん起こったことを起こったとおりに書いてしまうと、自分でも不思議なくらい後からはいくらでも変更したり削除したりすることができた。いちど書いてしまいさえすれば、それで自分の中の何かが満たされてしまうのかもしれなかった。

事実をありのままに書いて、あとは凝縮したり順番をちょっと入れ換えるだけで事足りることもある。事実だけでは不充分だと感じることもあるが、その場合でもあまり創作をする気にはなれない。だから大部分は事実をそのまま書いてある。もしかしたら事実の代わりに何を書けばいいのかわからないからかもしれない。単に想像力に欠けているだけなのかもしれない。

何度書くのを中断しても結局また戻ってきたのは、自分はすでにこれがどんな話か知っているのだから何も考えなくても書けるはず、という気持ちがあったからだ。だがかける時間が長びけば長びくほど、どうやればいいのかわからなくなった。どの部分が重要なのかが自分では判断できなかった。どこを自分が面白いと思っているのかはわかったが、面白くない部分も含めて何もかも書かなければならないと思っていた。だから面白くない部分も何とか苦労して書き進め、面白い部分になったら思いきり楽しんで書こうと決めた。ところが実際には、面白い部分になってもいつもそうと気がつかずに通りすぎてしまい、ということは自分が思っていたほどには面白くなかったのかもしれず、そう思うと意欲がそがれた。

やめてしまおうかと思ったことも何度かあった。やりたいことは他にもあった。もう一つ書きたい長編があったし、書きかけのままになっている短編もいくつかあった。もしも誰かが自分の代わりにこれを書いてくれるのならそれでいいとさえ思った。文字になりさえすれば、作者は誰でもかまわなかった。ある友人からは、もし長編にするのが無理なら、せめて部分部分を生かして短編に仕立ててはどうかと言われたが、それはやりたくなかった。本音を言えば、これだけ長い時間をかけたのだから、今さらやめたくなかった。そんな理由で何かをやり続けるのは、あまりいいこととは――場合によってはいいこともあるのだろうけれど――思えない。私は前にも一度、似たような理由で一人の男とずるずる付き合いつづけたことがあった。あまりにいろいろありすぎて別れがたかったのだ。だがもしかしたら、やめずに書きつづけたのには何かもっとまともな理由があって、ただそれが何だったのか自分でわかっていないだけなのかもしれない。

そんなわけで、〝何も考えなくても書ける〟というわけには全然いかずにいる。起こったことを最初から順に書こうとしたがうまくいかなかったので、順不同で書いてみようとした。すると今度は、読んで意味がわかるようにするには何をどの順番で書くべきかが難しかった。一つのことがらが次のことがらに自然につながって、どの部分もそれに先立つ部分から派生したものでありながら全くちがう展開をはらんでいる、そんなふうにできないものかと考えた。まず過去形で書き、それをぜんぶ現在形に――もういいかげん現在形にはうんざりしていたのに――直した。それから一部を現在形のままにして、残りをまた過去形に戻した。

その間、ちょくちょく中断して翻訳もやった。一週間かかって一ページ弱しか書けないとヴィンセントに言うと、彼は笑った。冗談だと思ったらしい。一ページ書くのにそれほど時間がかかっていながら、いつもそのうちもっとすいすい書けるようになるはずと思っていた。いつもそのつどちがう理由で、そのうちもっとすいすい書けるようになるはずと思っていた。

ときどきこの小説に、過去の自分、そして現在の自分まで試されているような気がすることがある。最初のうちは小説の中の女と私はあまり似ていなかった。女と自分が近すぎると話がよく見えなくなるような気がしたのだ。やがて書き慣れてくるにつれ、もっと自分に似せられるようになっていった。当時の自分にじゅうぶん善があったなら、じゅうぶんな深みや複雑さがあったなら、努力しさえすればきっといい小説になる、ときどきそんなふうに思ったりする。そしてもし私が人間として底が浅かったり心が邪《よこしま》だったりすれば、何をどうしようときっとうまくいかないだろう、と。

・

彼といるときの私は、他の人たちといるときとはまるでちがう人間だった。彼といるときは、独りのときや友人といるときのように気が強かったり、落ち着きがなかったり、せっかちだったりしないように、なるべく気をつけた。できるだけ優しく物静かでいようとしたが、それは私には難しく、私を混乱させた。それにひどく疲れた。ひと息つくために、彼から離れなければならなかった。どのみち仕事があるので彼からは離れなければならなかった。私は学生たちに山のように課題を出したが、それはつまりレポートを読むのに自分も山のように仕事をしなければならないということでもあった。研究室だけでは仕事が終わらず、家に持ち帰って夜もやった。

私の研究室は真新しい建物の七階にあり、両隣は古典の教授の部屋だった。部屋は広く、棚がふんだんにあったがほとんど何も入っていなかった。縦長の窓が等間隔に並んでいて、そこからはテニスコートやユーカリの木立ち、さらに遠くには海も見えた。窓は嵌《は》め殺しで防音になっていたが、仕事の手を止めて耳をすますと、壁越しに話し声が聞こえてきた。学生と教師が同時に笑う声、それから教師が何かを説明する歌うようなリズミカルな調子、そして低く抑揚のないラテン語の語形変化の暗誦――それはいつも「讃える」を意味する動詞 laudare であるように聞こえた。

私はときどき仕事の手を休め、自分の両手、それから両腕を鼻に近づけて、肌の匂いを嗅いだ。香水と汗のまじりあった自分の体臭をかぐと、彼の記憶がよみがえった。

もう一つ彼を思い出させるものに、家のベッドにかけてある原毛のメキシコ毛布の匂いがあった。彼はたいてい私を起こさないよう朝早く帰っていったが、私はそのあと眠れなかった。その数時間後、彼は私に会いに大学の研究室までやってきた。たまに私のほうが早く起きたときは、彼は自分が寝床から出たあと丁寧にベッドを整えた。私の家で朝まで過ごした最初の日に、彼はそれをやった。彼がそうするたび、私はそれを優しさの表れのように感じた――彼が私の持ち物を丁寧に注意ぶかく整え、私の家の整頓に手を貸してくれるという、そのことが。

•

私は人のおおぜいいる部屋で彼を待っていた。彼は会いに来てくれなかった、きっともう来ないにちがいないと思った。知り合ってまだ一週間も経っていないのに、もう私から去っていってしまったと思った。鋭い失望が胸を刺し、室内から生命という生命が消え失せて、空気まで薄くなったような気がした。人も、椅子も、ソファも、窓も、カーテンも、演壇も、マイクも、テーブルも、テープレコーダーも、日の光も、すべてのものが、かつてそれらであったものの脱け殻に見えた。その数か月後に彼が本当に去っていったとき、世界は空っぽの脱け殻になったのではなかった。もっと悪かった。空っぽさがぎゅっと凝縮されて毒物のようになり、人も物も表面上はいきいきと生きているように見えながら、実際は有毒な保存料を注入されているのにすぎなかった。

その日の彼は私から去ったのではなく、ただ遅れて来ただけだった。私が席を立って帰ろうとすると、入口のところに彼が立っているのが見えた。室内のあらゆるものが息をふき返した。時間がわからなくなってしまって、と彼は弁解した。彼はときどきそんな風に、いまが何時かわからなくなったり、自分がいま何をやっているのかわからなくなることがあった。自分でも気づかずに何かをやっていたり、何かをやらなければいけないのにどうやっていいかわからなかったりすることが往々にしてあったし、やらなければいけないことができないこともときどきあった。

私たちはいっしょにそこを出て友人の家に向かい、途中で喧嘩をした。

•

彼と知り合っていた期間中、私はすくなくとも七つの朗読会に行っている。もっとだったかもしれない。だが朗読会の様子を面白く描写するのは難しく、それを一つの小説の中で何度もやるとなると——たとえば詩を聞いていてむかっ腹が立ったというようなことが仮にあったとしても——そして実際にあったのだが——なおさら難しい。朗読でなく別のものに変える、たとえば講演とか舞踊を観にいったことにするという手もないではないが、自分が舞踊を二度も三度も観にいくとは思えない。最後に行った朗読会はサウンド・ポエトリーで、私のもっとも苦手とする部類のものだった。体は椅子に縛りつけられていたが、頭をつなぎとめておく取っかかりのようなものがなく、やがて意識は私の肉体を離れてガラス窓の外にさまよい出て、またしても彼を探し求めはじめた。

・

喧嘩は彼の友人のキティをめぐってだった。私たちは陽のあたる細い道路脇に停めた彼の車の中に座っていた。道の両脇は白い歩道で、そこから短く刈りこまれた小さな芝生の庭々がフェンスなしに始まっていた。芝生の奥に建っている家はどれも小さな白い平屋で、赤い瓦屋根をのせていた。一軒の家の横には背の低いヤシの木があり、その隣の家の横には多肉質の葉をもつ低木、そのさらに隣の家は赤い花をつけている蔓植物だった。芝生の他にもう一種類だけ植物を植えるのがこの通りのしきたりででもあるかのようだった。少し傾いた陽射しが白い歩道と家々の白い壁に明るく照りつけていた。どの家も低く小さく、周囲にほとんど木もなかったので、広々とした青空が頭上に開けていた。私たちは友人の家を訪ねるところで、すぐには車を下りずに座っていた。着くのが早すぎて一番乗りになってしまったからかもしれず、単に喧嘩が終わらなかったからかもしれない。

彼は数日後に自分の朗読会を控えていた。そこで自作の詩を何編かと、あと短編も一つ読むことになっていた。そこにそのキティという女も呼びたいと彼は言った。この企画を一緒に考えてくれたから、と説明した。

その前に彼の口からキティの名前が出たのは、大学の私の研究室でだった。彼は研究室のすぐ外の廊下で私の後ろから近づいてきて、抱きついてキスをした。公の場所だったので、私は気が気でなかった。廊下の私の前には誰もいなかったものの、背後で人影がひょっこり顔をのぞかせ、すぐに引っこんだような気がしなくもなかった。

研究室に入って座ると、彼はさいしょキティを悪く言い、ついで彼女を心配しはじめた。私はその女の名前を聞くのさえいやだった。彼の口からその名前が出たとたん、彼が私からすうっと遠ざかって部屋の外に出ていってしまい、私はひとり取り残されて、ぼんやりと上の空で気づかわしげに眉間に皺を寄せた彼の顔と、死んだように動かなくなった彼の体と向き合っているような気分になった。それはまるで自分が忘れられてしまったような、あるいは自分と彼との関係が忘れられてしまったような感覚だった。急に、女友達への不満や心配を心おきなく打ち明けられる古い友人と勘違いされたような気がした。

それから何週間かして、キティが彼の部屋に行った。彼女が部屋にやってきた理由について彼がした説明は、どう考えても私には筋の通らないものだった。

・

彼の朗読会は日曜の夕方、街のさびれた地区にある丘の上の古い瀟洒な屋敷で開かれた。重厚な階段の手すり、吹き抜けにはステンドグラスがあり、戸口に垂れた厚いカーテンが、ビロードの紐でくくられて端に寄せられていた。そこここに壁龕《アルコーヴ》や出窓があり、高い天井からシャンデリアが下がっていた。その日は彼の他にもう一人、私と同年代の男の詩人も朗読をしたが、誰だったかは思い出せない。それにその日の朗読会と、その何か月か後、彼と別れてから同じ屋敷であった別の朗読会（女の作家がロビンソン・クルーソーについての短編を朗読した）が、記憶の中で混ざり合っている。私は部屋の後ろのほうに立っていた。客席から目をそらして横を向くと、アーチ型の戸口の向こうに空っぽの隣の部屋が見えた。私は部屋の奥から客席ごしに演壇に立つ彼を見た。観客の頭に隠れて、彼は肩から上しか見えなかった。私は彼の朗読が下手だったり読んだものが面白くなかったときに備えて、彼のために恥じ入る心の準備をしていた。だが彼はしっかりとした声で朗々と読み、作品もどれも悪くなかった。ただし彼が読んだ短編はあまりいいとは思わなかった。キティは来なかった。

朗読会が行われたその屋敷については他にも言うことはあるのだが、小説の中でどこまでそれを描写していいのかよくわからない。この土地の風景についても描写できることはいろいろとある。どこへ行っても必ず歩道の端に積もっていた赤っぽいさらさらした土。海の上に切り立った崖の稜線と、風に削られてなだらかに海に下っていく砂岩の峡谷。海が近いので、潮の高い日の夜更けには、カーテンが何度も何度も下りてくるような波の音が聞こえたこと。乾いた土地で風景は緑に乏しかった。一年の何か月かは山々は茶色い地肌を見せ、緑色のものは湿気のたまる山の襞にわずかにかたまって生えるか、街中で人の手で水を与えられて青々と地面を覆う草花や、つややかな葉をもつ植え込みがこんもりと店に寄り添っているのを見るくらいだった。そういう風景をそれまで知らなかったので、私は心ひかれた。とっつきにくい風景ではあった。幅の広いハイウェイが何もかもを突っ切ってまっすぐに伸び、茶色い山肌のどこかしらに常に建築途中の何かが唐突に出現していた。土地は有り余るほどあるのに、まるで将来の人口過密を見越すかのように、家々は一つところにほとんど折り重なるようにひしめいていた。小さな谷あいでは真新しい住宅が真新しい道路に沿って一列に並び、列の先端では今まさに建築中の最新の一軒が生木の枠組を見せているいっぽう、最初のほうに建った家々にはすでに人が入居し、車寄せに車が置かれていた。ごくたまに、古い時代のなごりが幻のように残っていることもあった。ハイウェイから離れた場所にぽつんとある古い牧場の母屋《ランチ》と、そこに至る草だらけの細い道、母屋を取り囲んで立つねじれたカシやユーカリの林、などなど。

いたるところに、いぶしたような精油の匂いを放つユーカリの木があった。見あげるほど高く幹はまっすぐに伸びて、うんと高い位置ではじめて枝分かれする。木質が柔らかく弱いために、見ばえは悪かった。しょっちゅう枝が折れ、幹のあちこちに深い裂け目ができていた。茶色く細長い槍形の葉を絶え間なく落とすので、真下の地面には落ち葉が積もり、帯状に長くはがれた樹皮がそれに混じった。それに片側が茶色で十字の切れ込みが入り、反対側が粉をふいたような水色をした、木のボタンに似た小さな実もよく落とした。同じ大学の老教授がいつもこぼしていたのを思い出す。夜になると家のすぐそばでフクロウが鳴くうえに、寝室の真上の屋根にユーカリの実がこつんと落ちては軒端までころころと転がっていき、それがこつんころころころ、こつんころころころと一晩じゅう続くので、なかなか寝つけないのだと。

•

その日の夕方、朗読会を終えたあと、私と彼は他の何人かといっしょに、そこから近い別の丘の上にある友人宅に行った。そこは港のほうの空港に離着陸する飛行機の通り路の真下に位置していた。私たちはほとんどずっと庭にいたが、巨大な飛行機が頭のすぐ上をひっきりなしに行き来し、そのたびに話すのをやめて飛行機が通りすぎるのを待った。庭は雑草が生い茂り、姿のいいライムの木が家の脇に一本植わっていた。小さい男の子が二人、ボールを何度も真上に放りあげ、そのたびに木にひっかかったり、庭の隅の物置小屋の屋根に載ったりした。

私がすでに知っていた作品を彼は朗読しなかった。それは出会った最初の晩、彼が長編だといって私に話をした小説で、中年の男女が海辺の町で出会う話だった。漠然とヨーロッパを思わせる舞台で、女はそこにヴァカンスで来ており、男はホテルで働いている。とても簡潔で澄明な、力強い声をもつ物語だった。静謐で巧緻な表現がそこここにあり、なかでも女の白い脚に陽が当たっている様子を描いたくだりは何度読んでも好きだった。その短編には好きな箇所がたくさんあったので、それ以外の部分までよく見えた。彼がそういうタイプの小説、つまり私がもともと好きだったタイプの小説を好んで書くようなタイプの人間だったから私が彼に心を惹かれたのか、それとも彼が好んで書くようなタイプの小説を好むタイプの人間だったから彼も私に心を惹かれたのか、それは今となってはわからない。私の友人はその短編を読んで、この小説は好きになれない、なぜならこういうタイプの人物たち——無口で互いによそよそしいのに、暗黙の相互理解によって強く結ばれているような——と自分は友達になりたくないから、と言った。そういう考えは私にはなかった。ただ小説としてよく書けているかどうかだけを考えていた。

その後、彼は私のために書いたという詩を七篇、私の前で読んでみせた。どの詩にもかならず花を出すと決めて書いたと彼は言った。まだ途中だからと言って、書いたものは手元に置かせてくれなかった。そして最後までもらえずじまいだった。けっきょく完成しなかったのかもしれない。何にせよその詩は今ここにないので、あらためて読み返してみて今ならどう思うかを確かめることはできない。短編のほうは残っている。私の部屋の、それだけを入れたファイルの中にしまってあるが、あまりにもよく知りすぎているので、もう客観的には見られないような気がして、最近ではめったに開くこともない。それでも読めば、そのたびに文章は静かに耳に響き、端正な澄明さは今も私を心地よくさせる。

詩の言葉は今もところどころ覚えていて、そのなかに、その海岸は一マイルを含んでいる、という一節があった。それは私と彼の家の距離を指していた。私は彼の詩も好きだったが、小説に比べると詩はより周到で、小説ではうまくいっているその周到さが、詩ではともするとあらわになりすぎて、用心深すぎる感じを生んでいた。私はその七篇の詩を聴き、別の詩を朗読会で聴き、さらに別の何篇かを図書館で読み（もしかしたら朗読したのと同じものだったかもしれない）、それから小説は一つの短編を何度もくりかえし読み、別の一つを朗読会で聴き、その後彼がノートに書きつけたものも読み聴かされ、それが彼の書いたもので私が知っているすべてだ。彼はつねに何か書いていて、折りにふれて今は短編を書いていると言い、それが戯曲になり、さらに別の戯曲になり、それから長編になった。だがいつも最後まで書かずにやめてしまうか、一つのものを彼いわく〝保留〟にして別のものを書きはじめてしまううえに、ほぼ完成してからでないと私には見せてくれなかったので、けっきょく一つも読んだことがなかった。

彼はノートにいろいろなことを書き、私も私のノートに書いていた。そのなかには当然お互いに関することもあり、ときおりめいめいのノートから相手に読んで聴かせた。私たちがノートに書くことは、たいていは面と向かっては言わないような類のことで、だがそれを読み上げることはした。それでいて、読み上げたあとでそれについて話し合うことはしなかった。

だから私の沈黙と彼の沈黙の背後にはたくさんの会話が存在していたが、その会話はノートの上で交わされるもので、お互いがノートを開いて読み上げないかぎり、声をもたなかった。

・

もしも彼の書くものがだめだったら、彼とはそれ以上先に進めなかっただろうと思う。たとえ進んだとしても、彼がいちばん大切に思っていることに私が敬意をもてなければ、二人の関係はすぐにだめになっていただろう。とはいえ彼の書くものがよかったから彼への愛がより深まったというわけでもなかった。彼を愛していたとしても、それは彼の書くものとは無関係だったし、創作について彼と話すときは恋人どうしとしてではなく、互いに深くは知らないけれども尊敬し好意を抱きあっている者どうしのような気持ちで話した。

そういうときの二人の距離感は、他の友人たちといっしょにいるときの私たちの距離感と通じるものがあった。他の人たちの前で、私たちは恋人どうしであるようなそぶりを一切見せなかった。二人の関係が他人に知れるのは、連れ立ってどこかに到着する時と、連れ立って帰る時だけで、その二つの時を私がことさら楽しんだのは、二人の関係が誰にも知られていないそれ以外の時との落差が際立っていたからかもしれない。私は彼と付き合っていることを恥じているわけでも人目を気にしているわけでもなかったが、彼から離れていたいと思うことはよくあって、彼が近くにいるとわかっていても彼の体に触れなかった。彼に近くにいてほしいと思いながら、同時に彼から離れていたかった。

自分たちが不釣り合いな組み合わせであるということを、たぶん私たちはつねに心のどこかで意識していた。彼のほうがずっと年下であるとか、私が教師で彼は学生であるとか、そういうことをこころよく思わない人もいるかもしれない、と。もっとも彼は私の直接の教え子ではなかったし、私以外にも親しい教師がたくさんいたし、他の学生たちよりはずっと年上ではあったのだが。だがいっぽうで、もしもみんなの目の前でひょいと手をつないでみせたら、自分たちはきっと注目の的になるにちがいないとも感じていた気がする。きっとみんなは私たちが二人きりのときどんな風なのか、いったいどういう関係なのかと、強烈な好奇心をかきたてられたことだろう。私が彼の母親のようにふるまっているのだろうか？　彼が私に対して息子か父親のような、保護者的な役目をしているのだろうか？　それとも私たち二人は精神年齢が似通っているのだろうか？　緊張感のある関係なのだろうか、それとも気のおけない間柄なのだろうか？　相手に対して乱暴なのだろうか、それとも丁寧なのだろうか？　つらく当たる、それとも優しい？

彼らが強烈な好奇心をいだいただろうとわかるのは、あの土地では──私が住んでいたあいだも、そして出ていったあとも──人々は、友人や知り合いや会ったことのない人にいたるまで、他人の私生活に多大な関心を寄せていたからだ。誰もがストーリーに飢えていた。とりわけドラマチックで感情的なストーリー、愛と裏切りをめぐるストーリーに。ただその好奇心や関心はけっして悪意あるものではなかった、たいていは。

・

もう一つ、私のノートでは〝S・B〟となっている人物による朗読会もあった。その朗読のあいだ彼は私の後ろの席に座り、終わるといっしょに他の数人と共にメキシコ料理店に行った。あのころは友人たちや、大学の招いたゲストをもてなすグループとしょっちゅう食事会をしていたので、そういう人々も交えてレストラン、ことにメキシコ料理店に行くことが多かった。小説のあとのほうでは日本料理店に行って、途中で席を立ってトイレ脇の公衆電話から彼に電話をかけようとしたときのことも出てくる。だが食事そのものについての具体的な記述は小説の中に出てこないし、面白い人たちといっしょの時もあったのに、その人たちのことも出てこない。じっさい私はその数か月間にずいぶん面白い人たちと出会ったり話したりしていたから、小説に書かなかった部分、彼との話をとりまく部分を使って一つ、ことによると数個、まったく違った感じの話が作れそうなくらいだ。

その後、彼と私はある友人のリビングに二人きりで立っていて、彼は私がキスしようとしないことに怒っていた。彼は私が自分のことを恥じていると感じたらしかったが、私は単にそのときはキスされたくないだけだった。

〝S・B〟というのが誰なのか、それがどんな朗読会だったのか、今はもう思い出せない。そしてその前の週、彼と私がまだ知り合ったばかりのころにどんな出来事があったのかも思い出すことはできない。ノートのその週には二つ書き込みがあるだけで、そのうち多少なりとも彼に関係があるのは一つだけだ。書いてあるのはさして重要とも思えないような出来事だ。私は大学のカフェの外のテラスで〝L・H〟という人物とランチをとっていた。私たちの席から近い、木の植わっているコンクリートの鉢の中からスカンクが一匹出てきて、ランチを食べていた学生や教職員たちのあいだでちょっとした騒ぎがまきおこった。私は何気なくカフェの屋内に通じる出入口のほうを振り返り、そこに両手でトレイを持った彼が不機嫌そうな顔つきで立っているのに気がついた。陽当たりのいい場所は混み合っていて、空席が一つもなかったのでがっかりしたのだろうとそのときは思ったが、もしかしたら近視のせいで、あるいは太陽がまぶしいせいで顔をしかめていたのかもしれない。じっさい彼は顔をしかめることが多く、明るい場所では特にそうだった。彼がそのとき私たちに気づいてこちらに来たか、いっしょのテーブルに座ったか、それとも回れ右をして行ってしまったか、書いていないのでわからない。もしその週に起こったことを私が一つも書き留めていなければ、そしてその朗読会のことも覚えていなければ、何一つ記憶に残っていないその数日間のことをこれほど気にかけることはなかっただろう。

私は自分の記憶とノートを頼りに書いている。ノートに書き留めていなければ忘れてしまっていたであろうことはたくさんあるが、そのノートに書かなかったこともたくさんあって、そのうち覚えているのはほんのわずかだ。覚えていることのなかにはこの話と全く無関係なこともあるし、彼とほとんど、あるいは全く無関係だったせいで、いい友人であるにもかかわらず話の中に全く登場しないか、ごく目立たない形でしか出てこない人たちもたくさんいる。

・

カフェのテラスのほうを向いて陽射しに顔をしかめていた彼のことを考えているうちに、彼が顔をしかめていたもう一つの場面について、自分がずっと思い違いをしていたかもしれない可能性に思い当たった。私は彼の写っている写真を一枚だけ持っている。写真の中の彼は、十五フィートほど離れたところから顔をしかめてレンズのほうを見ている。彼は私の従兄《いとこ》のヨットの上にいて、ロープを結ぶか何かするために前かがみになって両手を動かしている最中に顔を斜めに上げ、こちらを見てしかめ面をしている。安物のカメラで撮ったせいだろう、写真はややぼやけている。私は今の今までずっと、彼が顔をしかめているのは私に腹を立てていたからだと思っていた。彼がヨットの上で厄介な作業をしている最中に、しかもヨットの持ち主はやたら大声で彼にああしろこうしろ、たとえばどこかのロープを結べといったような命令を矢継ぎ早に浴びせかけて彼を嫌な気持ちにさせ、おまけに従兄がそんな態度を取るのは明らかに私たちの関係を良く思っていないからで、そんなときにわざわざ呼び止めて写真を撮った私に腹を立てているのだとばかり思っていた。だが、もしかしたら急に太陽のほうに顔を向けたので、まぶしくて顔をしかめただけだったのかもしれない。

この写真を撮った日から一年後、私は同じ従兄と同じヨットでふたたび海に出た。家に帰ってから、何となくまた写真を出して眺めた。このときは、目で見ていることと自分の知っている事実とをなかなか一致させられなかった。写真の中では彼はヨットの上にいて、私もそれを見ているのに、現実には彼はもうそこにはいなかった。つい前日にそこに自分で行ったので、彼がいないことはたしかだった。じっさい、この写真が撮られた一時間後には彼はもうヨットの上にはいなかった。私がこれを撮ったとき、すでにヨットはドックに入っていて、私たちは陸に上がる準備をしていたのだ。それでも彼と私がいっしょだったあいだは彼はある意味ではまだヨットの上にいて、一年後のように、完全にそこからいなくなってはいなかった。

このところずっとその写真のことを考えているのは、つい最近エリーと電話で話したときにその話が出たからだ。エリーがイギリスに行っていた一年間を除けば、彼女と私とは昔からずっと近い場所に住んでいる。けれども彼女はまた引っ越すことが決まり、こんどは南西部なのだという。つい先日、エリーは自分の持ち物を調べるためにアパートの地下の倉庫に下りていった。するとまず、彼女の物置の錠が開かなくなっていた。その物置を自分のものと勘違いした別の住人が、エリーが何年も前から取り付けてあった南京錠を自分の秘書に命じて壊させ、新しいものと替えてしまったのだ。南京錠はエリーの父親のものだった。しかも父親の持ち物で彼女が唯一手元に残してあったものだった。それでなくとも今回の引っ越しは何もかもが不愉快なことだらけだったのに、そのうえさらに父親の錠まで他人に壊されて取り替えられたあげくに、物置に入ることもできなかった。そしてやっと中に入れたと思ったら、浸水のために本や書類の一部がやられていた。

それでも彼女は箱の中に何枚か彼の写った写真があるのを見つけ、私に電話をかけてきて、欲しいかと訊ねた。全部で二枚だと言っていたが、電話で私と話しながら片手で写真の束をめくり、まるで記憶にないパーティの写真や、二人の共通の知り合いの写真、彼女だけが知っている誰かの写真などについて話しているうちに、人込みに半ば隠れてはいるが、彼の写っている写真をさらにもう一枚見つけた。エリーは私に、焼増しして送ろうかと訊いた。そうしてほしいと答えたが、届いてもすぐには封を切らないかもしれないとも言った。

すでに私は自分の記憶と、一枚だけ持っている写真とから造りあげた彼の顔に慣れてしまっていた。もしもっと鮮明な写真を見てしまったら、しかもそれが一枚ではなく何枚もあって、いろいろな角度と光線で撮られたものだったら、もういちど新しい顔に慣れなおさなければならなくなる。せっかくの安定を壊されたくない、見ずに済ませたいという気持ちになることは容易に想像できる。けれども、きっと見てみたい気持ちにも駆られるのにちがいない。

・

階下では、看護婦がヴィンセントの父親のためにピアノを弾いている。きっとあそこでまちがえるだろうなと思った箇所を案の定まちがえて弾く。耳がまちがいのほうに向いてしまって、自分が書こうとしている言葉が聴こえない。だが老人は彼女のピアノを喜ぶのだ。

このところ暖かくなってきたので、クモがあちこちのランプのシェードの下端とランプ本体のあいだに巣をかけるようになった。名前のわからない小さな黒い虫が、つねにランプの周りをたくさん飛びまわっている。窓にもドアにも網戸があるが、何枚かは猫たちが隅のほうに穴を開けてしまっている。クモは夜になると庭の小道にも巣をかけ渡す。私が近所の食料品店に行って帰ってくるまでのわずかの隙にも巣をかけて、通りから庭に入ってくると、糸が裸の脚にふわりとまとわりつく。

集合住宅の建設のために草地が均《なら》されてしまう前は、自生している花の名前や雑草の種類も少しずつわかるようになりかけていた。自分が雑草の種類を見分けられるようになるとは思ってもみなかった。だが、それならクモの名前もわかるようにならなければという気になる。姿かたちや巣の形、習性、好んで住む場所などを調べて、「大きいクモ」とか「小さいクモ」とか「小さくて薄茶のクモ」などと呼ぶかわりに、ちゃんと名前で言えるようになりたい。

ときおり、これを書いている人間が自分の他にもう一人いるのではないかという気がすることがある。前に書いた文章を何週間かぶりに読み返してみると、それはほとんど初めて読むような感覚で、そしてこんなふうに思う。おや、悪くないじゃない、あの問題をよくこんなにうまく解決したものだ。けれどもその問題を解決したのが自分だという気はあまりしない。解決したという記憶がないから、まだその問題が残っているような気がしていて、だからそれを読み返したときに嬉しくなったりする。

同じようによくあるのが、小説のある箇所であることについて書こうと決めたあとで、その何か月か前にすでに同じ箇所で同じことを書こうと決めてそれをメモしてあったのに実行していなかったことに気づく、というパターンだ。そんなとき、何か月か前のその決定は他の誰かによって下されたような奇妙な感じがする。するとそれがある種の合意のように思えて、私は急に心強くなる――彼女も同じことを考えたのだったら、きっとこれは正しいのだ、というふうに。

だが私の共同執筆者であるこの人物は短気だったりいい加減だったりすることもあって、そうなると彼女が書いたことをいったん忘れてしまわなければならず、かえってやりにくくなる。ただ消しゴムで消したり線で消したりするだけではだめで、その言葉の音を頭の中から消去しなければならない。でないと口述筆記するように、また同じ言葉を自分が書いてしまうのを私は経験から知っている。翻訳をやるときも、最初に文字にするときにできるかぎりいい訳語にしておかないと、悪い訳語の悪い音があとあとまで残ってしまい、後からいいものに直そうと思っても難しい。

それとは別に、あるセンテンスがその場所にふさわしいと思ってそこに置くのだが、その後何度も外したり置きなおしたりを繰り返す、ということもよく起こる。なぜそうなるのか、いま考えてみてわかった。そのセンテンスが面白くて真実味があって、表現も的確だと思ってそこに置く。何かしっくりこなくてやっぱり外す。そこでやっとじっくり検分してみて、このセンテンスそれ自体がいいし、それなりに正しいと思ってまた置く。だがセンテンスそれ自体がいいし、それなりに正しいと思ってまた置く。

あるセンテンスを書いてみてすぐに消すということをよくやるのは、いちど言葉を紙に書いてみなければ、それがその小説には使えないということがわからないからでもある。頭の中で自分に言っているときには面白くても、文字にしたとたん面白くなくなるということもあるのだ。

•

長いあいだ、私たちは一つのパターンに従って昼と夜を過ごしていた。私は日中ずっと仕事をし、夜も時にはそのまま仕事をするか、でなければ自分の友人たちと過ごした。彼は授業に出、勉強し、書き、友人たちと会い、夜のかなり遅い時間になってから私の家に来て、二人でビールを飲み、話をし、眠り、朝になると起きて、日中はまたべつべつに過ごした。べつべつの場所で眠ることはめったになかった。私が独りだとあまりよく眠れなかったうえに、どのみち最初の数か月間は彼の家にはベッドがなく、床の上に寝袋が一つ置いてあるきりだった。私のベッドで眠れるうちは自分のベッドを買うつもりはない、と彼は言った。

彼は無一文に近かった。ベッドのようなものを買う余分の金は持っていなかった。奨学金が下りるのを待っていたが、一週また一週と先延ばしになっていた。私と一緒だったあいだにも、彼はますます貧乏になっていった。そのころ私はかなり金回りがよく、金を持っていることに慣れていなかったから考えもなしに使ってしまい、彼が困っていたときに二度ほどまとまった額を貸したこともあった。二度とも彼はかたくなに固辞しようとしたが、二度めのときは一度めほどかたくなではなかった。一度めのときは百ドル貸したが、ただでさえ私より十二も年下であることや学生の身であることに引け目を感じていたのか、すぐに返してくれた。二度めのときは三百ドルで、私はそれを二度めに東部に行く直前に彼に貸したが、そちらはついに返ってこなかった。

彼は仕事を見つけるのにもいつも難儀していた。たぶん一時期は大学の図書館で働いていたと思う。私から去ったときには、ガソリンスタンドで働いていた。

私はときおり彼のためにピアノを弾いた。私がピアノを弾くのを彼は喜んだ。ベッドの端や、床にじかに置いた固い椅子に座って、じっと体を動かさず、ただ私を見つめ、耳を傾けた。いつものことながら、何を考えているのかを表情から窺い知ることはできなかった。二人でいっしょにテニスもやったが、一向に上達する気配のない私が途中で嫌になってやめてしまった。いっしょに友だちとも会ったが、たいていは私の友人たちだった。彼らは最初は私ではなく彼の知り合いだったが、彼とは親しい間柄ではなかった——彼があまりに若すぎたからかもしれないし、他に何か理由があったのかもしれない——だが私とはすぐに親しくなった。一度はエリーと三人で、港のそばの旧《ふる》い大きなホテルで酒を飲んだ。三人で並んでソファに座り、ホテルの客たちが目の前を行き交い、ときおり足を止めて近くのテーブルの上に飾られたアンティークのジグソーパズルに見入ったりするのを眺めながら話をしたが、後になってエリーはそのときの私のことを、彼への態度が冷たすぎると思った、と言った。

出会って間もないころ、彼と二人でイヴリンの家に行ったことがあった。イヴリンはエリーと私の共通の知り合いで、幼い二人の子供とともに、二つに割った小さな一軒家の奥の三間に住んでいた。私たちが遊びにいった日、子供たちは狂乱状態で、いっときも休むことなく猛スピードで駆け回り、大声で笑ったり泣いたり、げんこつでお互いや母親を叩いたりしていた。料理を作るのも、食べるのも、眠るのも、仕事をするのも、図書館から借りてきた本を読むのも、ぜんぶそこで済ませているという一番広い部屋で私たちがイヴリンと話をしているあいだじゅう、子供たちは二人ではしゃぎ回り、おもての竹林の中や裏通りのゴミバケツの周りにいるかと思えば、自分たちの部屋の窓枠からベッドの上に何度も何度も飛びおり、かと思えばどこかに隠れて母親を呼んだり、服を脱いで大きな籠の中に入ったりした。イヴリンは話の途中で何度も中座しては、優しげな、少しも怒った感じのしない声で子供たちを叱ったり、洗面所に電球やトイレットペーパーを一つかみ取りに行ったりした。いつも必要最低限以下の日用品しか買わず、一つのものを他の部屋から取ってきて使い回していたのだ。イヴリンが席をはずすたびに、私は大きな丸テーブルに並んで座っている彼のほうを振り返り、彼とこうしていっしょにいるということ、並んで座って互いに見つめ合っているというただそれだけのことに深い満足を味わい、他のどんな場所にいるときよりもずっとたやすく率直に彼を愛せそうな気がした。

いま考えてみると、これはイヴリンの人柄と無関係ではなかったような気がする。イヴリンのものの見方は普通の人とは異なっていた。この世のありとあらゆることが彼女の目には新鮮で興味ぶかく映り、目の前のできごとの一つひとつに彼女独自の思いもよらない理由でいちいち驚嘆するものだから、やりかけの仕事がお留守になってしまい、一向に物事がはかどらなかった。彼女の作る食事にもそれは反映されていて、一つひとつの驚くべき食材・驚くべき皿にいちいち感動するものだから、いつも品数が足りないか、足りても、一皿ごとに手を休めて長いことしみじみ感じ入ってしまい、食事の始まりが当初の予定より何時間も遅れたりした。彼女は何ごとも裁かなかったし、裁いたとしても断罪はせず、他人の価値判断にも左右されなかった。だから彼女といると、どんなものでも素晴らしい可能性に満ちているように見え、その日の午後も、彼と私の関係は完璧に満ち足りた、良いもののように思えた。

私といっしょでないときの彼の暮らしについては、漠然としかわからなかった。彼のほうで、自分の暮らしにわざわざ注意を向けさせるようなことをしなかった。慎みぶかさのゆえなのか、慎みぶかさとは別の何かなのか、ともかく自分のことを話すときはごく手短に済ませ、すぐに話題を変えてしまった。あまりそれに時間をかけすぎると自分の中の何かが失われるか損なわれるかするとでも思っているかのようだった。

私と会っていないときの彼が何をしているのかは、よくわからなかった。部屋に独りでいるところは想像できた。働いている彼も想像できたが、仕事はいつも下等で屈辱的な類のものだった。自宅のガレージにいるところも想像できた。それから日々の雑事、たとえば食料品を買う、食事を作る、部屋を掃除する、服を洗濯するといったようなことも私と会っていない時間にはやっていたはずだ。彼が友人たちと会っている図は、ぼんやりとしか思い描けなかった。街のどこか知らない場所に住む、私の知らない人たち。友人たちはたいてい彼と同じぐらい若かった。私はそれぐらいの歳の人間を（自分にもそういう年頃のときがあったにもかかわらず）つまらないと思っていたので、彼らは私の中で顔を持たないまま、まとめて一くくりにされていた。想像の中で友人たちといっしょにいる彼は、いつも以上に若かった。彼らは遊び仲間で、私は彼の――母親とはいかないまでも――叔母のようだった。もっとも彼の現実の母親はとても若く、彼にとってさえまるで姉のようだったらしいのだが。

彼がどれくらいの時間を友人たちと過ごしているのかもわからなかった。彼らと会ったことをいちいち彼が話したわけではなかったし、たとえ話しても、どれくらい長くいっしょにいたかまでは言わなかった。彼らが集まっている場で何か重要なことが行われているとは思えなかった。どこかに座って、自分たちに何ひとつ付け加えず、自分たちを何ひとつ変えないことを話しあっている、というのが私のイメージだった。一人前になって、もっと面白いことを経験できるようになるまでの時間をただ埋めているだけの会話。場所もどこかの部屋、たとえば誰かのアパートや家や、大学のバーや学生センターといった内輪の場所か大学構内の施設ではあっても、町の公的な場所——たとえば彼が年上の某友人とよく会っていたカフェのような——ではないように思われた。

私にとって、多少なりとも興味が持てたのはこの年上の友人だけだった。変わり者の世捨て人で、私の中では何となく文学と関係があるようなイメージがあった。当時の私の感覚ではほとんど、もしくは完全に老人の域だったが、今にして思えばたぶん六十になるかならないかだったはずで、五十に近づきつつある現在の私からすれば、当然ながら六十は年々若く感じられつつある。彼がこの友人と会うときには、カフェまで出かけていくか、さもなければ町のどこかわからない地区にある彼の家を訪ねた。私の想像の中で、そこは町の古い地区の中でも最古の一角、何もかもが歴史の浅いその町にあってはほとんど奇跡のような界隈ということになっていた。考えるたびにその界隈が古くなっていったのは、単にそれがどのあたりにあるのか見当もつかなかったからかもしれない。

その友人の住まいは狭い一部屋だけのアパートで、中は本棚と本であふれかえり、垢じみた服と、強くいがらっぽい煙草の匂いがしみついていた——とはいえ実際にそこに行ったことはなかったから、これは単に独り暮らしの老人と聞いたときに思い浮かべる絵をそのまま当てはめているだけなのだろうか。また私のイメージの中の老人は口ひげを生やし、腹が出て、太腿や腕、頬などもぽっちゃりしているのだが、彼からそんな話を聞いたからそう思うのか、それとも本だらけの狭い部屋に住んでいる読書家の老人の話を最初に彼から聞かされたときに咄嗟《とっさ》にそんな風貌が思い浮かび、それを特に修正もしなかったためにそのままイメージが定着してしまったからなのか、それもわからない。

　あるいはそれより何年も前に、別の本好きの老人と、老人の元に足しげく通う別の熱心な青年を知っていたので、その老人の絵をそのまま当てはめたのかもしれない。

　この年老いた友人は彼の若い友人たちに比べれば興味深く、そのために彼の株は少し上がったが――逆に若い友人たちと、仲間うちで集まって彼らがやっているであろうことは彼の株を下げていた――それでもさほどこの老人に魅力を感じていたわけではなかった。というのも彼がこの老人と付き合う動機にやや不純な、ナルシスティックなものを感じていたからで、彼のように志が高く理想に燃えた才能ある若者が、はるかに年上の、貧しいが教養の高い老人と交流し、彼の前でだけは若者も日頃の虚勢やプライドを捨て、ピュアでまっすぐな人間に（少なくとも気持ちの上では）なれる、というのが傍目《はため》には感動的な美談と映ることを、彼自身がじゅうぶん承知しているように思えたからだ。老人への純粋な好意とはべつに、世間に背を向けて生きているこの老人の元に通い、親しく交わっている自分や、老人に自分の若さや瑞々《みずみず》しさや機知や礼儀正しさを惜しみなく分け与えることによって自分が老人にもたらしているはずの喜びといったものを、彼はじゅうぶんに意識しているのにちがいなかった。そしてそれらのものを彼が惜しみなく分け与えられるのは、そのしがらみが永遠に続く危険がないからに他ならなかった。たとえ彼が青雲の志にかまけて老人のことを何週間も忘れたとしても、さらにはしかるべき時が来て、老人のことを捨てて突然どこか別の場所に永遠に去ったとしても、彼の若さそれ自体がすべてのことの免罪符になるはずだった。だから老人について話すときの彼がどんなに楽しそうで親愛の情にあふれていても、そこには何がしか青臭いものを感じずにはいられなかった――見るからに不潔な、昼は眠って夜になると起き出すこの風変わりな老人、西海岸というより東側、もっと言うならヨーロッパの雰囲気を漂わせた、ヤシの木の立ち並ぶこの海辺の町の他の住人たちとは明らかに一味もふた味も違った老人と、奇妙で得難い交遊関係を保っている自分への、青臭い喜び、青臭い自惚れ。

そういえば、彼の友人の何人かは町の劇場と何かしら関わりをもっていた。学生だったのか、それともプロの役者なり演出家なり裏方なりだったのかははっきりしない。ただ、その友人たちや劇場について話すときの彼の口調が、いつもより力強く自信に満ちていたのは覚えている。すくなくとも自分には演劇のような魅力的なことに関わっている知り合いがいて、その彼らが自分を尊重しているという事実によって、何とか私を感心させようとしていたのかもしれなかった。だが私は自分が興味をもったり尊敬したりする人や物事以外のことで彼が何をやっても、そのことで彼に対して興味や尊敬を感じることはたぶんなかった。

たとえば私は彼が何冊かの本を読んでいること、それらをとても緻密に、系統だった読み方をしていることに尊敬の念をいだいていたが、それは私自身ももともとから読みたいと思っていた本の場合にかぎられた。それから私は彼の小説の書き方にも敬意をいだいていた。

いずれにせよ、私は彼の若い友人たちとはあまり長い時間を過ごしたいと思わなかった。会いたいとも思わなかった。自分よりずっと年下の彼らと会えば、きっとひどく齢をとったような気分にさせられるだろうし、彼らは教師に対するように、私に礼儀正しく接するのにちがいなかった。

だが一度だけ、彼と二人で芝居を観にいったときに、そのうちの何人かとは会った――劇場の内部はぼんやりとしか覚えておらず、正面玄関ちかくの一角と、彼の知り合いの何人かと握手したことしか覚えていないが。

その同じ日に芝居が終わったあとカフェに行ったのだったのか、それとも別の日にもう一度いっしょにその劇場に行き、芝居のあと彼の友人の一人と共にバーだかカフェだかに行って、ビールを飲みながら芝居や映画の話をしたのだったか、記憶が定かでない。だが私は芝居の話も映画の話も、心から楽しいと思ったことはなかった。もともと芝居にそれほど興味がなかった。彼は芝居の脚本を書くのが夢だった。完全に関係が終わるすこし前、彼は演劇学校に通うための奨学金に受かったと言った。それは長年取りたいと思っていた奨学金だったが、もらうのはやめにしたと彼は言った。もしもらってしまったら、いろんなことが簡単になりすぎてしまうから、そう言った。彼の言ったその理由は本当だったかもしれず、私を感心させようとして嘘を言うか誇張するかしたのかもしれない。もしそれが本当なら私は感心したと思うが、心のどこかでは本当のはずがないという気もしていた。

彼が私を若い友人たちと会わせたがっていたかどうかはわからなかった。ただ、そんなに堅苦しくしないで、もっといっしょに遊んでほしいと思っているのはわかった。現に「もっと僕と遊んでくれたらいいのに」とはっきり言いもした。私にもっと自分の家に来てほしいと思っているのもわかっていた。だが私は私の物たちに囲まれて、私の仕事や私の興味のあるものの近くで過ごすほうが落ちつけた。

たぶん同じ理由から、私は彼の車にもめったに乗らなかった。マフラーが壊れていてひどい騒音がするから乗りたくないのだと彼には言ったが、今にして思えばもちろんあまり巧《うま》い言い訳ではない。もしも私が彼の世界に侵食されることを恐れていなければ、もしも私が自分の世界に――自分の車、自分の家、自分の町、自分の知り合いに――ああまで頑《かたくな》にしがみつこうとしていなければ、たぶん私はあの耳をつんざくような騒音を我慢できただろうし、むしろ楽しみさえしただろう。

彼の車の中がどんなふうだったか、このあいだから思い出そうとしている。何か赤いものが見えるが、それが彼のチェックのシャツなのか、車にいつも置いてあった毛布なのか、それとも座席の色なのか、はっきりしない。古びた車に特有の、ひからびた座席の革や中の詰め物のむっとカビ臭いにおいがしたこと、そしてそれに重なるようにすがすがしい洗濯物のにおいがしていたのは覚えている。彼はつねに洗濯したての服を身につけていた。そして後部座席、さらに前の座席にまで、服や本、ノート、紙、ペン、鉛筆、スポーツの道具、その他もろもろが散乱していたことも覚えている。二つめのアパートも追い出されたあと、彼はガールフレンドの家で寝泊まりしていたが、持ち物を置く場所がなかったので、持っている服全部と、他に積めるだけのものはすべて車に積みこんで、身一つで移動していたらしかった。

彼と別れたあとも、私は彼の車を目で探すのをやめられなかった。何か月ものあいだずっと探しつづけたので、彼のに似た車を探してしまう癖がいまだに抜けず、やがて彼の車はそれ自体が生命をもちはじめ、ある種の生き物のようになっていった——ある種の動物のような、ペットのような、人なつこくて従順な飼い犬のような、あるいは凶暴で恐ろしい見知らぬ犬のような。

・

こんなに若い男と恋愛しているのだという事実は、何度でもくりかえし私を驚かせた。出会ったとき彼は二十二歳で、付き合ううちに二十三歳になった。だが私が三十五歳になるころには、すでに彼の居場所すらわからなくなっていた。

彼が自分より十二若いということが、私にはひどく不思議だった。私が十二年ぶん逆行して彼に近づいたのか、彼のほうが十二年進んで私に近づいたのか、私が彼の未来なのかそれとも彼が私の過去なのか、定かではなかった。自分がずっと昔に経験したことをもう一度経験しなおしているのだ、と思うこともあった。かつて彼ぐらいの歳だったころの私がそうだったように、いままた私は志が高く理想に燃えた才能ある若い男と付き合っている。ただし、今の私はあのころよりずっと歳が上だから、相手の男に対して、あのころにはなかったような自信と優越感を感じていた。けれどもそのことが逆に、あのころにはなかったような距離を相手の男とのあいだに生んでもいた。

私は彼に、いっしょにいると自分が若くなったような気がすると言い、彼は私に、いっしょにいると年上になったような気がすると言った。だがもちろん逆のことも言えたはずで、私は彼との対比で自分を実際よりさらに年上のように感じたし、彼も実際よりさらに若い感じがしていたはずだ。彼は私が熟知していることがらについて物を言うときはうんと注意して話さねばならなかったから、たぶん私が年上であることに時には窮屈な思いもしていただろうが、同時にこの歳の差のせいでより知的になったような気もしていただろう。

自分が言ったことのせいで私に若く見られるのがいやだ、と彼は言っていた。考えてみれば、口を開く前にいちいち、これを言ったら私に若いと見られるだろうかと考え、言うのをやめたりするのは、大変な手間だったことだろう。

私はすくなくともある方面のことがらに関するかぎり彼より物を知っていて、ときおり彼がまちがったことを言うと訂正したりもした。私は他人より物を知っている状態に慣れていなかった。自分が何かについて多くを知っていると感じることにも慣れていなかった。私が彼より物を知っているのは、ただ十二年ぶんよけいに生きてきたからにすぎなかった。私の中にある知識は、彼のように何かを探究して知りえたことを大切に保管しておいた結果ではなく、意図せずして蓄積してしまったものにすぎなかった。

私よりも物を知らないことを、彼は恥じたり引け目に感じたりしていた。けれども私から見ればそれは単に二人の考え方がちがうというだけのことで、彼の考えは彼の分野に向かって開かれ、私のは私のに向かって開かれ、どちらかがどちらかより優れているということはなかった。だが彼は私に何かを教えられるようになりたいと言った。私を助け、私に仕事を見つけてあげたいとさえ――すでに私には仕事があったにもかかわらず――言った。だがたとえ願ったところで彼が私に仕事を見つけることはできなかっただろうし、そもそも当時の彼は自分の仕事さえ見つけられずにいた。私をどこか別の土地に連れていきたいと一度ならず言いもした。ヨーロッパや砂漠、他にもどこか地名を言ったかもしれないが忘れてしまった。だが私たちは一度も砂漠に行きはしなかったし、彼が私をヨーロッパに連れていくこともできたはずがなかった。彼には私をどこかに連れていくような金銭の余裕はなかった。

とある友人が、うんと年上の女と付き合っていたときの話をしてくれたことがある。その友人もやはり彼女をどこか別の場所へ連れていきたいと思ったのだという。周りに何もなくて彼女が自分だけを見ていてくれるような、彼女が完全に自分ひとりのものになってくれるような場所、外界から完璧に隔てられた、ほとんど空想の中にしか存在しえないような場所に。彼が微に入り細をうがって語ってくれたその恋愛の顚末のなかには、彼には黙っていたが、私の場合と通じる点が他にもいくつかあった。たとえば彼らが初めていっしょに過ごした夜も、最初のほうで靴を脱ぐという行為があったこと——ただし友人の場合は女から靴を脱がせてと言われて、彼はそれを彼女の寝室で脱がせた。それから友人のケースでは女のほうがガソリンスタンドに勤めていて、彼女に別れを告げられたあと、彼のほうが彼女を追いかけてガソリンスタンドまで行き、口論になったこと——ただしこの友人は私よりずっとおとなしい人なので、たぶん私ほど食い下がらなかったのだろうが。

彼女とのことを、どうしても書かずにはいられなかったと友人は言った。彼女と直接話すことはできなかった、会ってもどうせ聞いてくれないにきまっていた、だから他人の目に触れるような形でそのことを書いた。彼女の目にも触れればいいと思った、そうすれば彼女はその言葉に影響されるだけでなく、それが公になることでよけいに影響を受けるはずだから。たとえ彼女が影響を受けなかったとしても、そのことを世間に知らしめたというだけで、彼の意図に反して短命におわってしまったその恋愛を、言葉という息の長いものに変換できたというだけで満足なのだ、と彼は言った。

•

自分は彼の人生の最初の瞬間、彼が大人として生きはじめる出発点に関与しているのだという感じがつねに私にはあって、そう思うとわくわくした。彼には若さに特有の純粋な強さやむき出しのエネルギー、それに無限の可能性の予感があった。それらはおそらく十二年のうちに変化していってしまうだろう。最初は何もかもが可能性に満ちていても、年月とともにいくつかの可能性は消滅してしまうだろう。私はそれを悲しいとは思わなかった。それよりも、まだその年月を知らない人間のそばにいることが嬉しかった。

それでもときおり、自分と同じようにその十二年間をくぐり抜けて、大なり小なり同じような心境に落ちついた人々と無性に話がしたくなることがあった。そうなると同世代の人たちとだけいっしょにいたくなり、たとえばレストランで彼もいっしょにテーブルを囲んでいるようなときに、彼にまったく背を向けて同世代の人たちとだけ話すといった極端な態度を取ることがあった。もし彼に話しかけられれば振り向いて返事をするが、まるで彼が何かの保菌者ででもあるかのように、すぐにまた顔をそむけてしまった。あるいはそれは、彼に引っぱられて若さに引き戻されることへの恐怖、自分の本来の年齢や世代からふわふわと遊離して十二年ぶんの年月をさかのぼり、あの無垢で無邪気で、でも同時にどうしようもなく無力でもあった日々に逆戻りしてしまうことへの恐怖だったのかもしれない。私は自分が若くなりたいとは思わなかった。ただ安全な距離を保ったまま、若さのそばにいたかった。彼の中にあるそれを感じていたかった。

だが、そうやって彼のことをあからさまに無視することで、自分のすぐ隣で私の露骨な仕打ちに驚いて無言で座っている彼、あるいは交わされる会話に耳を傾け、あるいは自分ひとりの考えにふけり、あるいは私の非礼をものともせずに反対側の隣に座っている誰かと話をしている彼の存在が逆によけいに強く意識されて、自分のしていることに罪悪感を感じるいっぽうで、彼と近しい関係にあることへの喜びがいっそう強く胸にこみあげもした。どんなに彼を無視し、隣に座っていながら背を向けていても、その濃密さは少しも損なわれることなく、むしろ彼との距離がいかに近いかをよりはっきりと認識させられた。まるで相手から得られる喜びをいっとき遮断することで、その喜びがいっそう濃度を増したかのように。だが私のこういう矛盾した気持ちを彼も感じて、傷ついていたにちがいない。

・

その夜、彼は来ないことになっていた。彼が忙しかったのか、何か他に理由があったのか、ともかくも私はミッチェルを家に招き、マデリンと三人で食事をした。食事の後もそのまま屋根つきのテラスに出したテーブルに座り、ミッチェルが最近どこかに旅行をした話を聞いていたら、彼が門を開けて入ってきて、私たちのいるテラスに近づいてきた。彼の姿を見たとき、私はとっさに強い苛立ちを感じた。その日は彼とは会いたくない気分だった。だが彼は私の内心の苛立ちには少しも気づかず、ごく当たり前のように私たちの輪に加わり、ミッチェルの旅の話を最後まで聞いた。ミッチェルが帰ったあと、彼は自分の尊敬する教師に引き合わせたいからと言って、私を丘のふもとにあるバーに連れていった。他に二人の学生もいっしょだった。私の苛立ちは収まるどころかますます増していった。彼らといっしょに座りながら、その教師と、彼を崇拝するあまり他のことが何ひとつ目にも耳にも入っていないらしい学生とに、激しい嫌悪をひたすら募らせていった。だが、この三人への嫌悪が彼への苛立ちにますます火に油を注ぐ形になり、そのせいで夜じゅう不機嫌がくすぶりつづけたのか、それとも最初から不機嫌だったせいで彼らにあんなに激しい嫌悪を感じたのか、どちらとも決めかねる。

その教師のことは今の今まで忘れていた。だがいったん思い出すと、他にもいろいろと記憶がよみがえってくる。私が住んでいたのと同じ丘をずっと上のほうにあがった、町のやや南寄りに住んでいたこと。自宅で授業を開いていて、小さなゼミの生徒たちはいつもそこに集まっていたこと。

それで思い出したのは、彼がその授業の正式な生徒だったのか、それともたまたま誘われて参加しただけなのか、いずれにせよあの日の夕食後、私の家に現れる前に彼がいたもう一つの場所はその教師のところだったのかもしれないということだ。そんなふうに彼がいたかもしれない特定の場所を一つ思い出せば、耳には自然と彼の声が――その特定の場所からの帰り途に家に寄ることを私に告げる彼の声が――よみがえる。彼がいまいる場所も、その後この家に来ることもわかっていて、それを手を伸ばせば届くところに実っている熟れた果実のようにありありと甘く感じながら夕べの時間を楽しく過ごし、夜が更けるにつれ、彼の車の音を、そして門に向かって歩いてくる彼の足音を、心待ちにしはじめている、そんな日の記憶が自然によみがえってくる。

いっしょにいて彼が黙っていると、私は苦しいような、居心地のわるい気持ちになった。たぶん彼は、自分が言ったことを私にまちがっていると思われるのがいやで——まちがっている、あるいは正確さを欠いている、あるいは知性を欠いている、あるいは面白くない——話すことに臆病になっていたのだ。私はとげとげしくするつもりがないときでも、いつも言葉に棘があり、そのせいで彼は話すことに臆病になっていた。

彼が何を考え何を感じているのかは彼の沈黙と彼の顔に隠されて見えず、私はいつもその沈黙の下に何があるのか探ろうとして、よけいに鋭く彼を見つめた。前に知っていた別の男は自分のことを何から何まで説明してくれて、こちらは何ひとつ推測せずにすんだが、彼は自分のことをいっさい語らなかった。私は彼がなぜこんなことをするのか、何を考えているのかといつも推測して、その推測が当たっているのかと訊ねても彼は答えてくれず、私はさらにその推測が正しかったのかどうかを推測しつづけなければならなかった。

そんなふうに私はつねに彼のことばかり考えていたが、ときおり苛立つこともあった。彼が何も言わないこと、何をするにも回りくどいやり方をすること、何をするにも時間がかかること、それらに苛立ってはいけないと頭でわかっていても、やはり苛立った。私は何でも早くやってしまいたがった。たまにゆっくりやることがあっても、それは自分でそうしようと決めたときだけだった。要するに私は、ゆっくりにせよ早くにせよ、何をやるにも自分でそうしようと決めたとおりにやりたい人間だった。

当時私が彼に感じていた苛立ちを思うと、私が彼を愛するやり方はまちがっていたと思わざるをえない。私は彼の愛をひどくぞんざいに扱った。彼の愛を忘れ、無視し、虐《しいた》げた。ごくたまに大事にしたり庇《かば》ったりすることがあっても、それはただの成り行きや気まぐれにすぎなかった。たぶん私は彼の愛を自分の手の内に置いておきたいだけだった。そして自分はその愛から頼られているという安全地帯にいて、決して苦しむことがないのをいいことに、平気で彼を苦しめた。

私は私で、彼と話すのは簡単ではなかった。彼に話しかけたいと思い、自分の声を頭の中で聞き、言うべき言葉を考えてそれを口にする、だが出てきた言葉は乾いて固く、私が感じていることを少しも伝えてはいなかった。それよりは彼の体に触れ、紙に書き記すほうがずっと簡単だった。

だから私たちのあいだには、ときに奇妙な堅苦しさが漂った。空疎で息の詰まる堅苦しさだった。そうさせているのは、彼が私に話しかけるときのぎこちなさと、私が彼に話しかけるときのぎこちなさ、そして私たちのあいだに横たわる広大な沈黙だった。本当は話す必要などなかったのかもしれないが、いっしょにいる以上は会話のようなものをしなければいけないという強迫観念に彼も私もとらわれていたにちがいない。私たちは何度も会話をしようと試みては、横たわる障壁の多さのために挫折した。

彼のやることで私の気にさわることは他にもあって、おそらく彼もそれに気づいていた。たとえば私は他の人たちといっしょにいるときに、彼が黙っていたり、相手の言った内容をまったく理解していないような返事をするのが嫌だった。緊張しながらしゃべると発語が妙にはっきりして、tの音が鋭く耳につく話し方になるのも嫌だったし、いかにも見られていることを意識しているような芝居がかった大きな声で笑うのも嫌だった。いつも晴れやかで屈託のない彼の笑顔も、私にはわざとらしく芝居がかって見えた。まるで自分を私に提供しているのだとでもいうような、そして自分自身はその笑顔とがっしりした体の内側に――まっすぐで、ぎこちなく、物言わない体――隠れているかのような。私の目に、彼の体は並外れてがっしりして、腕や脚も並はずれてたくましく映った。肌は奇妙に白く、太く白い腕や脚は暗いところで光を発しているようだった。じっさい、明かりを消した室内で、窓から差し込んでくる月や街灯の薄明かりの中で見る彼の肌は、ぼうっと光っているように見えた。彼は美男と言ってよく、造作も整っていたが、鼻は先が妙な具合にとがって、幅広の輪郭の中で、そこだけが上を向いていた。顔は色白で、ピンク色の血色で、そばかすが多く、唇にまでそばかすがあった。癖でよくやる芝居がかったポーズがいくつかあり、たとえば頭を後ろに反らして、顔は微笑《ほほえ》んでいるか澄ましている、というのがそうだった。あるいは顔は笑っておらず、一見怒っているような表情でうつむくこともあった。怒ってはいないが挑むような表情で、唇をきつく結び、上目遣いにこちらを見る、というのもあった。瞳はきれいな青みを帯びていたと言えなくもなかったが、その青はとても色が薄く、白目はかすかに充血していることがよくあった。

会わなくなってからは、それまで私が嫌だと感じていたいろいろなことも嫌だとは感じられなくなった。それらは変わらずそこにあったが、縮んで私の注意を引かなくなり、ついにはほとんど目に見えなくなって、彼の何がそれほどいけなかったのか、もはやわからなくなってしまった。

•

今日は朝からずっと数をかぞえている。喧嘩と旅行をした回数を数えているのだ。記憶をもっときちんと整理しなければと思う。整理するのは難しい。この本を書いていて、いちばん難しいのがそのことだ。問題といえば私の自信のなさのほうがもっと問題だが、なかでもいちばん問題なのが整理することへの自信のなさなのだ。書く労力はいとわないが、自分が何をやっているのかわからないままそれをやったり、自分のやっていることが正解だとわからないままそれをやるのは嫌だ。

きちんと整理をつけたいとは思うのだが、私の頭の中はいつも混沌としている。一つの考えが別の考えに邪魔されたり、互いに矛盾していたりするうえに、記憶は往々にして捏造され、入れ替わり、省略され、混ざり合う。

どのみち私は実生活でも整理が苦手だ。身を入れて整理をするだけの忍耐力がない。この本を書くのにこれほど時間がかかっている理由の一つは、前もってよく考えて頭の中を整理するべきところを、ただやみくもに、行き当たりばったりに、うまくいくはずのないやり方で書きはじめてしまうからだ。そしてうまくいかなくなると最初に戻って、別のやり方で一から書きはじめる。今までに何度もまちがいを犯してきたのに、じっさいにまちがってからでないと、それがまちがいだったと気づけない。

最初にやろうとしていたことを途中で忘れてしまったり、当初の計画になかったことを始めたりということがいまだによくある。当初の計画よりも早く何かが始まってしまうこともある。そしてこう思う――おや、ではもうこれをやる段階に来ていたのね。

エリーに一度、最初は短い小説にする予定だったのにどんどん長くなっていて、このままでは本来の長さに刈りこめなくなってしまいそうだ、と悩みを相談したことがある。するとエリーは、それはしごく真っ当な書き進め方である、自分ももう何年も前に学位論文をそういうやり方で書いたものだ、と言った。それでしばらくは安心できたが、このところまた不安になり出している。これ以上長くなってしまったら、刈りこむよりも前にお金が底をついてしまうのではないか。

翻訳からもまだ足を洗えずにいる。つい最近、自分が月々いくら使っているか、いま現在手元にいくらあるか、そして不足分を補うためにここ数か月間でいくら稼げばいいか、そういうことをぜんぶ計算してみた。すっかり満足した私は下におりていって、自分の出費が月々二千三百ドルであること、あとちょっとだけ翻訳をやりさえすれば、一年ちかくは暮らせるだけのお金があることをヴィンセントに説明した。だがヴィンセントは私の計算がしょっちゅうまちがっていることを指摘した。彼が言うところの〝隠れた支出〟を計算に入れるのをいつも忘れてしまうのだ。それに、稼げばそのぶんだけ税金を払わなければならないことも。

私は自分のお金を管理するのがあまり得意ではない。困るのは、仕事の報酬を受け取るときはたいていい一度にまとめて支払われるので、お金が無限にあるような気がしてしまうことだ。私はさっそくそのお金を使いはじめるが、一つ何かを買うたびにそれがこの先唯一の買い物であるような気がし、一つひとつの小さな金額が唯一の金額のような気がしてしまう。一つの金額は次の金額に加算されて元の金額は消えてなくなるのだということが、私にはどうしてもうまく飲みこめない。

たまに、もう手元にお金がほとんどなくなり、新しい仕事の予定もない時がやってくる。私は恐怖にとらわれる。もちろん私の持ち合わせがなくなれば、ヴィンセントも努力してそのぶんを埋め合わせようとはしてくれるが、私が自分の持ち分を払わなければ二人の生活は立ちゆかなくなる。そこまできて初めて私は自分があといくら持っているかを正視し、仕方なしに予算の範囲内で節約して暮らそうという気を起こす。

するとある日電話が鳴り、誰かが朗らかな声で、お金をあげるから本を一冊翻訳してほしい、と告げる。そんなときでも私の受け答えはどこまでも落ちつきはらって職業的なので、ほんの一瞬前まで私がどれほどの絶望に包まれていたか、電話の向こうの彼女は知る由もない。

本来ならとっくに嫌になっているべきなのに、私は翻訳が嫌ではない。こんなに何年も翻訳を続けていることも、本来ならもっと恥じるべきなのかもしれない。私ぐらいの年齢の人間が翻訳者であると聞くと、たいていの人は不思議そうな顔をする。どうやら世間の人は、まだ学生か、大学を卒業したてぐらいで翻訳をやるのはいいが、いい大人になってもやっているのはおかしいと思っているらしい。あるいは詩の翻訳はいいが、小説はいけないと思っている。小説を翻訳するにしても、趣味か暇つぶしでやるのなら許される。たとえば私の知っているある作家はもう翻訳からは解放されていて、それもまた彼が小説家として成功していることの一つの証明になっている。ときおり詩のようなちょっとしたものを訳すことはあるが、それは古い知り合いに義理立てしてやっているにすぎない。

翻訳者はページいくらで報酬を支払われるので、丁寧に翻訳すればするほど時間あたりの稼ぎは減り、結果として丁寧な仕事をする翻訳者ほど報われないのも問題だ。しかも往々にして、面白かったり実験的だったりする本ほどよけいに手間ひまがかかる。私も難しい本にあまりに時間をかけすぎたために、時給に直すと稼ぎが一ドル以下になってしまったことが一度ならずある。もっとも、それが本当に世間の人々が翻訳者を軽んじたり存在を無視したがる理由なのかどうかはわからない。

たとえばパーティなどで誰かに自分は翻訳者だと言うと、相手はとたんに私に興味をなくし、もっと別の誰かのところに行って話をしたくてそわそわしはじめる。けれどもそういう私自身、パーティで同じようなことを他の翻訳者、ことに女の翻訳者に対してすることがある。最初のうちは私も彼女に熱心に話しかける。翻訳という仕事について、それを深く理解している誰かと語り合いたいことは山ほどあるが、他の翻訳者と会う機会はめったにないから、翻訳についていろいろ思うところがあっても、ふだんは胸のうちにしまっているのだ。だが、話すうちにその熱もしだいに冷めてしまう。何を訊いても相手の口から出るのは愚痴や不満ばかりで、彼女が翻訳を少しも楽しいと思っておらず、自分の仕事に対しても、私と私の仕事に対しても何の興味ももっていないことが、じきにわかってしまうからだ。

私の覚えているある女性翻訳家は外見まで私に似ていた。より正確に言えば、鏡を見ていないときに私がイメージする私の外見に似ていた。うんと長いまっすぐな薄茶色の髪を顔にかからないように小さな髪留め二つで留め、眼鏡をかけ、背は高く痩せぎすで、顔だちは悪くないが、陰気な表情がそれを帳消しにしており、着ているものはきちんとはしているが地味で野暮ったく、暗い色のセーターに無地のスカートとか、そんなようなものだった。つまらなさ、堅苦しさ、愚痴っぽさ、それが私が彼女から受けた主たる印象だった。私も人からはあんな風に見えているのかもしれない。人から見ればつまらなく愚痴だらけなのに、自分では熱意にあふれているつもりでいるのかもしれない。そしてその熱意すらもよけいに鬱陶しいのかもしれない、なぜなら人から見れば、それはつまらないことに対する熱意にすぎないのだから。

私はある友人に、この本をどう書き進めていいかわからないと、愚痴をこぼしたことがあった。彼から「どれくらい書けたのか?」とか「あとどれくらい書くべきことが残っているのか?」といった直截《ちょくせつ》で具体的な質問をされたのだが、私にはとうてい答えようのないことだった。だが彼はちがった、本を書くときはあとどれくらい書くべきことが残っているか、彼にはちゃんとわかっていた。一日におおよそ一ページの割合で書き進め、たとえばあと百ページ、といった具合につねに残りを把握していた。今までに一冊だけ、どう書き進めればいいのかわからない本があったが、そのときは綿密な作業表を作成したのだそうだ。だが私の場合、もし今やっていることを中断してそんなことをすれば、よけいに時間をロスしてしまう気がする。それをしないことによって、結局さらに時間をロスするとわかっていても。

きのうは一時間ほど、どうすればいいのかわかったような気になっていた。こう思ったのだ——気に入らない部分は取ってしまえばいいんだ。そうすれば残ったものはすべていいものになるはずだ。ところがまた別の声がした。この声はしょっちゅう横から出てきては私を混乱させる。そんなに性急に書いたものを削るべきでない、とその声は言った。もしかしたら書き直せばすむだけなのかもしれないじゃないか。それとも別の場所に移動させるか。一つの文章を別の場所に移すだけですべてが変わることだってある。まずい文章の単語を一つ変えるだけで良くなることだってある。句読点一つで変わることだってあり得る。でもそうすると、と私は考えた。すべてのものを何度も移動させたり書き直したりしたあげく、これはこの小説には必要ないとはっきりするまで、何一つ捨てることができないということになりはしないか。

だが、もしかしたらこの小説は解くのが難しいパズルのようなもので、必要でない要素など一つもないのかもしれない。私がもっと賢く忍耐力があれば、解くことができるものなのかもしれない。私は難しいクロスワードをやっても完成できたためしがなく、かといって、あとで答えが載ったときまで覚えていてそれを見るということもしない。このパズルはもうずいぶん長いことやっているので、最近ではふとこう思うことがある——もうそろそろ答えを見てしまおうか。まるで新聞のページをめくればそこに答えが書いてあるとでもいうように。翻訳で行き詰まっているときも、ときどき似たような苛立ちにとらわれ、こう思う——で、けっきょく答えは何なわけ？　だが答えなどどこにもありはしない。あるにしても、たぶん後になって振り返ったときにふっと浮かんでくる類のものなのだろう。

だがそういう種類のパズルであれば、もしも私がどこに嵌《は》めこめばいいかわからずに小説から除外したものがあったとしても、誰もそれに気づきはしないだろう。

心配なことは他にもある。もしもこの小説を書き終えたあとになって、自分を創作に駆り立てたものはもっと別のものだった、もっと違うやり方をするべきだったと気づいたら。そう思うと恐ろしくてならない。たとえそうなったとしても、もう最初に戻ってやり直すことは不可能だから、この小説はこのままであるしかなく、もう一つの小説、すなわち本当に書かれるべきだった小説は永遠に書かれないままになってしまう。

・

喧嘩は全部で五度あったと思う。最初のは朗読会のあとの車の中。二度めはいっしょに北を海沿いに旅行した直後で、何が原因だったかは忘れてしまったが、喧嘩の最中に、私が呼んだピアノの調律師が黒い手提げカバンを提げ、ブロードウェイ・ミュージカルの有名なナンバーを口笛で吹きながら、車寄せの茶色い目の細かい土の上を踏んでやって来たことを覚えている。

北に旅したのは覚えているかぎり二度で、一度は大きな都市で本を買いこみ、一度は例の従兄を訪ねていって、ヨットに乗せられた。

いっしょに船に乗ったことは二度あって、一度は従兄のヨット、あと一度はホエールウォッチングのボートで、そこで私は同乗した年配の男からほぼ完璧に無視された。そのホエールウォッチングも、ヨットに乗ったときのことも、大都市に行ったことも——そこで私たちは混み合ったレストランに入り、新しい本の入った紙袋をそれぞれの足元に置いて食事をした——今のところまだ小説には登場させていない。

私が単独でした旅行は三度あった。一度は週末にかけての短い旅。二度めは私の教職の任期が切れた冬のはじめに三週間。そのときは彼と手紙をやりとりし、電話でも一、二度話をした。最後の、そして最も長い旅は冬の終わりだった。私のほうから何度か電話をかけ、手紙も一通出したが、届かずに戻ってきた。私が他人のアパートに仮住まいしていて、彼がサボテン農園の上に住んでいるときのことだった。

三度めの喧嘩は前の二つよりずっと深刻で、ピアノ調律師によって中断された喧嘩の五日後に起こった。最初の、いちばん短い一人旅に出かける直前のことだった。よんどころない事情で出かける旅だったにもかかわらず、彼は私が行ってしまうことに腹を立てているようだった。たぶんそのせいだろう、出発の前の晩に彼はマデリンにそっけない伝言を残し、それをマデリンが憤慨しながら私に伝えた。その夜は二人で出かける予定だったのだが、それに行けなくなったと彼は伝えてきた。理由の説明はなかった。

その夜、彼は私の代わりにキティといっしょに過ごした。最初二人で映画に行き、そのあと彼の部屋で話をした。彼女は悩みを抱えていて、話を聞いてあげる必要があったのだ、と彼は言った。私は何度も彼に電話をかけ、やっと彼が出ると喧嘩になり、それからまた彼に電話をかけ、ついには深夜だったにもかかわらず車に乗りこみ、彼の家まで行った。短い時間でもいいから彼といっしょにいたかった。

そんな夜更けだったせいなのか、それとも自分のしていることが明らかに常軌を逸していたせいなのか、あるいは自分のぶざまさや、わざわざ寝巻から服に着替えてまでこんなことをしているせいなのか——理由はともかくも、競馬場の駐車場を回りこむように大きくカーブした広い道をトレーラーキャンプ場の方へ向かい、遠くに海岸沿いのハイウェイを南に向かう黄色いヘッドライトの列と北に向かう赤いテールライトの列を望み、そのもっと遠くに線路を北から南に近づいてくる列車の一つ目のライトと、それがまっすぐな線路に反射する一対の細長い光がきらめくのが見え、走っている私の両側にはただ空虚な暗闇の、幾重にも折り重なった空虚さと暗闇の濃淡の層があるばかりで、駐車場の鉄条網のフェンス越しに、がらんとしたむきだしの地面と茶色い小川、そしてその向こうに真っ暗な丘の斜面がわずかに見分けられる、そんな中をひた走っていると、私がそれらの景色を見ているのではなく、景色のほうが私を見ているのだという気がしてきた。がらんとした空き地の広がりのなか、動いているものは私だけだった。そして、まるで景色が私の姿を映しだす鏡ででもあるかのように、私は急に我に立ち返り、自分がたった今していることに否応なしに向き合わされた。

だがどれほど自分のしていることがはっきり見えてしまっても、私はそれをやめようとはしなかった。それを恥じる気持ちと、それをやりたいという欲求とを、無関係のものとしてただ並べておくにまかせた。たとえ自分のやりたいことがまちがいだったとしても、私は正しいことをするよりも、まちがいを犯してあとで後悔するほうを選ぶことのほうが多かった。

海沿いの一マイルを、私はただその距離を走りつくして向こう側に着くためだけに走った。彼は出てきたが、私を家に入れようとはしなかった。私たちは外で話をし、彼が謝った。私は車で家に戻り、翌朝旅に出たが、彼の言ったことのどこまでが本当でどこまでが嘘かはわからないままだった。

感謝祭の日だった。私は飛行機で北のほうにある街に向かった。そこは、その何年も後に半日かけて彼の最後の住所を探し歩いたのと同じ街だったが、もちろん私の記憶の中で、その二つはまったく異なる別の街として存在している。着くとすぐに行ったことのない家に連れていかれ、その日の夜遅くになって、見たことのない暗い通りをいくつも通って、行ったことのない別の家に連れていかれた。通りから奥まったところにぽつんと一軒だけ建っているコテージだった。通りとコテージとを隔てる芝生の庭は、一区画まるまるあるかと思えるほど広かったが、もしかしたら時間とともに想像の中でどんどん広くなっていっただけなのかもしれない。自分が街のどのあたりにいるのかも、そこに連れてこられることになっていたことも、私は知らなかった。

私はその家に一人で置いていかれた。誰かの息子だというティーンエイジャーの男の子が二階で寝ていたが、その夜も翌日の朝にもその子の姿は見かけなかったので、実質一人でいるような感じだった。離れている時間によってだけでなく、次々と連れていかれたいくつもの見知らぬ場所によっても、私は彼と隔てられているようだった。そしてさらに時間がたち、さらに多くの見知らぬ場所に連れていかれるにつれ、私と彼とはますます遠く隔てられ、ふたたびめぐり会うためには、すべての時間とすべての見知らぬ場所を一つひとつたどり直さなければならないように思えた。すると夜遅くなってから電話が鳴り、出てみると、受話器から聞こえてきたのは彼の声だった。私でさえ自分がどこにいるのかわからないのだから、彼に私がどこにいるのかわかるはずがないと思っていた。かけてこられるはずがないと思っていた。ところが彼はただ私を見つけたいと思い、そうして本当に私を見つけだした。

似たようなことはその数週間前にも起こった。そのとき私は何をおいても彼をこの手で抱きしめたいと強く願っていた、彼はどこか他の場所で他の人たちといっしょにいるものと思っていた。ドアを開け、廊下に出ると、そこに彼が立って私を待っていた。

こんな時に、そしておそらくこんな時にだけ、私は彼に対して何の迷いももたず、何ひとつ包み隠さず素直になれた――彼から遠く離れて彼に会いたいと願っている、そんな時にだけは。

二日後に家に戻ると、ピアノの上に小さな青い花束があり、丘のふもとのバーで待っているというメモが添えてあった。あとはただ私が出かけるべき時を選び、顔と手を洗い、歩いて丘を下り、混み合った店内に彼を探せばいいだけだった。きっと彼は奥のほうの、肩と肩が触れ合うほど人がひしめくカウンターのスツールに、こちらに背を向けて座っているだろう。彼が私を探して体の向きを変えれば、隣の客の背に体を押しつける恰好になり、そうして私も人をかきわけて進んでいき、やっと望みどおり、この手で彼を抱きしめることができるだろう。

そうわかっていながら私はその時を先延ばしにし、丘を下りる前に郵便物をチェックし、何通かの手紙を開封して読んだ。私はその時をごく近い未来に起こるものとして温存し、いつまでもその状態を楽しんでいたかった。じっさいその状態の時がいちばん幸せだったかもしれない――彼が少し離れたところにいて、これから会えることがはっきりしていて、一ミリの隙間もないくらい近くにいたいと心から願い、いつでも私の好きな時にその願いをかなえることができるとわかっている、その状態が。それはどんな問題や葛藤や矛盾からも自由な真の安全地帯で、いま私はそれをじっくりと味わうことを許されている。それは何にも邪魔されることのない至福の時だった、あまり引き延ばしすぎないかぎりは。

そう考えてみると、彼と別れてしまっていちばん耐えがたかったのは、もう二度と彼と会えない、独りになってしまったという本筋の部分よりも、もっと小さな、これから彼のいる場所に会いに行って、彼から歓迎されるという素晴らしい可能性を永遠に失ってしまったことにあったのかもしれない。もはや彼に会いに行きたいと思ってもどこにいるかわからなかったし、たとえ居場所がわかって会えたとしても、歓迎はされないだろうから。

・

彼にそこにいてほしいという私の願いの強さに引き寄せられたかのように、彼がドアの外の廊下に突然現れたとき、私の家ではパーティが開かれていた。それは彼と私がいっしょに主催したパーティだったが、何か特別な理由があっての会だったかどうかは忘れた。家は人であふれかえっていた。私たちはみんなのお腹を満たすためにチキンをローストしようとしたが、計画がいいかげんだったうえに、取りかかるのも遅すぎた。まわりじゅうに人がひしめき、何か食べようとしたり、食べ物が出てくるのを待ったり、食べ物はないのかと訊ねてきて、私たちはしまいに人々の空腹に恐怖さえ感じた。私たちはテラスにある石づくりのバーベキュー台でチキンを焼いた。家の中から漏れてくる薄明かりのなか、脂でぎらぎらする柔らかな肉を何度も何度もひっくり返したが、肉はいつまでたっても生焼けのままだった。何人かはそれでもそれを食べ、他の人たちは一口も食べなかったが、夜が更けるにつれ、みんなの空腹は満たされるか、満たされないまま忘れられた。翌朝、家の中にはビールのいい香りが漂い、床のタイルには砕けたパンのかけらが散らばり、テーブルの上には誰かのフェルト帽が置き忘れてあった。

・

週末の旅行から帰ってすぐ、私は彼のガレージに行った。ガレージには数えるほどしか行ったことがなかった。彼がそこでいつ、どんなふうに書き物をしているのかについても訊かなかった。べつに訊きたくないわけではなかったし、もしかしたら一度くらい訊いたことはあったかもしれないが、たぶんその時の彼の反応からして――たとえば答え方がひどくそっけなかったとか――あまり訊かれたがっていないと感じたのだろう。

私は前から読みたいと思っていた本を何冊か借りて帰った。そしてそれらを寝室のベッドの上の壁龕《アルコーヴ》に、さいきん手に入れた他の本たち、旅行先で人からもらった本や、その数日前に彼といっしょに買った本などとともに並べた。

そこに並んだ本の背表紙を、私は幾度となく眺めた。背表紙の色、タイトルの言葉、異なる世界のありようを指し示すそれらのものが、部屋を見るときつねに視界の片隅にあった。自分のすぐ近くにことは異なる世界のしるしがあるのだと思うとうれしかった。もっともそのうちの多くは何か月も何年も開いてみることすらなく、引っ越しのたびに一つの土地から別の土地にいっしょに移動し、何度も箱に詰められてはまた取り出すことを繰り返しただけだった。何冊かはいまだに読まれないまま、今いるこの家の棚に並べられている。

私がガレージに行ったとき、彼は前よりも詳しく自分の仕事場を案内してくれた。その頃はまだそれが他人のものだと知らなかった私は、彼の蔵書の多さに素直に感心した。ガレージは建物の裏手にある彼の部屋よりも広かった。ぎらぎらした黄色い明かりが、コンクリートむき出しの壁や、奇妙に中央に集めて並べられた本棚に照りつけていた。彼はその本棚の周りを軽やかな足取りで歩きまわり、どういう分類法で本を並べてあるかを説明した。彼の動きには無駄がなかった。動いていても動いていないように見えた。動く前にかならず一拍おき、それから無駄なく的確に動いた。つねに体のどこかを物にぶつけ、つまずき、不器用な動きばかりする私とは正反対だった。彼は考え方にも無駄がなかった。何か考える前にも、物を言う前にも、一拍おくような感じがあった。もちろんどんなに一拍間をおき、どんなに用心深くしていても、まちがったことを言ったり、へまをしたりすることはあった。そんなとき私は、追い詰められた動物が一瞬止まってからする動きのことを思った。それは本能によって計算されつくした動きで、本来ならうまくいくはずなのにそうはならない、なぜならその動物の置かれている状況が彼にとって未知の、理解を越えた要素を含んでいるから。

その後私は彼のガレージを、覚えているかぎり一度も訪ねていない。その一、二か月後に彼はそこを出て、コンクリートの地面いっぱいにサボテンの鉢植えが並んだ栽培園を見おろす部屋に引っ越したが、その時も私は手伝わなかった。引っ越しがいつだったかさえ覚えていない。たぶん私は東部に行っていて、そこにいなかったのだと思う。彼の引っ越しに関してはいろいろなことが言われていた。家賃を滞納したせいだとか、大家の不興を買ったのだとか、もとの住人である友人が帰ってきたので明け渡したのだとか、その友人か別の友人が本のことで怒ったからだとか——そして友人が怒った理由についても、彼が本を置いたまま出ていってしまったからだとか、一冊も残っていなかったのだとか、あるいは大家に没収された、本が駄目になった、本が一部なくなったと、人によって言うことがまちまちだった。

•

そのころからすでに私は——私自身が彼に腹を立てるようになる以前から、そしてある女性が彼にひどく侮辱されたという話をエリーから聞いて知る以前から——それは彼がその女性から金をもらうのと引き換えに何らかの性的な関係をもちかけたとか、そんなような話だった——すでに私は、彼が多くの人を怒らせてしまう性質《たち》の人間であるらしいと気づいていた。ことにある種の商取引や金銭のやり取りが絡むこととなると、必ずある時点で彼がやるべきことをきちんとやらず、そのために相手の感情を逆撫でする、ということが起こった。最初のうち相手は彼に好印象をいだく。たとえば大家などがそうだ。身ぎれいで小ざっぱりとしていて、受け答えも感じよく知的で、美男だが気さくで厭味な感じのしない彼に大家は好感をもち、喜んで部屋を貸す。ところがそのうちに家賃の支払いが遅れたり、全額払わなかったりするようになり、ついにはまったく支払いが途絶えてしまう。大家ははじめ戸惑い、しだいに苛立ち、ついで怒り、最後には何が何でも出ていってくれ、となる。

彼は私が最初に貸した百ドルはすぐに返したが、そのあとで貸した三百ドルは最後まで返さなかった。その金で彼は車のマフラーを取り替えた。私が東部から戻るころには彼はもう私から去っていたから、彼にとっておそらくその借金は二人のあいだの問題というよりも早く忘れてしまいたいこと、私という人間と同様、一刻も早く忘れ去って先に進んでしまいたいことになっていたのだろう。

あとになって気づいたのだが、彼が一人の女に近づいていって深い関係になるのと、一つのアパートに引っ越し、何か月かそこに住み、やがて大家と関係が悪くなって出ていくのとは、ある種の相似形だった。後にきまって未払いの家賃や借金が残るところも同じだった。彼は必要に迫られて女の元で過ごし、女の生活に深く入りこみ、完全に一体となるわけではないが、といって完全に独立しているわけでもない。そしてしばらくするとその女の元を去り、別の女と深い関係になる。

彼にとって女は自分を現実世界に繋ぎとめるもの、事物と自分とを結びつけるものだった。女なしでは、彼はふわふわと浮かびあがってしまう。どっちにしろ彼は時間の観念も日にちの観念も希薄で、お金を稼いだり使ったり貯めたりといったことへの計画性が皆無で、たとえ計画を立てても現実味は薄く、にもかかわらずいつも小ざっぱりとして身ぎれいで、あれやこれやの計画を立てては熱心にそれに取り組み、勤勉ですらあったが、結局はやりとげないことが多かった。

彼は自分で何をやっているかわかっていなかったり、やるべきことをどうやればいいのかわかっていなかったりすることがよくあったが、同様に自分が何を言っているかわかっていなかったり、前に自分が言ったことややったことや現実の状況との関連をまったく考えていなかったりすることも多く、そのため彼の会話においても人生においても、あることと別のこととのあいだにまるで脈絡がないことがたびたびあった。彼が私に言ったことの多くは真実ではなく、言っている内容と思っている内容が食い違っていることはもっと多かった。別のことを考えながら何か言うために、自分が何を言っているか自分で気づいていないことがよくあった。いちど彼はポルトガルの魚スープを作るのが得意だと私に言ったことがあったが、後になって、まだ一度も作ったことはないがたぶんうまく作れると思う、と言いなおした。自分では本当のことを言っているつもりなのに、変な言い方をしたために違うふうに伝わってしまうこともよくあった。単に勘違いしていたり、誤解していたりすることもあった。緊張のあまりまちがったことを言い、それが自分で聞こえていることもあれば聞こえていないこともあった。わざと意味を歪めたり誇張して言うこともあった。意図的に嘘をつくこともあった。

会ったばかりのころは彼が嘘をつける人だとは思っていなかったので、私は彼の言ったことを何もかも信じた。あとになって、嘘もつける人だとわかってから振り返ってみると、どれが本当でどれが嘘だったのかわからなくなった。そして一つ疑うたびに、彼について知っているつもりになっていたことを、また一つ改めなければならなかった。

・

私から借りた金と同様、私という人間は彼にとって早く忘れてしまいたいものだったはずなのに、会わなくなって一年後に、彼はフランス語の詩の手紙を私に送ってよこした。瞬間的な衝動にかられて送ってよこしたのかもしれない。忘却の雲に束の間切れ目ができて、一瞬だけ私の記憶を垣間見せ、すぐにまた見えなくなったのかもしれない。だから私の書いた返事が届くころには（仮に届いたとして）、すでに私は忘れてしまいたい存在に戻っていて、彼は私の返信を大急ぎで読み終え、読んで感じたことには蓋をして、あとはなるべく早く忘れてしまうべく、どこかにやってしまったのかもしれない——わざわざ引き出しや箱の中にしまうのではなく、ごみ箱に捨てるのでもなく、ただ机やテーブルの上に、いかにも返事を書くつもりがあるかのように置いておき、やがて他の書類にまぎれて行方不明になり、忘れられるのにまかせたのかもしれない。

彼からあの詩が届いたとき、私はまずそれを急いで読み、さらに何度か読みなおしてやっとおおよその意味を理解したが、その後は封筒から出してみることができなかった。手紙の力はあまりに強烈で、封筒の中に入れておくぶんには安全だが、出して開くのは危険だった。

つい今しがたその詩をふたたび出してみて、いろいろなアンソロジーをめくって、それが誰の何という詩か調べてみた。以前どこかで偶然に見かけたことがあったので、必要になればすぐにまた見つかるだろうと思っていた。たぶん有名な詩だったはずだ。偶然見かけたときにそう思ったのを覚えている。たぶん私が知っていてしかるべき詩、私の職業だったら当然知っているべきだと世間では思われている詩だったが、私のフランス文学についての知識は驚くほど乏しく、それを言うならフランスの歴史についても私は何も知らない。不思議とそれが仕事の質に影響することは滅多にない。せいぜい一つ二つ出典に気づきそこねる程度だ。だがたまにそれで恥をかくこともある。

詩はソネット形式で、Nous（私たち）という言葉で始まっている。たぶんこの本に載っているはずだとずっと信じていた本の索引で最初の行がNousで始まる詩を探したが、載っている最初の一行はどれも違っていて、その本の逐語訳によれば〈私たち二人は与えるための手をもち〉〈私たちには一人の牧師といくつかのライムがある〉〈私たちはいつまでもこの黄色の土地には住まないだろう〉の三つだけだった。私の探している詩は、直訳するならこうだ――〈私たちは純粋なことを考えてきた〉。当面は探すのを断念した。

するとと奇妙なことが起こった。私は自分の両手が彼の手紙を封筒に戻すのを、遠くから眺めるように見た。さっき封筒から出したときは、丁寧に、ほとんどうやうやしい手つきで取り扱ったのに、詩の題名を突き止められなかった苛立ちから、戻すときにはぞんざいでせっかちな手つきになった。すると、自分の両手が毎日ほかの手紙を同じように扱うのを見慣れていたせいで、一瞬私は――もしくは私の脳の中の独立したある一部分は――それがたったいま届いた手紙であるかのような、ついさっき郵便局で受け取って机に置いたばかりの手紙であるかのような錯覚におちいった。するとたとんに封筒に書かれた彼の手書きの文字が、ふたたび明確な意図と即時性をおびて見え、その手紙が生々しく何かを訴えかけてくるように感じられた。

だがその瞬間は過ぎ――あるいは本当のことを知っている脳の別の部分が、つかのま錯覚を起こした脳の部分に追いついた。手紙はふたたび遺物にもどり、色あせた不変と不死の中に閉じこもった。

私の部屋にはこの手紙の他にも、独立した生命を持ってしまったものがいくつかある。遺物であるそれらは他の品々より重い、というか磁力が強い。彼の送ってきた詩、彼の書いた小説、一枚だけある彼の写真、もう一通の手紙、彼と私がいっしょに書きこんでいた、二つの筆跡が交互に並んでいるノート。さらには彼が私のところに置いていった毛布、彼からもらった格子柄のシャツ、二番めにもらった格子柄のシャツ、これは袖の部分がくたくたのボロきれのようになっている、そして本がすくなくとも三冊。そのうちの一冊はフォークナーの長編で、それを私は彼と別れたあとに読んだ。ひどく古いペーパーバックで、ページは黄ばみ、へりが茶色く変色していて、糊が乾いてぱりぱりになっているので、めくるたびにページがはらりと取れた。読みさしにするときには本を閉じずに、開いたままベッドのわきの窓枠の上に置いておいたが、それはもはや一冊の本というよりニつの紙束、いっぽうは綴じられいっぽうはばらばらになった紙の束のように見えた。物語はつねに開かれたままそこにあり、私がその本を読んでいるあいだも、読みおわって何日かたった後も、ページをふわふわと離れて部屋の中を漂い、天井の垂木のあたりにしばらくわだかまっていた――女の緩慢な病気、男のいる独房の外で荒れ狂う椰子の葉音、吹きすさぶ風、房の窓から男が眺める大きな河、指がひどく震えるので固く巻けずにすぐ折れてしまう紙巻き煙草。

・

空疎な、寒々しい空気が流れはじめたのは二月に入ってからだと思っていた。そしてそれはごく弱いものだったと思っていた。だが実際にはその感じが訪れたのは十二月、私が最初に東部に旅行するよりも前だった。本当はもっと前、ほとんど最初のころからすでにそれはあったのだが、そのときは気にもとめていなかった。十二月のときには私が遠くに行き、そしてまた戻ってきたので、違和感は忘れられていた。私は彼に会いたいと願い、そして再会を果たした。だが二月になるとその感じはふたたび刺すような鋭さで戻ってきて、そして何日たっても消えなかった。

東部には二度旅をしたが、最初の旅を最初に書き、二番めの旅を二番めに書くかどうかはわからない。というのも、今日の私は時系列で書くのはだめだ、たとえそのほうが楽だとしても自分はそれを打ち破らなければならない、という気分になっているからだ。だがそれはどういう意味だろう。もしも起こったことを時系列に記せば、物語は原因―結果、渇望―充足という因果律によっては進んでいかず、それ自身のもつ動力によって展開していかず、ただ漫然と時間の流れに押し流されるだけだから、ということだろうか。

それとも単に今日は虫の居所がわるいのだろうか。だとしたら用心しないといけない。虫の居所のわるい日の私は時系列を打ち破りたくなるどころか、今まで書いたものをごっそり消してしまいかねない。こんなセンテンスは削ってしまえ――ほとんど残酷な悦びとともに、私は胸の中でそうつぶやく――このパラグラフもだ、前々から気に入らなかったし、そんなに重要でもない。

だが機嫌がわるい時に本能のおもむくままに文章を削っていけば、いずれ手元に白紙しか残らなくなってしまう。

そういうとき、自分の書いたものに対して私の感じる苛立ちは、たとえばヴィンセントの父親がときおりひどく頑固になり、一枚の壁のように取りつく島がなくなるときや、ヴィンセントと口論になった際、彼が私の言うことを聞くのをやめ、うんざりしたように目を上に向けたり新聞に目を落としたりするときに彼らに対して私が感じるのに似た、個人的な種類の苛立ちだ。あたかも自分の小説に独立した生命や意思があって、こちらの思惑どおりのことをしてくれないとでもいうようなな。

私は自分を全面的に信じているわけではない。なぜなら長編小説を書くのはこれが初めてだからだ。最初のうちは、この小説は自分がつねづね尊敬している小説のようであるべきだと思っていた。だが考えてみれば、私が尊敬する小説の種類はもちろん一つではない。書きはじめてしばらくは、この小説は彼と別れたときに訳していた小説のようであるべきだと思っていた。ちょうどその時にそれを訳していたからではなく、心から尊敬していたからだった。だがその小説をお手本にしようとすれば、この話の中で起こったことの大半は排除しなければならなくなる。その小説では、人物たちはただ部屋に入ってきてはまた出ていき、戸口の外を見、アパートに行き、階段を上ってまた下り、部屋の中から窓の外を眺め、窓の外から部屋の中を覗き、ほとんど理解不能な短い会話を交わすだけだったから。

それからしばらくは、私が敬愛する別の作家の作品のような道徳性の高い小説にしたいと考えていたが、自分にはその作家のような道徳観念がないので、これもたぶん無理だ。

十二月に感じた違和感は、時には倦怠としてあらわれ、悪いときには恐怖——彼と私のあいだに横たわる広大な沈黙や、無理に会話をしようとするときのぎこちなさの中に閉じ込められてしまうことへの強い恐怖となってあらわれた。

ある日二人きりでレストランに行ったとき、彼と差し向かいに座って何とか話をしようとし、彼にも話をさせようとし、それでも自分も話せず彼にも話させることができず、何か別の話題を考え、そういったことすべてに私は疲れてしまった。二人でいっしょに過ごす夜の一分一秒を、私ひとりが重い荷物をひきずるようにして牽引している気分だった。数日後に私が旅に出ることになっていたのも、重苦しさに輪をかけていた。二人のあいだに活き活きとしたものが何ひとつ通い合わないことに疲れ果てた私は、あまりの倦怠感から、ゲームをしようと言いだした。一枚の紙にセンテンスを交互に一つずつ書いていき、それで物語を作るというゲームだった。

私たちはそれをやった。だができあがった物語はつまらなかった、いや、もっと悪かった。一つひとつのセンテンスは前のセンテンスと矛盾なくつながってはいたが、おざなりで、いかにも倦怠と怒りから生み出されたもののようで、そのおざなりな感じがしだいに私には恐ろしくなった。矛盾なくつながりあっているこの世のすべての物語が、すべてのセンテンスが、おざなりであると言われているような気がした。書くのをやめたあと、私たちのあいだに広がる空気は前よりももっと死んだ感じになった。

今さら気づくのもおかしな話だが、あれほど二人のあいだの空疎さを恐れていたのに、その空疎さを作り出していたのは他ならぬ私だった。私はいつも彼に何かを与えてもらおう、どうにかして楽しませてもらおうとそればかり考えていた。そのくせ彼に対して、そしてたぶん誰に対しても、心の底から興味をもつことはできなかった。当時の私は今とまったく逆のことを考え、それを露ほども疑わなかった。彼は未熟だから、あるいは用心深すぎるから、若いから、まだ人間が浅いから、だから私を楽しませることはできない、そしてそれは彼の責任だ、そんなふうに思っていた。

もう一つ、私にとってもっと深刻な問題になっていたのは、彼といると自分がいつもとちがう、見知らぬ人間に変わってしまうことだった。いつも同じ人間である必要なんかないのだと自分に言い聞かせてみても、不安は去らなかった。女性といるときの私はほんの少ししか変わらなかったし、友人の男性といっしょのときもそうだった。けれども彼のような間柄の男、生活上のパートナーといっていいような、ときどきではなく毎晩同じベッドで寝起きするような、私が旅行から帰ってくればただいまと言い、向こうもどこかから私の元に帰ってくるような、そんな男が相手だと、私はしばしばとても自分とは思えないような別の人格を、しかも自分の嫌いなタイプの人格を演じた。そして嫌だと思えば思うほど、その人格はますます意地の悪さを発揮した。

だが意図してやっていたわけではなかったから、実際には演じていたとも言えなかった。それにまったくの別人になったわけでもなかった。違う人格がそういう場面で現れるというよりは、独りでいるときや友人といっしょのときには出てこない私の別の顔が表に出てきたというだけだった。軽薄、尊大、独りよがり、辛辣、意地悪。どの人格も嫌いだったが、そのどれが自分であっても不思議はなかった。

・

私が倦怠感を抱えて悶々と過ごしていたのとちょうど同じ時期、マデリンも何かわからない理由でしょっちゅう怒っていた。それはいつも朝早くから始まった。夜明けは雲の下の乳色の白い帯とともに訪れた。やがて空全体が雪のような涼しい白に変わる。最初に聞こえるのは、隣家の住人が門を閉め、車のエンジンをかけて出ていく音だ。その音に驚いた一羽の小鳥が針金をはじいたような声で短く鳴き、ふたたび束の間の眠りに戻る。空はどれくらい明るんだだろうと窓の外を見ると、猫が一度だけ鳴く。先ほどの鳥がふたたび目を覚まし、コオロギが鳴くような音でさえずり始める。

マデリンが台所で乱暴にばたん、がちゃんと音をたてるのを、私は夢うつつに聞く。ヤシの木々が風に騒ぐ。やがてマデリンは外に出て庭を熊手で掃きはじめる。私は家の中でベッドに横になったまま、熊手の先が車寄せの地面をひっかく音に耳をすませる。掃いているのは松の落ち葉だ。彼女はそれから道路ぎわの、つややかな葉をもつこんもりしたウミイチジクの茂みの周りや、ヒマラヤ杉の根元にビニール袋に詰めて置いてある赤粘土の周りを掃いていく。そして全部の落ち葉をかき集めて小さな山をつくると、火を点ける。マデリンはしょっちゅう松葉で焚き火をしていた。

午前中はいつも晴れて暖かかった。それが午後になると、海から湧いた霧がゆっくりと丘の斜面を這いのぼってきて、霧の中を抜けてきた車はヘッドライトを点けたまま、まだ晴れている私の家の前を通りすぎた。やがて窓の向こうが白っぽくなり、遠くの木々は輪郭がかすみ、家の横に生えている低い植え込みが霧の白を背景に急にくっきりと際立って見える。

この季節、丘にはオオカバマダラという蝶がいたるところにいて、五匹、六匹とかたまって飛んでいた。クリスマスが近かったので、ふもとの教会では特別の礼拝が行われ、オルガンの音色と歌声が私のいるところまで聞こえてきた。それを聞きながら洗面所の窓の外を見ると、車の背や家々の屋根の向こうに、ふもとのレンガ造りの建物の煙突の上に乗ったサンタクロースが、電気仕掛けで左右にゆっくり首を振るのが見えた。

マデリンは熊手で庭を掃き、乱暴にドアを開け閉めした。私の部屋のドアのすぐ外にある電話の受話器を取り、ダイヤルを回し、それから受話器を乱暴に置いた。でなければかちゃりと小さな音をたてて電話機ごと持ちあげ、廊下の奥や台所や、どこか私に会話の内容を聞かれないところまで運んでいった。そして押し殺した激しい口調で、たいていはスペイン語かイタリア語で、何事かまくしたてる声が聞こえ、その背後で猫が何度も何度も鳴いていた。いちど、彼女が丘の上に住んでいる金持ちのスペイン人の女友達に怒っていたのは知っている。どうやらマデリンの友人や恋人との関係はひどく込み入っているらしかったが、彼女は一度もそれを私に話さなかったし、私も何も訊かなかった。

マデリンは食事をするときもっぱら箸を使い、ニンニクと黍《きび》の入った料理をよく作り、日に何杯もお茶を飲んだ。台所のシンクにはいつも箸とティースプーンと黍の粒と茶葉のかけらが散らばっていて、彼女が怒っているのを知った目で見ると、薄緑色のシンクの底に転がっている箸や、蝶《ちょう》番《つがい》で閉じるようになった穴あきの茶漉しスプーンまでが、怒っているように見えた。

•

それほどまでに落胆し苛立っていたのに、いざ東部に旅立つ段になると、私は彼と離れがたかった。どれほど倦んでいようと、どれほど二人のあいだの情愛が失われようと、彼は私のものだし私は彼のものだと、そのときは心から思った。そのいっぽうで、ときおり感じるように、自分が彼に対してもうほとんど何の情愛ももっていないのか、それともあふれんばかりの情愛があるのか、どちらが本当なのか自分でもわからなかった。

東部に着くと、突然さまざまな苦しみや悲しみが――彼とは無関係の、そして私自身とさえ無関係の苦しみや悲しみが――いちどきに襲いかかってきて、彼の存在は縮んで片隅に追いやられた。

それでも地下鉄のホームに立っているとき、車の横に立って待っているとき、家を入ったり出たりするとき、車寄せを上ったり下りたりするとき、冷たい外気の中に出ていき、冷たい外気の中から戻るとき、自分の頭はいま他のことで一杯だと思った瞬間、ふいに彼の肌の甘い香りが鼻先によみがえり、彼の広げた腕を、腕を広げて私を迎え入れるときの彼のじっと動かない感じを、集中力のすべてを私と私を腕に迎え入れることに注いでいる様子を、たまらなく懐かしく思い出した。彼の前の男も、その前の男も、私を迎え入れる余地など持ちあわせておらず、ただ硬い殻のようで、つねにせかせかと動き回り、あちらからこちらへ飛び回り、それもたいていは私から遠ざかるか私を素通りするかで、自分の用事で手いっぱいで、ごくたまに私と正面から向き合うことがあっても、そのときは私が彼らにとっての用事なのだった。だが彼はちがった、私に注意を向け、見つめ、耳を傾け、いっしょにいないときでも私のことを考え、私を認識するときには何ひとつ取りこぼさなかった。寝ているときでも彼の注意は私に向いていたし、半ば目を覚まして愛しているとも言ってくれた。他の男たちは眠るという自分の用事で手いっぱいで、眠りを邪魔されるとヒステリックに言ったものだった、「じっとしてろ!」

二度にわたった東部行きを、小説の中では一つにまとめてしまうことも考えた。離ればなれになっていたあいだの日々がどれほど彼と関係があるのかわからなかったので、それで無駄が省けると思ったのだ。けれども離れているあいだにも彼への思いは日々変化した。私の身に起こるあらゆる出来事が、そして夜、夢の中で起こる出来事さえもが、たとえ彼と無関係の出来事であっても、私の彼への思いに影響を与えていたのかもしれなかった。あるいは私の彼への思いはそれ自体が独立した生き物のように成長し変化を続けていて、日を追うごとに強まったり弱まったり、衰えたり病んだり回復したりしていたのかもしれなかった。

それに二つの旅は同じではなかった。一度めのときは母の住む実家に滞在した。それは私にとっては苦痛なことで、遠く離れた私と彼は直截《ちょくせつ》に、熱烈に、会いたい気持ちを伝えあった。彼は私にすくなくとも四通の手紙を送ってよこしたし、私も回数はわからないが彼に返事を書いた。電話は私のほうからすくなくとも二度かけた。二度めに東部に行ったときには、すでに母の妹が実家で同居を始めていたので、私は同じ街に部屋を借りて滞在し、彼と自分との関係はすでに終わりかけていると感じていた。

自分があちこちで事実を少しずつ変えているのはわかっている。うっかりそうしてしまうこともあれば、故意のことともある。混乱を避け、より真実味をもたせるために順序を入れ換えることもあるが、より受け入れやすく、口当たりよくするためにやることもある。こんなことをこんな早い段階で感じたのは不適当だったと思えば、それをもっと後のほうにずらす。こんなことを感じたのは不適当だったと思えば、まるごと削除する。彼が名づけるのも嫌なほどひどいことをしたのなら、それについて何も言わないか、そのひどい行為をそのままに書いて、名前では呼ばない。もしも私が何かひどいことをしたのなら、もっと穏当な言葉で呼びかえるか、それについては触れない。

けっきょくのところ、思い出したいこともあれば思い出したくないこともあるということだ。自分が良識的にふるまったり、何らかの理由で面白かったり楽しかったりしたことは、思い出したい。自分がはしたなくふるまったことや、平凡で醜い出来事については、思い出したくない(ただしドラマチックに醜いことはそのかぎりではない)。私の抱えていた倦怠感も、愉快でない思い出だ。他のいくつかの出来事、たとえばすでに関係が終わってから彼といっしょに共通の知人の家を訪ねたときのことなどもそうだ。私は彼らのことがあまり好きではなく、家も殺風景な賃貸のマンションだったが、どうしてこのときのことを思い出すのがそんなに不愉快なのか、その理由は長いあいだわからなかった。

ある晩、実家の寝室で横になっていたとき、自分が読んでいる本の主人公のことをふと考えた。善良で無垢、美男で聡明だが文盲で、音楽をよくし、高貴だが謎めいた出生をもつその主人公は、彼に似ているると思った。人物像が似ているというのではなく、その主人公の物語における位置づけや他の登場人物たちの主人公への態度に、彼を思わせるところがあった。

真夜中ごろ、私はベッドを抜け出て彼に電話をしにいった。電話を台所に運び、ドアを二つとも閉めた。母は眠りが浅く、夜通し目を覚ましていることもあり、夜は寝室のドアをいつも開けていた。閉じ込められるような気がして嫌だというのもあったが、自分の家の中で起こっていることはすべて把握していたいという心理もあったのだろう。母は家の中のどんな音も耳ざとく聞きつけ、何か不審な音ではないかと疑い、ベッドに寝たまま何の音かと訝《いぶか》しみつづけ、ときには起きて音の正体を確かめに行くこともあった。だがたまに母が何の恐れも不安もなくぐっすりと眠り、家の中の音に気づかない夜もあって、その日も、この時間なら母はよく眠っていて音を聞かれることはないだろうと踏んだのだった。

思いがけず私の声を聞いて喜ぶかと思いきや、電話に出た彼は無口でよそよそしく、ほとんど冷淡ですらあった。少しだけ話をして電話を切ったあと、私はそのまま台所のスツールに座り、なぜ彼はあれほど冷淡だったのだろうと考えた。落胆が胸に根をおろしかけたとき、電話が鳴った。私が出ると、彼はすぐに謝った。先ほどとはうってかわって熱っぽく饒舌だった。さっきはすまなかった、そう彼は言った。私が遠くに行ってしまったという事実を何とか受け入れようと努力して、それがやっとうまく行きかけていた。そこに急に私の声を電話で聞き、私と話したものだから、今までの努力が無駄になる気がして動揺してしまったのだ、と言った。そして彼は私を愛していると言い、会いたくてたまらない、苦しいくらいだ、と言った。

そのとき彼の声に混じって、母が廊下を歩いてくる足音が聞こえた。廊下との境のドアが開き、母の顔がのぞいた。皓々《こうこう》と照る台所の蛍光灯の下で見るその顔は寝起きで無残にむくみ、まぶしそうに目を細めているせいか、顔だちまで変わって見えた。何も知らずに滔々《とうとう》としゃべり続ける彼の声を、離した耳元に小さく聞きながら送話口を手でふさぐと、母が訊いた。「誰か亡くなったの?」

•

その時点で、私は彼から二通の手紙を受け取っていた。私はそれを何度も繰り返し読み、あまりに繰り返し読んだために、情熱的でありながらエレガントな彼の文体がすっかり私にも乗り移り、私が古くからの友人にあてて書いた手紙の文章まで、気づくと彼の文体そっくりになっていた。そのとき私は何か裏切り行為をしてしまったような気分になったが、それが彼への裏切りなのか、それとも古い友人への裏切りなのかは、自分でもよくわからなかった。

距離が彼をいっそう無口に感じさせていたが、手紙の中の彼は私に絶え間なく語りかけつづけた。私が手紙を読むときはもちろん、読まずに開いてベッドの脇に置いているあいだもずっと。

三通めの手紙が来た。たしかに二、三日前に書かれたものなのに、日付けは一か月前になっていた。彼はときどきこういうミスをした。心がどこか別の場所に行ってしまい、日付けも時間も、外の世界がどういう風にして動き、どういうスケジュールに従って進んでいるかもわからなくなってしまう。そういうときの彼はどこか遠くを見ているようで、遠くを見ているときの彼は、時間や空間がきちんと把握できているときの彼よりも近づきやすかった。そして彼の犯すそうしたミスは正直さのあらわれのようにも思えた。その日が何日かも、何曜日かも、頭から抜け落ちているほどなら、きっと行動のほうも——全部とは言わないまでもある程度は——計算していないのにちがいなかったから。

•

そのときの旅行に関しては、書くべきことは実のところ三つしかない。私が彼に電話をかけたこと、彼が私に手紙を送ってきたこと、そして大晦日のパーティで私がある男性に紹介されたこと。私はこの初対面の男性が書いて渡してくれた電話番号をずっと取っておいて、二か月後にふたたび東部に行ったときに電話をかけた。電話番号を取っておいたのは彼との関係をもっと進めたかったからではなく、むしろ正反対の理由——一人の男性と出会って、たとえ一時的にせよすっかり意気投合できたことで、この先どこに行っても、また別の男性と出会ってすっかり意気投合できるかもしれないと思うことができたからだった。パーティの出席者の大半は私の知らない人々で、街から百マイル離れた村にある大学の教員たちだった。凍てつくような寒さで、かすかに風が吹いただけで顔が焼けるように痛かった。

•

東部から戻ると、彼よりも仕事のことを考えることが多くなった。彼への思いに妨げられることなく仕事に集中する時間が、前よりも長くなった。

変化は他にもあった。マデリンはもともとつねに変化していた。しゅっちゅう自分について新たな発見をし、ある段階に入り、ある段階から出、ある習慣を始め、ある習慣をやめ、専門家のもとに通い、新たな表現手段と出会い、新たな手順や仕事の場を見つけ、そして折にふれて新たな人と親密になったが、それが恋愛なのか、それとも濃密で荒々しい友情なのかは私には判別できなかった。

そのマデリンが、戻ってきたら髪をうんと短くしていた。そのせいで、血の気がなく皺の多い彼女の顔に、ある種の凄みが加わった。マデリンは鍼《はり》に通っていたが、その鍼灸師によると、彼女の体はすべてが逆転しているのだそうだ——陰《イン》であるべきものが陽《ヤン》になっている。そう聞いても何のことかよく理解できなかったが、私はことマデリンに関するかぎり、もし何を言っているのかその場でわからなければ、もうそれ以上理解する努力をしなかった。今の私だったらもっとよく理解したいと思うだろうし、どういう意味なのか質問もするのだが。

私と彼はまた喧嘩をした。マデリンが二晩続けて私にジャガイモを一個わけてほしいと言い、それを焼いて食べた。それが彼女の夕食のすべてだった。三日めの晩に私はステーキを焼き、彼がめずらしくそれに合わせてワインを持ってきた。するとマデリンが、自分も相伴にあずかっていいかと言った。断るわけにはいかないと私は思った。ふだんのマデリンは暮らしも食事も質素で、ほとんど無一文だったが、欲するのも使うのも最小限で済ます生活を好んでいるようにも見えた。だがときおり、私たちがご馳走をしたり何か贅沢をするときに仲間に加わることがあり、そんなときの彼女は昔の暮らしに戻ったかのように、はしゃいでよくしゃべった。この夜マデリンは大きなステーキ肉を一枚平らげ、ワインも何杯かお代わりした。私は楽しかったが、彼はマデリンが同席したことに腹を立てた。

次の朝、こんどは私が彼に腹を立てた。何か別のこと、昨夜の食事の席で彼とマデリンがした何かが原因だった。私たちは喧嘩をした。マデリンはマデリンで、ゆうべは消化不良を起こした、肉やワインは体に毒だと私に文句を言った。彼女は世のすべての肉食人どもを悪しざまにののしり、私の返事などはなから聞く気がないかのように一方的にまくしたてた。

それから何日もたたないうちに、私と彼はまた喧嘩をした。以前、私は彼の登場する短編を書いて彼の前で朗読し、彼もそれを喜んだが、その短編を他の人たちの前で朗読した際に、彼の出てくる部分をカットした。それで彼は腹を立てた。自分のことを恥じているのだろうと彼は言った。違うと私は言った。言い争ううちに、互いにますます腹が立ってきた。私のほうがよけいに腹を立てていたのは、おそらく、それまでは意識していなかったが、彼の言ったことがある意味で正しいということに、そしてそれがなぜ正しいかにも、気づいてしまったからだった。私は自分でそれを信じたくなかったし、彼にそれを指摘されたくもなかった。

彼は家を出ていった。私は静かな怒りを抱えたまま床に入って本を読んでいたが、何時間かして彼が戻ってきた。彼は後になって、自分がいようがいまいが無関係なほど私が腹を立てていたので、家を出ていっても何の効果もないだろうと考え、それで戻ってきたのだと認めた。それから何か月かたってから、私は件《くだん》の短編に彼を復活させた。罪ほろぼしのつもりだったが、その時にはもう彼にとってはそんなことはどうでもよくなっていた。

ちょうどこの時期、おそらく二人の関係が綻《ほころ》びはじめているのを感じたからだろう、彼が結婚しようと言ったことがあった。だがそれは私が承知するはずがないと知ったうえでのプロポーズだったから、少しも真実味が感じられなかった。ただ、その唐突で捨て鉢な感じのするプロポーズからは、私をつかまえておきたい、引き止めたいという気持ちだけは伝わった。

私はそのことで彼をからかったと思う。だが彼に去られたあと、今度は私のほうから、もし彼が望むのなら結婚してもいいと申し出た。そしてそれが何ら効果なく、彼の拒絶にあったあとも、私は性懲りもなくさらにもう一度同じ申し出をした。後になって考えると、そのときはすでに何をやっても無駄だったから、何を言っても安全だったのだ。彼は侮辱されたような、私を恥じるかのような、我慢がならないといったような顔つきをした。彼がかつて私に対して抱いていた愛情、そして私の彼への愛情までも、私が貶《おとし》めてしまったと言いたげだった。それまで一度も彼にすべてを与えようとしなかった私がすべてを与えようとした——すくなくともすべてを与えようと彼に言ったときには、彼はすでに私に何も求めなくなっていた。たった一つ彼が私に求めたのは、彼にそれ以上かかわらないことだったが、私にはそれができなかった。

・

私は見わたすかぎり崖や岩や砂ばかりの細い道を歩いていた。植物と呼べるものはどこにもなかった。若い男が後ろから走ってきて私を追い越し、立ち止まって引き返してくると、途方に暮れた、苦悶に満ちた表情を浮かべ、自分の家はつねに変わりつづけている、もう自分の家だとはわからないほど変わってしまった、と言った。私は一瞬目を覚まし、これは夢なのだと気づき、また夢の続きを見た。私は彼といっしょに木の家に入っていった。どうやら彼の家であるらしかった。私たちがそこに立っているそばから家は芝居のセットに変わり、場面が転換するたびにつぎつぎ変わっていったが、それがどんな筋の芝居だったのか、そもそも筋などあったのかも、今となっては思い出せない。

私たちはふたたび喧嘩をした。おそらくそれが五度めだった。その夜彼は怒って出ていき、また帰ってきた。まだ怒っていたので、不承不承帰ってきたといった感じだった。次の夜とその後数日は私のところに姿を見せず、居場所もわからなかった。私が彼にとってショックなことを言ったのが原因だった。私はしばらく前から考えていたことをただ口にしただけだったので、自分ではショックを受けなかったし、言う側の立場だったから傷つきもしなかった。ショックを受けたのはずっとあと、そのことを別の角度から見直して、彼がどんなにかそれを聞きたくなかったかと気づいたときだった。あのころの私は、彼に何でも好きなことを包み隠さず言えるし、彼もそれを理解し同意してくれるものと思っていた。彼は別個の人間ではなく私の一部で、私が感じたとおりのことを彼も感じ、けっして私以上に傷つくことはないと思っていた。

私がショックなことを言ったとき、彼ははじめのうち冷静だったが、しだいに怒りだし、出ていった。出ていったがまた帰ってきて、だが怒ったままだった。彼は乾燥機の中からシーツを出すと、それを私の見ている前でベッドに敷いた。そして物も言わずに横になり、寝てしまった。

次の夜は現れず、電話もかけてこなかった。彼の部屋に電話をかけてみたが応答はなかった。私はベッドから起き出して電話をかけ、またベッドに戻って本を読み、それを何度も繰り返した。だが、彼と出会ってからほぼ毎日いっしょのベッドで寝ていたというのに、以前のような独り寝の夜にあっさり逆戻りしたことに、私は驚きを感じてもいた。まるで彼と一度も会わなかったかのようだった。

だがいっぽうで、彼のことを絶え間なく——彼がそばにいたときよりもよほど集中して絶え間なく——考えたせいで、彼の気配はいつになく濃密に部屋に満ち、私と私が考えようとする他の事物とのあいだにいちいち割って入った。私があんなことを思い、あんなことを言ったのはたしかに彼への不貞だったかもしれないが、それによって私の中に強い熱意と自責の念が生まれ、かつてないほど一途で貞淑な気持ちになれたことを考えると、その不貞がある種の貞節を生み出したと考えられなくもなかった。だから私は永遠に独り寝を定められたかのように独りぼっちでベッドに横になりながら、同時に不思議なくらい彼の存在を近くに感じてもいた。

一時になり、二時になり、三時になったが、明かりを消すのは怖かった。すぐ横で電球があかあかと灯《とも》り、目の前には開いた本があり、ときおりページを読んでいるかぎり、考えたくないことから安全に守られているような気がした。いちばん考えたくなかったのは、彼が私へのあてつけに他の女の元に行ったのではないかということで、その考えは追い払っても追い払っても舞い戻ってきた。後日、彼がじっさいその通りにしていたことを私は知った。

自分は何でも好きなことができるのに彼はできない、私が他の男性に対してある種の感情をいだくのはよくて彼が他の女性の元に行くのはいけない、という考えが不公平なのは自分でもわかっていた。だが私は何が公平で何が不公平かなど判断したことがなかったし、もしかしたらそもそも何かを判断するということを一切せず、ただその場その場の欲求に流されて、あっちに引きずられ、こっちに引きずられしているだけなのかもしれなかった。

明け方ちかく、短い眠りの覚めぎわに、外のテラスで彼の足音がする夢を見た。夢の中で犬がクンクン鼻を鳴らし、それに向かって彼が優しく「彼女、いるかな?」と訊いていた。

だが目を覚ますと彼はまだ戻っていなかった。その日の午後、私はマデリンと一ブロック先の角にあるカフェに行き、外のテーブルに座っていっしょにイタリア語の勉強をした。お互い心ここにあらずだったので、勉強はなかなかはかどらなかった。私は彼の姿を目で探していたし、マデリンは通りの角に立っている二人組が自分のことを話しているにちがいないという考えにとりつかれていた。彼女が何度も後ろを振り返りながらぶつぶつと小声で読み上げるので、私はそれを書き取るのに苦労した。とうとう二人とも勉強をあきらめ、ただ座って日差しを浴びていた。

その夜も私は彼を待ち、やはり彼は来なかった。待っていると、広い部屋のような暗い空間が生まれ、それは私の部屋から夜に向かって開き、私の部屋を暗い夜風で満たした。彼がどこにいるのかわからない街はいつもより広く感じられ、私の部屋とじかにつながっているようだった。彼がいるどこか別の場所、それは私の知らない場所だったが、にもかかわらずそれは私の頭の中で巨大な黒い物質としてたしかに存在していた。そしてその場所は——彼が誰かといるはずの見知らぬ部屋は——私の想像の中でしだいに彼の一部になり、彼はその見知らぬ部屋を内包したものに変容し、私もまたその部屋を内包した、なぜならその部屋にいる彼は私に内包され、彼の中にある部屋もまた私に内包されていたから。

彼が何も言わずにいなくなり、完全に私の前から消え、帰ってくるかどうかもわからず、二人のあいだをつなぐ何の予定も、次に会う日時すらもなくなった以上、彼の存在を身近に引き止めておくために私にできるのは、意志の力で彼のありったけをたぐり寄せ、一刻一刻しっかりつかまえておくことだけだった。彼はある瞬間には完全に存在し、別の瞬間には一部しか存在しなかった。そして彼がそばにいたときに彼の匂いが私の鼻孔を満たしていたように、今は彼のエッセンスが——匂いや味だけではない彼のオーラが、彼の全存在を濃縮したエキスが——私のすみずみにまで浸透し、私の中を流れていた。

すべて彼のしわざだった。これが彼から出て私に向けられているのを、私ははっきりと感じた。けれどもその強さ、その激しさは同時に彼の私への愛の強さでもあって、私もそれを感じていたから、彼に極限まで苦しめられるその激しさの中に、彼の私への愛もまた感じていた。そして彼が戻ってこない時間が長くなればなるほど、私はますます強く彼から愛されていると感じ、自分もまた彼を愛しているのだと強く思った。

私は彼の戻ってくる音がしないかと、車の音に耳をすますのが癖になった。人の声に耳を傾けるように、一台一台の車の音に神経を集中させた。

そうやって二日が過ぎ、彼の不在が長びくにつれ、私はその不在に酩酊したようになり、苦しみが遠のいた。もはや彼の不在を心に留め、意識に保つまでもなかった。それは私を包みこみ、私を容れるほどに大きくなり、その中で私は安らいだ。

車を運転しながら、私は確実にわかっていることとそうでないことを整理しようとした。私は声に出して言ってみた。彼がどこにいるかはわからない。けれども彼はどこかにいる。彼は生きている。彼は独りでいるか誰かといるかのどちらかで、その誰かは男か女のどちらかだ。もし女といるとして、彼はそのままその女のところで暮らすかもしれないし、暮らさないかもしれない。もし昨夜彼女のところに泊まったとしても、それはそれだけのことだ。もし朝になってもまだ彼女のところにいて、その次の夜も泊まったとしても、それもそれだけのことだ。

そうやって自分にわかっていることとわからないことをすべてはっきりさせると、もう一度わかっている最低限のことを自分に言い聞かせた――彼はいまどこかで生きている、彼の肌の内側で、座るか、横たわるか、立つか、歩くかして。彼はあの色とあの体温で、絶えず――ごくかすかにせよ――絶えず動いていて、ただそういったものすべては私の目の届かない場所にある。だが、これだけの強さで彼のことを思っているのだから、どこにいようと彼の姿が見えてもよさそうなものだとも思った。

私が何度も想像したのとはちがう形で、この状態は終わりを迎えた。彼の車のエンジン音がだんだんと大きくなり、ついには恐ろしいまでの騒々しさになって家の前で止まったのではなかった。私の何度めかの電話についに彼が出たのでもなかった。彼が戻ってきたときのことで、覚えているのは二つだけだ。一つは、彼は通りの私の家からいちばん遠いところに車を停めたので、どのみち車の音は聞こえなかったということ。もう一つは、彼と対面したのは丘のふもとのバーの奥にあるテラスの席で、私は長いこと待たされ、誰かがオーストラリアについて話すつまらない会話——人々はみんな英語を話すのか、何を飲むのか、シドニーの人口はどのくらいか——をずっと聞いていたこと。

バーの奥のテラスで彼と何を話し合ったのかは覚えていない。たぶん私が謝り、二人のあいだで何らかの合意があり、何らかの取り決めをしたのだろう。だがその夜、私がベッドの中で眠らずにいて、ライトをつけて、眠っている彼を眺めていたのは覚えている。

彼は私に背を向けて眠っていて、白く大きな肩をシーツから出していた。私はその横で片肘をついて体を起こし、目に納められるだけの彼の姿を、その細部の一つひとつを、とりわけ彼の頭を、とりわけ白い額を——彼は私から顔をそむけていたので、額の横のほうがすこし見えているだけだった——そしてとりわけ髪を見つめていた。彼の髪はライトのすぐ下にあり、光にじかに照らされていた。私はその髪を見つめ、ついで手を触れてみたが、彼は目を覚まさなかった。髪はまっすぐであまり長くなく、額のあたりは少なく、後ろのほうは多く、赤みがかった明るい茶色のところどころに金の筋が入っていた。私はその色を食い入るように見つめ、もう一度手で触れた。もちろん彼の髪が何色でも本当はかまわなかったが、その夜は彼にまつわる何もかもが自分にとってかけがえのないものに思えた。私はこの髪とこの色を愛しているのだと思い、彼にまつわる何もかもがこの通りでなければならない、他のどんなふうであってもならないと感じた。

するると眠っている彼が何かつぶやいた。私は彼のほうに顔を近づけ、きっと目を覚まさないだろうと思いながら、いま何と言ったのと訊ねてみた。すると彼はまた同じことを言った。とても優しい、愛に満ちた言葉だった。

二時ごろ、私は眠るのをあきらめて床《とこ》を抜け、台所でミルクを温め、座って煙草を吸った。そうしながら、さっき彼の髪について考えたことを頭の中で反芻した。彼はいま私の近くにいる、彼が眠っていて私が目覚めているいまはよけいにそう思う、だがもしも彼がまた私の元を去るか、私が彼の元を去るかして二人がばらばらになったとしても、彼は変わらずにこの髪を、赤みがかった明るい茶色のところどころに金の筋が入った髪を持ちつづけるだろう、そして彼の髪を細かいところまですっかり知り尽くしている私もまた変わらずにそれを持ちつづけるだろう、だから彼の一部はいつまでも私のもののままで、それを彼はどうすることもできないだろう——。

いちど出ていった彼がまた戻ってきたことで、私は自分が何を言っても、何をしても、彼がどれだけ長く戻ってこなくても、けっきょく最後には彼は自分の元に戻ってくると考えるようになってしまったのかもしれない。私がそれほど深く彼を愛したり思いやりを示さなくとも彼はずっと私を愛しつづけてくれるのだ、と。

外を通る車の音が大きくなってきた。濡れた道路にタイヤがたてるシュンシュンという音が、雨の音をかき消すほどの大きさで絶え間なく聞こえてくる。もう四時か、四時も過ぎたか、いずれにせよそろそろ仕事を切り上げろという合図だ。

車は私の仕事部屋の窓のすぐ下を通る。川のこちら側で南北に抜けるいちばん大きな道路が家の目の前を通っているのだ。大型のトラックが通るたびに地面が揺れる。最重量級のが通ると、座っていても体にじかに振動が伝わる。ときおり、家がまるごと一軒運ばれていくのを見ることもある。

それでもヴィンセントと私がこの家を買うことにしたのは、家についている裏庭が素晴らしかったからだ。ぶどうの木、ラズベリーの群落、梨、ライラック、ヒッコリーその他の樹木、それに花の咲くいろいろの低木。家を買ってから、私たちは防音の手だてに取りかかった。仕事部屋の窓から下を見ると、よくヴィンセントが前庭に立っているのが見える。騒音の主要な侵入経路を突き止めようとしているのだ。私も下りていって、二人で騒音について話し合う。これまでに私たちはさんざん騒音について話し合った。硬い壁に当たれば跳ね返るのだとか、いやそれよりは吸収させたほうがいいとか。ヴィンセントは敷地の前面の生け垣の内側に沿って塀を作った。ついでその塀のさらに内側に、二人でニオイヒバを一列植えた。塀の下からも音が入ってくるようだったので、庭の別の場所から土を取ってきて塀の根元に盛った。やがてヴィンセントが塀を敷地の両脇にまで延ばし、ニオイヒバの内側にさらにベイツガも一列植えた。近所の人が松の苗木を一本くれたので、ほんの一フィートほどの高さしかないそれもベイツガの隙間に植えた。最近では、家の脇から斜めに突き出すように部屋を増築すれば、もっと裏庭を通りから遮断できるのではないかという話になりはじめている。

この小説を書いていると、ときどき不安を通り越して恐怖に駆られ、これは人生の重大な危機だ、ほとんど生死にかかわるくらいの危機だと思うことがある。だがたいていの場合、問題はもっと単純なことだったと後で判明する——たとえば朝食抜きでコーヒーをがぶ飲みしたために神経が過敏になっているところにたまたま窓の外を見たら、トラックが荷台に一台車を積み、さらにもう一台を後ろに牽《ひ》いているのが目に入り、たったそれだけのことで気持ちが不安定になってしまった、とか。

それでもたまに本当に混乱し、不安な気持ちになることもある。たとえば小説に使えそうなメモを何枚か選びだし、まとめて一つの箱に入れておこうとするのだが、ラベルに何と書けばいいのかでひどく迷う。〈このまま使える材料〉としたいところだが、もしかするとその材料は本当は〃このまま〃使えるものではないかもしれず、そうすると何か良くないことが起きそうな予感がする。その言葉を括弧でくくって〈(このまま)使える材料〉とする手もあるが、括弧でくくってもなお〃このまま〃の威力は強すぎる。疑問符を入れて〈(このまま?)使える材料〉とすることも考えたが、疑問符がさらなる迷いを呼びこみそうで、これ以上迷うのは耐えられない。となるといちばん無難なのは〈材料——使用可〉あたりだろうか。これなら、このまま使えるとまでは明言せず、ただ何らかの形で使われる可能性があるとだけ言っていて、だが仮に使用に耐えるだけの品質のものであったとしても、必ず使われなければならないというわけでもない、といった感じにはなる。

しばらく転地でもすれば、頭がすっきりして仕事もはかどるかもしれないと思うこともある。先日会った友人は、小説執筆のために半月ほど山の中にあるコロニーにこもり、ついこのあいだ帰ってきたばかりだった。その半月で彼は八十ページ原稿を書いた。私は半月で八十ページも原稿を書いたことがない。彼は一日じゅう仕事をして、夕食の後も書いた。他の宿泊客は日に二度も三度も散歩に出かけるので、宿はとても静かだった。廊下のいちばん奥の部屋に泊まっている男がエクササイズのテープをかけながらエクササイズをやるのだが、それもさほど気にはならなかった。ただ食事はあまり良くなかった。素朴なアメリカ風の料理だった。最初はそれでも満足だったが、しだいに食べるのが苦痛になった。たとえばハムにしても、ひどく分厚い、一インチぐらいに切ったやつが出てきて、何口か食べるともうげんなりしてしまう。そこで夕食はなるべく量を控えて朝と昼に多く食べるようにしたら、だいぶよくなった。私はそのコロニーのことをあれやこれや彼に質問した。私も自分の小説を書くためにどこかよその場所に行ってみるべきかもしれないと思ったからだが、じつは前に一度それはやったことはあって、成果ははかばかしくなかった。

そのころ私は都会で独り暮らしをしていた。国から助成金をもらったので、それを一部使って銀行口座の貸し越し分を埋めた。さらに残りの金で夏のあいだコテージを借りた。食料を買いこみ、車を修理したら、半月前にもらったばかりの助成金はあらかた底をついた。

そのコテージは六十年ほど前にメアリというドイツ人女性とその夫が建てたもので、小さな平屋建ての別荘が密集している一角にあった。家じゅうのドアの大きさがまちまちで、天井も壁もまるくたわみ、いたるところ釘の頭が飛び出ていて、床のリノリウムは端がめくれ、シャワー室の木の床の隅からはキノコが生えていた。やがてメアリの夫が死に、数年後にメアリはその地に避暑によく来ていたやはりメアリという別の女性にコテージを売ったが、そのメアリの夫も死んだ。メアリは亡き夫を偲《しの》んで記念のベンチを湖に下りていく道の脇に設置し、私がコテージを借りる少し前に除幕式が行われた。

とても静かな場所だった。コテージを借りている人たちのほとんどが私より三十ほど年上だったせいで、自分が若く潑剌《はつらつ》となったような気がした。日が高くなると藻の多い湖に泳ぎに下りたが、そのたびに初めて見る年寄りの女性たちと出会うようだった。彼女たちは勾配のきつい径《みち》をゆっくりと踏みしめるように歩いていたり、途中にあるベンチで一休みしていたり、スズメバチが舞う桟橋の熱く反り返った木板の上でデッキチェアを広げていたりした。みんながルースか、さもなければメアリという名前であるように思えた。そうでなければ、姉か妹か義理の姉妹がルースかメアリであるか。何人かは夫連れだった。私はコテージで仕事に励んだが、けっきょく思ったほどは書けなかった。

その一年後に私はヴィンセントと出会い、たびたび都会を出て彼に会いにいった。そのときもやはり、都会を離れてよその場所に行けば喧騒から逃れてゆっくり小説が書けるのではないかと考えた。バスの中でさえ仕事がもっとはかどるような気がした。バスが都会を出発するのは夕方で、たいていの乗客は疲れて機嫌が悪く、機嫌が悪いと人はたいてい静かだった。乗りこむときはいつも大騒ぎだ。みんな体や荷物の置き場所を決めようとして、たとえばどこかの女が濡れた傘をどこかの男の荷物の上に置くなどして悶着が起こるが、やがてそれも静かになる。すると私は両耳にティッシュを詰め、頭にネッカチーフをかぶって気が散らないようにする。うつむいて原稿を見ているあいだは、いま書いているもののこと以外何一つ考えなくてよかった。考えるのをやめたくなれば、顔を上げて他の客を眺めればよかった。だが、そうやって短いものをいくつか書きはしたものの、けっきょくバスの中は長いものを書くのにはあまり向いていなかった。

・

彼とした五度めの喧嘩について書いたとき、彼が眠っているときにつぶやいた言葉が何だったかを私は書かなかった。優しい、愛に満ちた言葉だと書きはしたが、具体的な言葉までは書かなかった。彼はこう言ったのだ、「きみはとても美しい」。だがいま考えてみると、この言葉は特に優しくないし、愛に満ちてもいない。むしろ苦しい心の叫びのように思える。なすすべのない今の状態を自分でももどかしく思っていて、私から自由になりたいしなるべきだとわかっている、なのに私を美しいと思っているのでそれができない。最終的には私から自由になったが、彼が私の中に見ていた美に囚われていたぶん、そうなるまでによけいに長い時間がかかったし、私もよけいに何度も彼を傷つけることになった。

それに当時のノートを読み返してみると、自分が何日かぶんの記憶を混同し、まとめて一日のうちに起こったことのように書いていることに気づく。彼が戻ってきたその日の夜に彼の寝顔やライトに照らされた赤みがかった髪を見つめ、その後起きて台所に行き、ミルクを沸かすあいだに煙草を吸ったかのように書いているが、ノートによるとそれは何日か後のことで、その間にはさまざまなことが起こっていた。

彼が戻ってきたあと、いなくなっていた一晩と二日のあいだどこにいたのかと私は訊ね、それに彼は答えた。夕方キティに会いにいき、私へのあてつけに彼女と寝た、そう彼は答えた。夜になって自分の部屋に戻り、私が何度も鳴らす電話のベルを聞き、それからまた出ていって、海辺のナイトクラブで一人で酒を飲んだ。その翌日は例の年寄りの友人とずっといっしょにいた。

だが彼がどこでどうしていたかが判明したあとでも、彼がいないあいだに私が想像したことは私の中にそのまま残り、二つのバージョンはずっと併存しつづけることになった。長い時間をかけて育まれ、長くいっしょにいたぶん、むしろ自分が想像したバージョンのほうが強固なほどだった。

しかしそれで事が済んだわけではなかった。誰かと寝て、それをまるでなかったことのように忘れてしまうなどということはできない。キティがそうさせないだろう。彼はキティとこのまま関係を続けるか、終わらせるか、どちらかを選ばなければならないだろう。

翌日、私と彼はいっしょに起きたが、その後はずっとべつべつに過ごし、夜になって部屋に電話をかけると彼はすでに寝ていて、今日はもう会いたくないと言った。

そのかわり次の日の昼食をいっしょにしようと彼が言ったので、待ち合わせ場所に行ったが、彼は三時間遅れてきた。彼を待つうちに私の苛立ちはどんどん大きくなり、彼のどんな謝罪や言い訳をもってしても収まりそうになくなった。そしてたぶん彼の謝罪や言い訳はひどくそっけないものになるはずだった。自分に非があるときはいつもそうだった。そっけなくて、そしていくぶん怒ったようでもあるだろう、あたかも、そもそも私を失望させるような行為をするように彼を仕向け、そしてじっさいに彼に失望した私のほうに非があるのだと言わんばかりに。

私たちはいっしょに昼食をとり、その後彼はキティに会いに行った。彼がキティといっしょにいるあいだ、私はマデリンと二人で歩いて街まで行った。彼が戻ってきたのは夜おそくだった。

翌日、彼の態度はよそよそしく、このまま私のところにとどまるかキティのところに戻るか決めかねている、と言った。何もかも終わりだ、と私は思った。彼は午後三時に出ていき、四時に戻ってきて、私といっしょにいたいと言った。さらに一気に決着をつけるかのように、私のところに越してきたいとさえ言った。空き部屋に入るのでかまわない、自分からマデリンに話をすると言った。私は自分からは何もしなかった。彼がマデリンと話すのに任せ、マデリンがどう反応するかに任せた。マデリンは、彼にここに越してきてほしくないし、それについて考えを変えるつもりもない、と言った。それは予想どおりの反応だったが、それで私がほっとしたのか落胆したのかは、自分でもよくわからなかった。

マデリンが彼の申し出を受けるだろうとは私も思わなかったが、彼が少し家賃を負担するという案には魅力を感じるにちがいないと、ほんの一瞬だが考えた。なにしろ彼女はいつも家賃の支払いに汲々としていた。だが、ここでもまた私は彼女を見誤っていた。マデリンはほぼ無一文に近かったが、お金は彼女にとって重要な問題ではなかったし、そもそも問題のうちにも入っていなかった。彼女の生活をわずらわせる代償になにがしかの金を支払おうと私たちが持ちかけたことじたい、彼女にとっては侮辱だったのだ。

その話し合いのあと、三人で連れ立って車で誰かの誕生パーティに出かけた。車の中で私たちは押し黙ったままだった。後部座席のマデリンは私たちに侮辱されたことに怒っていたし、前に座っている私たちは、自分たちの申し出を拒絶したマデリンに腹を立てつつ、自分たちはこの先どうすればいいのだろうと思い悩んでいた。ただ、この時の私の怒りは、今にして思えばあまり純粋ではなかったかもしれない。私は彼女に腹を立てながら、他方では彼女が私のためを思って申し出を断ってくれたことをまんざらでもなく思っていた。

次の夜――彼がほとんど出ていきかけて、また戻ってきてくれたばかりだというのに――私は他の男性と食事に出かけた。前々から決まっていたその予定を、私は変更しなかった。彼は嫌な顔をした。私が出かけているあいだ、彼はひとり私の部屋で本を読んで過ごし、それから散歩をし、私が帰ってきてもほとんど口をきかず、私を避けつづけ、私は彼に避けられつづけたことで不安になり、彼が眠ってしまったあとまで寝つけなかった。そのときだった、ライトに照らされた彼の髪を見つめ、それから床を抜けてキッチンで煙草を吸いながら本を読んだのは。ガス台の下から出てきたネズミが火口《ほくち》の上を歩きまわり、食べ物を探していた。それからベッドに戻ると、彼が寝言のようにして「きみはとても美しい」と言ったのだ。

眠りの中でその言葉を言った翌朝、彼は台所で、前の晩に私が座っていたのと同じスツールに腰かけ、子猫を膝に抱きあげて頭をなでていた。私は彼の背後に立ち、後ろから肩を抱きしめた。彼の柔らかな髪に頬を押しつけた。一度は私をおびやかしたが今またこうして戻ってきてくれた彼に、何かをしてあげたい、何をかはわからないけれど何かを与えたいと思った。けれども突き上げるようなその思いは何日か経つうちに色あせ、やがては消えた。

彼が怒って家を出ていったことで始まり、私が夜中に彼の白い肩を見つめることで終わったその喧嘩は、けっきょく一週間続いたことになる。

私が彼の言ったことを初めは書かなかったのは、たぶん自惚れと取られるのを恐れたからだ。私小説ではなくフィクションという設定だし、そう言ったのはあくまで彼の意見であって真実かどうかは別問題ではあったが、それでも抵抗があった。とはいえ、彼が私にはわからない何かを私の中に見ていたのは確かなのだろう。なぜなら鏡の中や自分の写真を見ても、そこには硬くこわばって動かない、あるいは奇妙にひきつれたまま固まった顔があるばかりで、私からすれば美しいどころか十人並みですらない、もっと言うなら不細工で疎ましくすらあり、ことに疲れているときなどは顔のパーツがばらばらにほどけて間延びしたようになり、片頰にある四つの黒いほくろが星座のようにくっきりと浮かびあがり、大きくて角張った頭の鉢にくすんだ茶色の髪がぺったりと貼りつき、首はネジのように細く、レンズの奥からこちらを見返す白に近いほど色の薄いブルーの目はひどく怯えて不安げで、なのにたまに眼鏡をはずすと周囲の人を怖がらせ、すくなくとも友人の一人から怖いと率直に言われたことがあるのだから。

ここでは書かなかったことがもう一つある。マデリンといっしょにカフェのテラス席でイタリア語の勉強をしたものの、互いに気が散ってしまいとうとうやめたと書いたが、実を言うとやめたきっかけは、小さな緑色のものが空から降ってきて、イタリア語の文法の参考書のページの隅にぽたりと落ちたからだった。落とし主は近くの木の枝にとまっていたスズメだった。それをその日の出来事からはずしたのは、書いている内容と雰囲気がそぐわないと思ったからだ。

•

最後にこれを書いてからいくらも経っていないというのに、続きを書こうと机に向かったら、新しく取り入れた方式のためにたちまち暗礁に乗りあげてしまった。目の前にはメモ書きを入れた箱が四つ並んでいる。それぞれに〈使える材料〉、〈まだ使っていない材料〉、〈すでに使った、または使わない材料〉、〈材料〉と書いてある。最後の〈材料〉と書いてある箱に入っているものは、ほとんどがこの小説とは無関係なものだ。〈すでに使った、または使わない材料〉は文字通りすでに使ったか、または使うつもりのないもの。さっき私が何にとまどったかというと、〈使える材料〉と〈まだ使っていない材料〉の違いがよくわからないということだった。しばらくして思い出した。〈使える材料〉はすでに形ができあがっていて、すぐに小説の中に組み込めるもの、〈まだ使っていない材料〉はもう少し大ざっぱな形のもの。〝このまま〟という言葉を使えばもっとはっきりするのだが、その言葉を箱に書くのを恐れたせいで、こんなややこしいことになったのだ。

ついさっき、これから小説を書くためによその場所に行くという友人と話をした。行き先はメキシコのホテルだった。指折り数えてみると、驚くほどたくさんの友人知人が小説を執筆中であることに気づく。ある女友だちは、毎朝アパートから近所の喫茶店まで通って小説を書いている。一度に二時間が限度だが、店を変えれば朝の執筆時間をもう少しだけ延長できると言っていた。別の男性は、子供たちが学校に行っているあいだに家の裏にある古い小屋にこもって執筆をしている。さらに別の知人は、アーチスト用のコロニーに滞在して小説を書き、戻ってきてしばらく大工仕事をし、金が貯まるとふたたびコロニーに行くということを繰り返している。ルームメイトがタクシーの運転手をしている深夜に書いている、という人もいる。彼はすでに七百ページ書いていて、ユーモラスな小説にしたいと思っているのだが、それだけ長いあいだずっとユーモラスでいつづけるのは至難の業だ、と言っていた。

何が原因でいろいろなことがうまくいかなくなったのかはわからない。だがあとから振り返ってみて、あの日を境に二人の間が取り返しのつかないほど駄目になりはじめた、と思える日がある。その日彼は、今日は家で書き物をすると電話で私に言った。私はマデリンと街まで散歩に出かけ、通りかかった画廊にふらりと入った。そこに彼がいた。生真面目な顔つきで絵を眺めている数名の客たちに混じって、アーミーバッグを肩にかけて立っていた。彼は私たちを見て、驚いたように顔をゆがめた。そして夜そっちに行くから、と言った。その夜、私は友人二人と出かけ、彼あてに書き置きを残したが、帰ってみると彼はおらず、来た形跡もなかった。

私は彼に電話をかけ、呼び出し音を十五回まで数えた。電話を切り、車で彼の家まで行った。建物の外に車はあったが、彼の部屋の窓は暗く、誰かといっしょにいるにちがいないと思った。建物に近づいていき、ドアをノックした。彼が電気を消したままドアを開け、またベッドに戻っていった。彼は身じろぎもせず横たわり、私がベッドに入っていって話しかけても無反応だった。私はベッドを出た。もう帰ると言ったが、それでも彼は無言だった。「さよなら」も「ああそう」も言わなかった。

私は家に帰るとベッドに横になり、チーズを乗せたパンを一枚食べた。起き上がってもう一枚チーズとパンを取ってベッドに戻り、さらにもう一枚取って戻った。食べながら、つい最近郵便で送られてきた友人の詩集を読んだ。そのため、口の中を食べ物で満たしながら同時に目を活字で満たし、耳をその友人の声で満たすことになり、そうやって一度にいろいろなもので自分の中を満たすことで——異なる経路からいろいろなものを摂取したことで——いつしか私の状態も変わった。本当に何かで満たされたのか、それともただ何かが鎮《しず》められただけなのかはわからなかったが。

•

三日後の夜、私はふたたび彼の部屋に行った。こんどは彼といっしょだった。だが二人のつながりはもはや希薄だった。それはただつながりの型をなぞっているのにすぎなかった。そこには型があり、なにがしかの親しさもあったが、どれだけ強い親しさをもってしても、彼と私のあいだに横たわる気まずさを打ち消すことはできなかった。彼の家に向かう途中、私たちはトランプ一組とビールを数本、それからコーンチップスを一袋買った。今にして思えば——そのときは気づかないふりをしていたが、内心では気づいていた——私は倦みきっていた。トランプやビールやコーンチップスがなければ、二人きりでどうしていいかわからなかった。それらの品々は、彼と二人きりの部屋に漂う空疎さから目を逸らすための道具だった。この部屋に彼と二人でいたいと無理にでも思いこむためには――本当は自分の家にいて独りで物を食べたり本を読んだりしたい、そのほうがずっと心おきなく楽しめるのにと思わないためには――どうしても目くらましが必要だった。

その部屋にかつてはもっと違うものがあったというだけの理由で、私はそこに彼とととどまっていたのかもしれなかった。そこに彼が、昔と同じ彼という人間がまだいて、私もまだそこにいて、二人のあいだにはかつて何かが、折りにふれて歓喜といっていいほどに燃え上がった何かがあったというのに、その歓喜が今はもう手の届かない遠くに去ってしまったとは信じられなかった。けれども今の私たちに作りだすことができるのは、すでに死んでしまったものの形骸――それが生きていたころの姿を偲ばせる残骸にすぎなかった。

私たちが買って彼の部屋に持ち帰った品々のことを思い出すと、胸がむかむかしてくる。それは気の抜けたビールと湿ったコーンチップスの味、生温かく脂にまみれてつるつるすべるトランプの感触をともなう吐き気だ。それはなんといじましい努力だっただろう。なんと弱い心の表れであっただろう。私はもう彼と何かをいっしょにしたいと思わず、やるべきことも残っていなかった。あと私にできるのは、まだ偽りなく感じることのできる親愛の情をかき集めて彼に別れを告げることだけだった。だが私にはそれを認めるだけの強さがなかった。認められずに彼とともに店に行き――照明がぎらぎらと明るい、気おくれするほど広々とした大型店だった――他の人たちが楽しい時間を過ごすために買う品々を、まるでそれらを買うことで自分たちも楽しい時間を過ごすことができるとでもいうように、買い求めた。だが内心では、自分が楽しめるなどという幻想は抱いていなかった。それとも楽しんでいるふりをすることで、ほんの一瞬にせよ楽しい時間を過ごしているかのような錯覚に浸れると考えていたのだろうか。そして辛抱強くそれを続けているうちに自分の気持ちが急に変化して、それまで楽しめなかったものが楽しめるようになると期待していたのだろうか。

あの夜のあの部屋にもう一度行くことができたら、と今の私は思う。彼がどんなことを言い、それに私がどう答えるかを見てみたいのだ。もう彼の話し方も、私に物を言うときにどんなことを言おうとするかもあらかた忘れてしまっているから。今の私なら多大な好奇心とともに彼と会うことができるだろうから、きっとあのときとは打って変わって活き活きとした時間を過ごすことができるだろう。

部屋にはテーブルがなかったので、私たちはベッドの足元のカーペットの上にじかに座ってトランプをした。二人でビールを飲み、チップスを食べ、ジンラミーをやった。ゲームは面白くなかった。ゲームそのものからは何も得るものがないことぐらい、考えればわかりそうなものだった。私たちのあいだに倦怠しかないのだとしたら、ゲームにも緊張感が生まれるはずはなかった。

無理にでも面白みを引き出そうとして、私たちは何度もくりかえしジンラミーをやった。飲みたくもないビールを（すくなくとも私はそうだった）山ほど飲み、それでいて少しも酔わなかった。もはやアルコールに私を酔わせる力はなく、トランプにも私を面白がらせる力はなく、状況は何一つ変わらなかった。ふだんはアルコールの力で多少なりとも状況を変えられたのに、私のもくろみははずれてしまった。私たちはチップスを食べたが、その前にも何か食べたかもしれない。もしかしたら夕食が何か変なものだったか、あるいは量が多すぎたのかもしれない。夜おそくなって彼とベッドに入ったあと、私は気分が悪くなってきた。しばらく吐き気をこらえて横になっていたが、そのうちに耐えられなくなってトイレに行き、便器の前の床に座りこんで便座の蓋に腕を乗せてその上に突っ伏しては、しばらくして便器に座り、ふたたび便器の前に座りこみ、ほとんど一晩じゅうその繰り返しだった。彼は一度だけかすかに目を覚ましたが、私が何度もトイレとベッドを往復していることにも、ほとんど一睡もしていないことにも気づいていない様子だった。

翌日は彼の誕生日だった。私たちは映画を観にいった。映画が済むといっしょに私の家に行き、こってりと甘いケーキとアイスクリームを食べ、それから私のベッドの足元に座り、部屋の反対側で――部屋は広くがらんとしていて、暗いタイルの広がりが、その周縁にあるベッドやピアノ、カードテーブル、殺風景なパイプ椅子などをひどく小さく見せていた――部屋の反対側でマデリンが硬い椅子に腰かけて、白漆喰の壁についている裸電球の下で雑誌を広げ、長く込み入った星占いの記事を読みあげるのに耳を傾けた。私はまたしても身の置きどころのない感じに襲われて、もしも食べ物がなくマデリンもいなければ、彼と私とのあいだには空疎さと倦怠しかないだろうと考えた。じっさい、私たちから離れたところにいるマデリンの存在がかろうじて私たちを近づけていた。彼女が読みあげている記事は面白く、それへの彼女の反応も鋭く的確だった。私は必要以上に食べ、必要以上に笑った。けれども、もはや私の興味と集中力のほとんどすべては食事に振り向けられていた。食事が続いているあいだだけそれは続き、終わるとたんに落ち着きを失った。

倦怠とは、つまりは何を意味していたのだろう。彼とのあいだにはもはや何も起こらないということだ。彼が退屈な人間だったというのではない。彼との関係にもはや私が何も期待できなくなったということだ。かつてそこには期待があったが、それは死んでしまった。

ではなぜその倦怠が私をあれほど居心地わるくさせたのだろう。空疎さのせいだった。彼と私とのあいだに、周りに、空虚で何もない空間が広がっていた。その中で私は、この男と、この感情とともに閉じこめられていた。空疎さ、それに失望もあった――かつては完全であったものが、こんなにも不完全になってしまったことへの失望が。

・

最後の旅に出かける前の晩に関しては、また別の嫌な思い出がある。ただしそれは彼に対する悪感情というよりも、他のいろいろな要素が重なった結果だったのかもしれない。レセプションの会場となった納屋のように四角い建物の、妙なだだっ広さと寒々しいコンクリートの壁。安物の白ワインの胸のわるくなるような甘ったるさ。レセプションがはねたあとに降りだした雨。木が一本も植わっていない殺風景な芝生。そして私の嫌いな〝レセプション〟という言葉。

私はその甘ったるいワインのグラスを手に、人から人へ渡り歩きながら、ときおり会場の人ごみを見渡していたが、ふいにその中に、何人かの若い友人とともに立っている彼の姿を見つけた。彼が来るとは予想もしていなかった。だがいま考えてみると、私が前もって彼にそのレセプションのことを話していなかったというのもおかしな話だ。この手の疑問が浮かぶたび、答えが永遠に見つからないもどかしさを感じる——彼ぬきで予定を立て、そのことを彼に話しもしないとは、その時点で彼と私の関係はいったいどんなだったのだろう？　私たちのあいだではよくあることだったのかもしれないが、翌日の朝旅に出る予定だったことを考えると、ことさら不自然な感じがする。

彼がどの友人といっしょにいたか、あるいは本当に友人だと認識したのかさえ思い出せない。私にとっては興味のないことだった。そして自分がそのときどんな行動をとったのかも思い出せない。姿を認めてすぐに寄っていったのか、あるいは数ヤード離れたところに立って彼に視線を送り、向こうが気づいたら軽く手を振ってまた他の人たちと話を続けたのか、それとも彼の注意を引こうともせず、ただときおり位置確認だけはしていたのか。たぶん最後のだろうと思うのは、記憶の中ではずっとそういうことになっていたせいでもあるが、彼に気づいたときに自分の内に起こった感情を考えればそれが一番自然な気がするからだ。その反応だけはまちがえようなく覚えている。彼の姿を目にしたときに私が感じたのは純然たる不快感、敵性分子を発見したかのような、その場にふさわしくない異質なものが闖入してきたかのような不快感だった。群れ集う人々の肩ごしに、うごめく影に混じって彼の姿を見たとき、少し前までは肯定的で魅力的なものとして私の目に映り、その少し後にもふたたび私を強く魅《ひ》きつけたその同じ目鼻だちが、その瞬間には耐えがたいほどおぞましいもの、むくんで覇気のない、野卑で獰猛な、知性のかけらもなく人間味もない、粘土の色をしたものに見えた。

外は雨が激しく降っていて、何人かが開け放たれた出口のところにかたまって立ち、車まで一目散に走っていこうとしていた。どういういきさつでそうなったのか、私は彼と並んで出口のところに立っていて、いっしょに私の車まで行った。私の傘に二人で入るか、私のレインコートを二人でかぶるかして、水びたしの芝生を走って私の車までたどりつき、彼の車が停めてある場所までのごく短い距離、彼を乗せていった。足裏に感じた芝生のスポンジのような感触ははっきり覚えているのに、私が彼に何を言い、彼が私に何を言ったかはよく覚えていない。私はそのあと人と食事をする予定があり、彼も友人たちが催してくれる誕生パーティに行くことになっていた。夜おそい時間に私の家に来ると彼は言った。

彼がやって来たとき、私は仕事をしていた。それを私はあすの朝出発する前までに片づけてしまわねばならず、もう何時間もやっているのに夜更けになっても終わらなかった。彼は部屋の反対側の隅に置いてあるベッドに入り、眠ってしまった。仕事は当初思っていたのよりずっと単調で面白みに欠け、一刻も早く終わらせたくて私は苛立っていた。やっていたのは友人の翻訳のチェックだった。それを私は無償でやったが、終わったあとも友人からは大して感謝されなかった。すくなくとも私の労力や、これをやるために生じたさまざまな不都合に見合うだけの感謝はされなかった。もっとも私のこうむった不都合を知らないからといって彼女を責めるのは筋違いだった。私でさえ、それが彼と過ごす最後の夜になるとは思っていなかったのだから。

仕事が終わり、ベッドに入った。彼が目を覚まし、それから二人で一時間ちかく語り合った。いつもこうであったらと思いたくなるような、親密で打ち解けた会話だった。まるでこれがそうする最後のチャンスでもあるかのような。

翌朝、私は彼に車で送ってもらって空港まで行った。次に彼と顔を合わせたのは四週間以上あとで、同じ空港に彼が迎えに来て、同じ車に乗りこんだ。ハイウェイに乗るのを待ちかねたように、彼はすべてが前とは変わってしまったと切り出した。彼の態度は最初からよそよそしく、それだけで何かあったことを予感させたが、空港のコンコースを歩くあいだも、荷物受け取りのターンテーブルの前でも、彼は何も言わなかった。そのよそよそしさは、彼がすでに私との新しい関係に移行したのに私はまだ彼との古い関係の中にいる、その落差が生む隔たりだった。

•

昨日はヴィンセントの父親を地元の農産物フェアに連れていったせいで、また一日仕事にならなかった。外はかんかん照りだったので老人に野球帽をかぶせ、ヴィンセントと二人で車椅子を押して歩くと、老人は帽子のつばの下から周囲の景色を食い入るように見た。牛小屋、羊小屋、ウサギ小屋、家禽小屋と見てまわり、地面にまいた挽《ひ》きたてのおがくずを車椅子のゴムのタイヤが踏む感じが心地よかった。ガチョウが家禽小屋の金網のすきまからくちばしを突き出してこちらに向かって鳴くと、老人は手を出してガチョウを軽くはたいた。どういうつもりだったのかはわからない。

おそらく私たちは、ふだんテレビや、ポーチの定位置から見える裏庭の景色ばかり眺めている老人に——木々が風に揺れ動き、リスが駆けまわるこの季節には枝が急にがさりと動いたりたわんだりし、ヒッコリーの緑色の実が柔らかな音をたてて芝生の上に落ちる——いつもとちがう、何か目ざましい景色を見せてあげたかったのだと思う。家畜のコーナーを離れ、展示会場や競技場や観覧車のあるほうに出て、うだるような熱気と、照りつける日光と、絶えずうごめく人の群れと、綿菓子やファッジの甘い匂いにさらされると、老人はたしかに活気づいたように見えた。頬のところどころにまだらに赤みがさし、瞳が輝きを増し、野球帽の庇《ひさし》の下から外をうかがう目は鳥小屋の中からこちらをねめつけていた雄鶏そっくりに鋭く、少し怒っているようにも見えた。群衆のあちこちに彼と同じく物言わぬ人々が——年寄りだけでなく中年、なかには若い人もいた——車椅子に乗せられたり肘や手を取られたりして引率されていて、やはり目をいっぱいに見開いて、周囲の光景を何ひとつ見逃すまいとしているのが見ていてわかった。彼らもこの場所の下世話なにぎにぎしさに打たれることでなにがしかの活力をとりもどすことを期待されて、ここに連れてこられたのだろう。かくして私たち三人もまた、ごった返す人ごみの中の小さな一つの塊、一つの単位となってそこにいた——シャツを汗で貼りつかせた中年の男女と、彼らの押す車椅子の上で卵のような頭に野球帽を乗せ、だぶだぶの服に包まれて体があるのかどうかもわからない、小さな一人の老人は。

今日の老人は少し気難しく、そばかすの浮いた前腕と骨ばった手の甲がうっすら日に焼けている。看護婦は彼と顔を合わせて何分も経たないうちに、きょうはいつもと様子がちがう、と私に言いにきた。疲れているだけよ、と私は言っておいた。

•

昨夜、夢を見た。彼のうまく撮れている写真を探していて、ついにいいのを一枚見つけるという夢だった。不思議なことに夢の中のその写真は、起きているときに記憶にある彼の顔よりもずっと鮮明で細部もくっきりしていて、起きたときにはまだその顔をはっきり思い出すことができたのに、今はもうぼやけてしまった。ということは、きっと私の脳のどこかには彼の顔の鮮明な記憶が眠っていて、ふだんは奥のほうに隠れているそれが、夢の中で写真となって浮かびあがったのだろう。

小説のほうは前よりも系統だてて進められるようになり、以前ほど迷いがなくなった。それでもときどき、まったく記憶になかったものがひょっこり出てきて混乱することがある。このあいだも、よほどの偶然でもなければ二度と見ることのないような場所に、初期の構想メモが鉛筆で走り書きしてあるのが見つかった。主要な部分が抜け落ちていたので、たぶん断片的なメモではあるのだろうけれど。

そういうものを見つけると、まだ他にも何か出てくるのではないかと不安になる。そしてだんだん自分に腹が立ってくる。まるで他の誰かがそういう不用意なメモをいくつも作り、それが何のメモなのかもヒントも知らせないまま部屋のあちこちにばらまいておいたみたいな気分になる。

今やろうとしているのは、二度めに東部に行っているあいだに——東部では旧友のアパートの部屋に滞在していた、友人はその間西部に行っていた——彼に何本かかけた電話を整理することだ。一度は、例のほぼ初対面に近い男が帰った後にかけた。一度は話しているあいだじゅう背後でタイプライターの音が聞こえていた。一度は彼が別の女と会っていることがわかったとき。相手は私が出発する前の晩に彼にバースデーケーキをあげた友人の一人で、けっきょくその女はのちに彼の妻になった。それから、彼女とはべつに深い付き合いではない、私に比べたら物の数にも入らないし二人の関係は変わらない、と彼が弁明した電話が一度。だがそれらが全部べつべつの電話だったのかどうかははっきりしない。

そのうちの一つの通話と前後数日のできごとについて、私は断章を二つ書いている。先に書いたほうをいま見つけたが、どうも正確さを欠くうえに感情に流されているきらいがある。たとえば、彼から他の女と会っていると聞かされたあと自分は苦しんだ、なぜなら心の片隅にはまだ彼のための場所があったから、というくだりがある。だがいま読み返してみると、心の片隅云々の部分が鼻につくし、その他の言い回しもいろいろと嫌らしい。また、彼の笑い声を耳にし彼の笑顔を目にしたときの幸福感が忘れられないとも書いてあるが、それも多分に嘘がある。

最初の断章のなかには、私の日常に関することだがストーリーとは直接関係がないという理由で使わなかった記述がいくつかある。大学の講演会に出席したこと、それに先立つ夕食会、同席した教授たちの顔色がみなひどく白かったこと、講演会の後に彼らから出た質問が理解できなかったこと、会議場がビルの高いところにあり、貧しく治安の悪い地区の灯がはるか下に見えていたこと、校舎ががらんとして通路もやけに広かったこと、角ごとにゴミの入った袋が置いてあり、私たちが会議場から出てくると、袋がエレベーターのすぐ脇にも置いてあったこと。ある男たちの夢を見て、いまだかつて感じたことのないほど激しい怒りで目を覚ましたこと。滞在していたアパートのある界隈は年寄りが多く、歩道はいたるところ杖と歩行器だらけで、それらのあいだを老人たちが揺れるように歩いていたこと。自分はいくつかの命題に答えを見つけようとしていて、だがたぶんその答えはゆっくりと時間をかけ、試行錯誤を重ねたうえでないと見つからないだろうと思ったこと。

けっきょく私は大して何もわかっていないのだろうと思った。自分の彼への執着が何を意味するのかも、一人の異性を愛し敬うというのがどういうことなのかも、電話で彼が話した言葉の意味でさえも。無理に答えを出そうとすれば、一つの考えが他の考えよりも正しく思えてくる。他の考えは脆弱で曖昧に見え、でなければ私がそれらを考えるときに使う筋肉が脆弱に見えた。だが、そうした他の考えこそ正しくあってしかるべき考え、もし正しくさえあれば私を救ってくれるはずの考えだった。命題があり、その隣には明らかにまちがっている答えがあったが、それ以外の答えは見つけられそうになかった。一人の男を愛するとはどういうことなのか。その答えを見つけるためには長い時間をかけて何度も繰り返し考えなければならないのだろうが、他方、より単純ですぐに答えの出せそうな問題、彼が太鼓を叩くのを見るのがなぜあんなにも恥ずかしかったかといったことにさえ、私は答えを出すことができなかった。

どちらの断章にも、私が行った文壇のパーティのことは書かれていなかった。そのときある作家が私に言った言葉を今も覚えている――「誰かが買ってくれるんなら、それが僕ってことだよ」。

つい最近、そのころの電話料金の明細が出てきた。それによると、私は彼の番号に十二日間で五回電話をかけたことになっている。ある日の通話は三十七分間あって、それは彼と女がパンを作っていた夜のものかもしれないが、もっと前、十四分しか話さなかった日の通話がそれだった可能性も同じくらいある。

・

私は彼に手紙を書き、投函する前にそれを目の前に置いて眺めながら考えていた。書きはしたが夜おそい時間なのでまだ投函していない手紙、あるいは書いて、投函することもできたが結局しなかった手紙というのは、いったいどんなコミュニケーションなのだろう。もし彼に読まれなかったのなら、それは果たしてコミュニケーションと呼べるのだろうか。

最初に書いた断章では、私がそのとき眺めていた手紙は、のちに郵便局によって返送されてきたのと同じ手紙であるとはっきり書いてあるのだが、あとで書いた断章では、たぶん同じだろうという憶測に変わっている。なぜ前のときは確定していたことが別のときにはあいまいになっているのか、理由はわからない。

手紙は届かず、未開封の状態で送り返されてきたのだが、宛て名には当時彼が住んでいた住所が正しく書かれていたし、私が東部から戻ってきたときも彼はまだそこに住んでいた。送り返されてきたということは、それはまだ私の手元にあり、今も読むことができるということなので、今度もまたそうしてみた。もしあのとき彼がこれを読んでいたら、いま私が感じたのと同じ印象をもったかどうかはわからない。だが、手紙の文面はとても朗らかな感じがする。朗らかで、少しも恨みがましくなく、そしてとても若々しい——おおらかで、率直で、狡猾さも、用心深さも、遠回しな皮肉も媚もなく、そのためとても若い感じがする。手紙の中で、私は大晦日のパーティで出会った男に電話をかけ、家に招いたことを書いている。その男との逢瀬は不首尾に終わり、嫌な印象しか残らなかったのに、なぜそれをわざわざ彼に告げたのかは自分でもわからない。

その晩は古くからの友人と食事に出かけたが、友人は犬を散歩させなければいけないからといって早々に帰ってしまった。私は家に戻ったが、独りきりでひどく宙ぶらりんな気分だった。大晦日に出会った男のことをはっきり覚えていたわけではなかったが、電話をかけ、家に来ないかと誘った。後から考えれば明らかに変なのだが、そのときの私の考えはこうだった——今の自分は昔はどうやればいいのかわからなかったようなことができるようになった、それをやればきっと楽しくなれる、もう二度と味気なかったり、精気がなかったり、窮屈だったり、性急だったり、ぶざまだったりすることはない、だから今はただ自分が魅力的だと思った男を誘いさえすれば、きっと楽しめるはずなのだ。

だがいざその男がやって来て、階段を最後の一段まで上がりきって私を見あげ、私も階段にいる男を見おろすと、男の顔は私が覚えていたのとはまるで違っていた。部屋に入ると彼は自分の信仰について語り、さらに自分の信仰について語りつづけた。最初に会ったときと二度めに会ったときとで、彼はまるで別人のようだった。パーティの人混みの中ではあんなに魅力的で快活だったのに、そのわずか数週間後、ブラウンストーンの細長いアパートの最上階でふたたび見た彼は少しも魅力的でなくなっていた。顔の構成要素の一つひとつが肉厚になるか配置がちょっとずつ変わるかしてしまい、おまけに頭まで前より悪くなり、一つの考えにいつまでも囚われつづけているようだった。私はじっと座って、ただひたすら時間が過ぎるのを待った。もう今さら引き返すことはできなかったが、そういう場面になったときに、できるだけ疲れて酒に酔っていたかった。

男はベッドの中でも自分の信仰について語りつづけた。終わると私は彼に背を向け、何を話しかけられても唸《うな》るような返事しかしなかったので、彼も私が帰ってほしがっているのを察したらしく、やっと帰っていった。私は彼の足音がドアからじゅうぶん遠ざかるまで待って起き上がり、バスローブをはおってリビングに行った。体が馬鹿みたいに震えていた。がくがくと、おこりのような激しい震え方だった。私は電話の前に立った。

西部は時差で東部より三時間早かった。いま友人といっしょにいる、二人でパンを焼いているところだと彼は言った。彼がパンについて質問したので、私は生地をあまり長い時間寝かせないほうがいいと答えた。いっしょにパンを焼くほどだから、きっとこの女と彼のあいだには何かあったのだろう、出発前にあれほど気まずくなってしまったのだから、もう私と彼は完全に終わったのだ、と私は思った。私がそのことを口にすると、彼は急に苛立ったような声で、考えすぎだと言った。その怒った声に嘘はないと私は感じた。とても会いたい、と私は言った。今ごろはきっと地下鉄に乗って家に向かっているはずの例の男のことは黙っていた。男は帰りぎわにこっそり置き土産を残していった。彼の三冊の著作で、私はそれを眺めはしたが中は読まず、手元に置いておくことも売り払うこともしなかった。近所の古本屋にもっていこうかとも考えたが、けっきょくゴミ箱に捨てた。本にそんなことをしたのは、それが初めてだった。

男を家に招いたことを書いた手紙には日付があったので、私が男と会ったあと彼に電話をかけ、思い詰めた問いを発したのがいつだったかもこれで特定できる。そして思ったとおり、それが三十七分間の通話の日だった。手紙からわかったことは他にもある。彼がその女と会っていることを私はその電話以前に彼から聞かされていて、それ以降私はなおいっそう情熱的に、ほとんど半狂乱になったのだった。

私は女がすでに彼の部屋で暮らしていて、夜をともに過ごしていることを知っていた。大学の友人という以上の関係であることも知っていた。私が恐れ、彼の口から聞き出したくて、でも彼が本当のことを言わなかったのは、彼とその女の関係が永久に続くものなのか、それとも私が帰ってきたら終わりになるのかということだった。自分が他の男と会うのはいいくせに、彼には他の女と会ってほしくなかった。私が他の男と会うのがいいのは、それが私を傷つけないからで、私は自分を傷つけるかもしれないものからは逃げ、自分に快楽を与えてくれそうなものを追い求めていた。

だが、単に嫉妬だけから他の女と会ってほしくなかったわけではなかった。彼が他の誰かといれば、彼は急に私からとても遠い存在になってしまう。彼の意識は私にではなくその女の上に移ってしまう、前はどんなに遠く離れていても彼の意識は私の上にあったというのに。私を照らしていた彼の意識という光が、離れていってしまう。

彼と私が電話で話した時間が正確に何分だったかは私にとっては些細な問題だが、電話会社にとってはそうではなかった。友人から借りたアパートの部屋で、彼と交わした会話について独り思いめぐらしているときも、そしてそれから何年も後、そこから遠く離れた場所でふたたびそれについて思い出しているときにも、私はその会話が全部で何分だったかなど考えもしなかったが、電話会社のほうでは——このとても大きな企業は——その会話が三十七分続いたことを請求書に記録としてとどめ、私のその他の長距離通話の記録とともに私のところに送ってきた。だが電話会社にとっては逆に、その料金が支払われさえすれば、電話回線がどんな用途で利用されたかは些細な問題なのだ。

なぜ私がこういったことをすべて再現せずにいられないのか、自分でもよくわからない。とても重要なことなのにその理由に私がまだ気づいていないだけなのか、それとも単にある問題の解き方がわかったら答えずにいられないだけなのか。

・

私が戻った夜、彼は当初の約束どおり私を空港まで迎えに来たが、態度はそっけなく、海岸沿いを走る車の中で、よくない報せがある、と切り出した。

何を言われるのかはもうわかっていたが、とりあえずバーに座ってビールのグラスを前にしてからでないとその話は聞きたくない、と言った。店に着くと、彼はすべてが変わってしまったのだと言った。もう私とは終わった、二人はけっきょくうまくいかなかったし、これ以上この関係を続けていく気はない、そう彼は言った。私たちはすでにたぐさん料理を注文していた。だがその話を聞いたあと私は何も食べられなくなり、彼が自分の料理を全部食べてしまってから、私のぶんもあらかた食べた。彼は金を持っていなかったので、勘定は私が払った。私は怒りも泣きもしなかった。彼が隣にいるかぎりは終わった気がしなかったので、つとめて感じよく振る舞った。料理を食べおえた彼は、ビールで気持ちがほぐれたのか、それとも私のけなげさにほだされたのか、私にキスをして、自分にはいま住むところがないので、そのうちまた会いに行くことになる、と言った。

後になって彼は、そんなことを言った覚えはないと言った。たしかに彼には住むところがあったから、私からしてもこの記憶は辻褄が合わない。彼はまだアパートに住んでいた。同い年の女もいっしょだった——小柄で色黒の筋肉質な女だとマデリンが教えてくれた。スーパーで二人でいるところを見たのだ。マデリンは憤慨していた。私が留守のあいだに私を捨てた、苦しいとき私にさんざん助けてもらったくせに、と言って。

その夜、独りになってから、私は感じよく振る舞ってしまったことを後悔した。その後何週間かのあいだに、私は電話で何度か泣いたり怒ったりした。だが彼と面と向かうとまだチャンスがあるような気がして、ふたたび感じよく振る舞った。

その夜はよく眠れなかった。二時ごろ眠ったが、彼の夢を見て六時ごろに目を覚まし、まだ夜明け前だったので、眠れないまま床の中でじっとしていた。気の滅入るような想像が頭から離れなかった。瞬時に鮮やかに浮かんだせいで、よけいに真実らしく思われた。私が見ていたのは四十を目前にした自分の姿だった——私がつねづね言うところの〝虚しい〟人生を送り、つまらない仕事をやり、しかもそれをしくじり、愛する男もなく、あるいはいても向こうは私を愛していない。

私の予想は一部しか当たらなかった。四十になったとき、私の人生は虚しくはなかった。つまらない仕事もやったし、それをしくじって恥ずかしい思いをしたこともあったが、それ以上に多くの仕事をうまくやったし、大半は面白い仕事だった。私を愛してくれない男も二度愛した——すくなくとも私が彼らを愛した時期に、彼らは私を愛してくれなかった。だが私を愛している男のことも一人愛して、しかも何とも幸運なことに、その二つは同時に起こった。

彼と別れたあとに付き合った男は他にも何人かいて、取るに足らない相手のこともあれば大切な存在のこともあったが、彼への思いは意外にもすぐには変わらなかった。その間、私はその思いをいったいどこにしまっていたのだろう。ひとまとめにして脳のどこかに無傷のまま保管していたのだろうか。そして脳の片隅にある小さな扉を開けさえすれば、いつでもその思いを味わいなおすことができたのだろうか。

•

翌日はひどくゆっくりと過ぎていった。いつもより時間の量が多いような、何日ぶんもの時間が過ぎていくような感じがした。それなのに、私は自分の置かれた新しい境遇にまだ慣れることができなかった。ついさっきあの報せを聞かされたような気分だった。

小さな変化は他にもいろいろとあった。まず乾燥機が壊れた。マデリンが私の服を着て、オーヴンで乾かそうとしてシャツを一枚焦がした。それから彼女は、私が留守のあいだに友人の警官の男を私の部屋に泊めたことも打ち明けた。彼のきつい体臭が部屋にこもり、空気を入れ換えるのに苦労したと言った。私の車の調子もおかしくなった。なかなかエンジンがかからず、かかると今度はけたたましい音をたてた。彼は自分の車を修理したが、そのために私が貸した金は返ってこなかった。いまや彼の車は静かになり、私の車がけたたましい音をたてていた。もしかしたら、私がよく知りもしないあの男に電話をかけたのと同じ日に、彼は私の金で車を直したのかもしれない。

乾燥機が壊れたので、空き部屋の垂木に濡れた洗濯物をひっかけた。垂木からは白い衣類がいくつもぶら下がり、窓から風が吹きこむと、いっせいに揺れ動いた。

四六時中彼のことが頭から離れず、日々の業務をこなすのがつらかった。日が暮れて夜になるのが怖かった。喉元を輪っかで締めつけられるような感じがして物がうまく飲みこめず、セーターの襟首をしょっちゅう引っぱってゆるめていた。だが喉を締めつけているのはセーターではなく、私の内側にある何かだった。

何か少しでも体に入れなければと思ったが、食事はほとんど喉を通らなかった。食べ物の匂いをかいだだけで、あるいは一口かじっただけで、吐き気がこみあげた。ほんの少しの果物とバターなしのパン、何種類かの野菜、水、ジュース、それだけがかろうじて喉を通った。

もやい綱を切られた船のように、ふわふわ漂っているような感じだった。あらゆるものに現実味がなく、何が現実で何がそうでないかの区別もつかなかった。部屋にある実在のものがみな薄っぺらく透き通って見え、ただ形と色のある表面が部屋の壁を埋めていた。

その夜は床に入ったあとも咳が出て眠れず、暗闇の中でじっと横になって、なるべく体を動かさずにいた。もう修理してしまったのだから彼の車のあのエンジン音を聞くことはないとわかっていてもなお耳を澄ましてしまうのは、耳がそうすることに慣れてしまっていたせいだった。聞いていると、かつての彼の車にそっくりな音を立てる車が何台か通りすぎた。

ベッドの中で眠れないまま咳をしているうちに、だんだん腹が立ってきた。もう遅い時間だったが、起きて彼に電話をかけた。彼は出なかった。私はますます腹を立てた。彼がアパートにいないということは誰かといっしょにいるということで、もし誰かといっしょにいるのなら、きっと私のことなど考えてもいないにちがいなかった。それが私にはいちばん耐えがたかった、きっと彼が私のことを考えていないだろうということが。彼に忘れ去られてしまったら、私はどこに存在しているだろう、いったい誰なのだろう。私はちゃんと存在している、私は私だといくら自分に言い聞かせても、まるで実感がわかなかった。

ベッドに戻り、本を読もうとしたが頭に入らず、ライトを消し、だんだんと自分自身にも腹を立て、自分の知っているすべての人間に腹を立てた。そのうちに眠りかけ、眠りかけている自分に驚いて目を覚まし、また咳をしはじめた。そのうちにまた眠り、また目を覚まして咳をした。それがあまりに何度も繰り返されるので、とうとう長枕の上にさらに枕を二つ重ねて背もたれがわりにし、濡らしたティッシュを額に貼りつけて、その恰好のままやっと朝まで眠った。

翌朝、マデリンが呼んだ友人が家に来た。独立して仕事をしている修理工だった。彼は雨の降るなか、私の車をまず家の外で見、それからエンジンをかけるとガレージに移動させて、続きを見た。部屋の中からその様子を見ていると、電話が鳴った。

ここでまた苦い思い出について書くことになる。電話をかけてきたのは彼だった。私たちが別れたことを知らないとある男女が、私たちを家に招待してきたのだった。実際に起こったことなのだから書くべきなのはわかっているが、思い出すとひどく嫌な気分になる。私たち四人は狭いリビングに座った。私は何度もカーペットを隔てた彼のほうを見て、そのたびに胸がむかむかし、気を失わないように自分の首をつねり、彼から目をそらしてガラス窓の向こうを見たり、私たちを招いた男女のほうを見たりした。男のほうは、以前にホエールウォッチングの船で私を完璧に無視した人物だった。そこには一時間ほどいて、その後彼の車で家まで帰った。

なぜこのときのことを思い出すとこんなに嫌な気分になるのか、よくわからない。彼らの賃貸アパートの四角い窓の外には四角い芝生が見え、いちばん奥には背の高い雑草か葦のようなものが生い茂り、その向こうが細い川になっていた。その川は、もう何か月も前に、彼と二人で海岸沿いの道を歩いて小さな食料品店までビールを買いに行ったときに見えていたのと同じ川だった――ただしあのときは流れの場所も違ううえに、距離もうんと遠く、しかも反対側からだったのだが。

私がこの男女のことをよく知らず、あまり好きでもなかったからだろうか。それとも彼らの家具つきの賃貸アパートがひどく狭く、茶色の家具、茶色の壁、メタリックな光沢の薄黄色のカーテン、すべてが寒々しく殺風景だったからだろうか。それともそんな部屋で、そんな人たちを相手に、彼と私の仲がまだ続いている演技をしなければならなかったからだろうか。男女はそこでの居住期間を終えて引っ越すまぎわで、私たちを招いたのも引っ越し準備の一環だった。たった一度きり、おざなりに私たちを招いたそのわずか数日後、彼らは彼に電話をよこして、空港まで車で送ってほしいと頼んできた。

•

彼から関係が終わったことを突然告げられて以来、私は他のいっさいのことに興味を失った。彼が私とではなく他の誰かといっしょにいる——その仕打ちは実体をともなった物質と化して私の脳に染みわたり、あたかも匂いや味のように、高まったかと思うと静まり、さっきまであったのに次の瞬間には消えてなくなった。しばらくそれが影をひそめると、ああもう消えたのだと私は思う。だが突然、何の理由もなしにそれはよみがえり、みるみる広がって、すべてのものを苦く染めた。以前はあんなにも私を愛してくれていたし、私を愛している以外の彼を知らなかったから、もしかしたらまだ戻ってきてくれるかもしれないという考えを私はどうしても捨てることができなかった。最初の何日間かは何度も彼と話し合いの場をもとうとした。彼が他の女といっしょにいようとお構いなしだった。私は電話を使った。電話ならば他の誰かからかもしれないから、彼も出ないわけにいかなかった。そして出ればほんの短い時間にせよ、礼儀上私と話をしないわけにいかなかった。

これ以上この関係を続けていく気はないと言われれば、もうそのことで言い争う余地はなかったが、せめてそれについて彼の口から説明してもらわなければ気が済まなかった。どんなに頼んでも、彼は私に満足のいくような説明をしてくれなかった。彼には説明する義務があると思った。かつて彼が私を深く愛していたこと、そしてその彼と今の彼は同じ人間であること、だが何らかの理由で気持ちが変わってしまったのだということをきちんと私に説明し、その理由も説明する義務があると思った。しかるのちに、かつての私に対する気持ちがどんなもので、それがどう変化したのかを説明するべきだった。そしてまた不意打ちのようにして私を捨てたことも、長距離電話で話したときに私との関係は何も変わっていないと言ったのが嘘だったことも、認めるべきだった。

彼といっしょにいることができず、彼と話をすることもできないのなら、せめて彼の居場所だけでも知っておきたかった。わかることもあったが、そうでないことのほうが多かった。たとえわからなかったとしても、家でじっとしているよりは探し回っているほうがましだった。

ある晩、私はミッチェルの家で食事をするために、北に向かっていくつか町を越した先まで車で行った。私はほとんど口がきけず、小さく丸めたハムやバターを見ただけでまたもや吐き気をもよおした。ミッチェルはいつも料理にとても気を使うので、たぶんパンは最高級、ピクルスもマスタードも特別のものだったにちがいない。彼は次の料理を出すことで頭がいっぱいだったし、私は私で気分の悪さと戦うので精一杯だった。そのうちに彼が何か一度では聞き取れないような難しいことを言い、それきり私は何も食べられなくなってしまった。

食事が済むと早々にそこを出て、海岸沿いの道を南に引き返した。雨が激しく降っていたが、彼の住んでいる町の彼のアパートのあるブロックまで来ると、どうしても素通りできなくなって車をUターンさせた。海に向かって一ブロック走り、噴水のある小さな広場に入り、そこを抜けてふたたび右に曲がり、彼の部屋のバルコニーの屋根と明かりのついた窓が見える道端に車を停めた。窓にカーテンはかかっていなかったが、遠いうえに高い位置にあり、雨足も強かったので、中ははっきりとは見えなかった。

私は車の窓を下げた。キッチンの窓のあたりを人影が行き来するのが見えた。彼の動きにしては敏捷すぎる気がしたし、髪ももっと黒っぽかった。誰なのか確かめるためにバルコニーまで行ってみることにした。車のエンジンをかけ、アパートの裏の駐車場に乗り入れた。雨がバルコニーのコンクリートを激しく叩き、その音にまぎれて私は階段をそっと上がった。バルコニーに立つと、アパートの下にあるサボテン農園の屋根と、その周りの栽培場にびっしりと並べられた鉢植えのサボテンの形がぼんやりと見えた。私は黒いレインコートと長靴をはいていた。私のいる外は暗く、彼がいる屋内は明るく照らされていた。

窓の中をすばやく覗きこむと、茶色のショートヘアの女がベッドに寝ころんで本を読んでいるのが見えた。脚を足首のあたりで交差させていた。広い部屋の奥にあるベッドまでは距離があり、窓も濡れていたが、澄ました感じの嫌な顔つきだと思った。右のほうに視線を移すと、狭いキッチンの中を彼が無音で動きまわるのが見えた。ふたたびベッドの上の女に目を戻したとき、いきなり彼がキッチンとの境のドアから姿を現した。ガラス越しとはいえ、思いもよらぬ近さだった。彼が女に何か言ったが言葉は聞こえず、ただ唇が動くのだけが見えた。私は窓から離れた。

バルコニーを出て車に戻り、走り出した。頬が熱かった。ラジオをつけた。後になって思うと、雨が降っていたからこそあんなことが平気でできたのだ。雨が、私が車の外で見たことと私とを切り離してくれていたし、雨の音が、私がもしかしたら考えていたかもしれないことと私とを切り離してくれていた。

家に戻って長靴とレインコートを脱ぐと、洗濯してあったカーテンにフックをつけ、それを鉄のレールにかける作業にとりかかった。何か考えてしまいそうで、それから逃げるために忙しく体を動かした。今なら彼は確実に家にいるのだと気づいて、カーテンを置いて彼に電話をかけた。彼はいつもほどよそよそしくなく、あす私の家に来ることを承知した。私はカーテンをかけおえ、服を着替えて寝ようとしたがやめ、遅い時間だったがテーブルに向かって仕事を始めた。

目が大きく開いた形のまま固まってしまったかのようだった。疲れはまったく感じなかった。その日はミッチェルの家に食事に出かけ、雨の中を帰宅し、ブランデーも飲んでいたというのに、いくら仕事をしても少しも眠くならなかった。頭がすごい勢いで回転していた。胃が空っぽだという感覚はあったが、空腹は感じなかった。その夜は目の前の食べ物をただ眺めただけで、何ひとつ飲みこむことはできなかったというのに。

私は一心に仕事をし、いいものができつつあった。仕事をしながら自分が何かを、それが何であるかはわからなかったが、何かを待っているような気がした。やがて、彼が女とセックスを終えて眠ってしまう時間になるのを待っているのだと気がついた。彼らが眠れば、私も眠れるのだった。

次の朝もテーブルに座って翻訳の仕事を続けた。彼は午前中に来ると言ったのに来ず、電話もかかってこなかった。私は仕事をしながら何度も顔を上げ、窓の外を見た。顔を上げるたびに同じものが見えた。通りの向かいのフェンス、そこから奥まったところにある家、何本かの木。ときおりそれらのものと自分とのあいだを何かがさえぎれば、その何かを見、それが見えなくなるまで見送った。

向かいの家の女の子がテニスのラケットを持ち、セーターを腕にかけて帰ってくるのが見えた。老人が一人、小刻みな歩幅でよちよちと坂を下りてくるのが見えた。教会の隣の家の庭先で、しゃがんで花の世話をしているのをよく見かける老人だった。

かすかな風に追い立てられて、一輪の赤い花が砂埃といっしょにころころ転がっていった。

犬が二匹、窓のすぐ下までやってきた。大きいほうの犬が首と鼻を伸ばして茂みをくんくん嗅ぎ、小さいほうの犬はその後ろに立ち、首と鼻を伸ばして大きい犬の尻尾の下をくんくん嗅いでいた。

私は何度か廊下の端にある浴室に行き、そのたびに鏡を見て髪をとかし、口をゆすぎ、またテーブルに戻った。やがて店まで出かけ、戻ってから彼に電話をかけた。彼は出なかった。もう一度かけ、さらにもう一度かけた。三度めに彼は出て、私に電話をしたが出なかったと言った。だが私が出ているあいだマデリンが家にいたから、そんなはずはなかった。どうせ話をしたって何にもならない、そう彼は言った。

別の日、私は仕事の後で彼と会う約束を取りつけることに成功した。夜まで時間をつぶすために街まで出てレコード屋に入り、そこからさらにエリーのアパートに行った。イヴリンと子供たちが来ていて、ソファや床の上に座っていた。みんなで雨の中を半ブロック先の堤防まで歩いて灰色の荒れた海をながめ、それからイヴリンの車でレストランに食事に行った。濡れた服でぎゅうぎゅう詰めに乗りこんだので、車のガラスが湿気でくもった。

約束の時間までに家に戻ったが、彼は来なかった。かわりに電話をかけてきて、明日の朝早いので行けないと言った。それから彼は車を貸してほしいと言った。例の年配の夫婦を空港まで送ることになっていたからだ。たぶん自分の車よりも私の車のほうが恰好がつくと思ったのだろう。車はいまガレージにある、中にキーを入れておく、と私は言った。

その日の午《ひる》まえ、彼が空港から帰ってきて私の車をガレージに戻したあと、私たちは海に近いレストランで会っていっしょに朝食を食べた。私は自分が何かへまをやるのではないかと不安だった。そんなことがあるわけがないと頭でわかっていながら、もし自分が口から食べ物をこぼしたりフォークを落としたりしたら、それですべてはご破算だという気がした。

植物の蔓が頭上に垂れさがっている木のベンチに、私たちは並んで腰かけた。彼は片方の腕をべンチの背にかけて、私のほうに向き直った。彼は饒舌で、自分のことや将来の計画についてあれこれ語り、私はもっぱら聞く側だった。目の前の皿には料理が山のように盛られていたが、私は小さなトーストを一枚食べたきりだった。煙草が吸いたかった。支払いを済ませて店を出て、日の当たるテラスに立つと、彼は私を長いこと抱きしめた。

彼と別れ、南に向かってひとりで車を走らせながら、頭の中は彼の言ったいろいろな言葉でいっぱいだった。さいしょ彼の言ったことを自分はちゃんと理解しているのだと思おうとし、それから本当にそれは自分が考えたとおりの意味だったのだろうかと疑心暗鬼になった。

このときの食事もまた、思い出すと嫌な気分になるものの一つだ。彼と会ってもけっきょく何ひとつ変わらず、何時間かを無為に過ごしただけで、ただはかない希望の糸に引っぱられ、力なくあっちこっちに引き回されたにすぎなかったからだろうか。いやそれよりもあの場面そのものが、そこにあった何もかもが、私に敵対してくるような気がするのだ──窓の外に広がっていた味気ない土色の風景、何台ものブルドーザーと、その横に立つ真新しい木組みの建築、店内に射しこんでいたあいまいな日光、馬鹿みたいに垂れ下がっていた植物の蔓、彼の笑顔の残酷な優しさ、話をする彼の残酷な無邪気さ、醜悪な白木の板張りの壁、皿に山盛りにされていた料理。

その日の午後、私たちの共通の友人がパーティを開くとエリーが伝えてきた。私は彼にいっしょに行かないかと電話で訊いてみようと思いついた。だが電話をしても彼は出なかった。私は車で彼の働いているガソリンスタンドまで行き、彼の家にも行った。それから町の中をでたらめに走りまわった。彼の友人の家が何軒か海のそばにあると聞いたことがあったが、正確な場所まではわからなかった。海岸沿いの道路の向こうはすべて〝海のそば〟だったから、私は通りを一本一本入っては、彼の車を探した。彼と話をすることはもう考えていなかった。それをしようと思ったら、知らない人の家のドアを叩くことになる。だがいったん彼を探しはじめたら、できることはすべてやらずにはいられなかった。けっきょく彼は見つからなかった。やっと彼がつかまったのはその日の夜おそく、電話でだった。何の用だ、と彼はぶっきらぼうに言った。そしてパーティには行けないと答えた。そのあと彼はほんの少しだけ態度をやわらげ、一度は声をたてて笑ったが、もしかしたらそれも心からではなかったのかもしれない。朝はあんなに優しかったのに、どうして今はこんなに自分に冷たくするのか、私には理解できなかった。

テーブルに座って仕事を始めたが、顔を上げるたびに目の前に彼の顔が見えた。

もう望みはないと、たぶん自分でもわかっていたと思う。それでも戻ってきてからの四日間、まだやり直せる余地はあると自分に言い聞かせてきた。だが彼が何か希望を抱かせるようなことをしたわけではなかった。一度私を抱きしめ、一度キスし、将来について話すときに私を想定していると取れなくもないことを二、三度言った、それだけだった。

五日めの夕方、彼が行きたくないと言ったパーティからの帰りに、私はほろ酔い加減でガソリンスタンドに寄った。そして彼に、まだ気は変わらないの、と軽い調子で訊ねた。

ガソリンポンプの横で何かを待っているように二人でぎこちなく立っていると、道路の向こう側をゆっくりと電車が走っていくのが見えた。そのさらにずっと向こうには別の丘があり、てっぺんにヤシの木が一列に並んでいるのが見えた。私たちの背後では、低い建物の陰になって見えなかったが、太陽が水平線すれすれにかかっていて、それの投げかけるあたたかなオレンジ色の光が丘の上のヤシの木に当たり、もっと近くの、町の中央にある噴水を囲むようにかたまって植えられた背の低いこんもりとしたヤシの木々にも当たっていた。はるか遠くの下のほうにある海の気配のせいで、私たちの立っているガソリンスタンドの平らなアスファルトが高原の台地であるような錯覚が起きた。ひんやりとした春の夕暮れが始まろうとしていたが、空気は柔らかく、かぐわしかった。キャンピングカーがガソリンスタンドに入ってきて停まり、中から骨盤の張った痩せた女が降りてきて、ブタンガスかプロパンを売っているところを知らないか、と遠慮がちに訊ねた。私が帰ろうとすると、彼も同じような軽い調子で、まだ気持ちは決まっていない、寄ってくれてありがとう、と言った。

彼のそばに立っているあいだは自分のいまの状況に耐えられたが、独りに戻るともうだめだった。彼のこと以外なにも考えられず、いればきっと止めてくれたはずのマデリンも留守だったので、私は彼のガソリンスタンドに電話をかけた。私たちは三十分間話をした。彼はとちゅう何度も受話器をおいて客の応対をした。私は彼が電話を離れるたびに、正しいことを言いさえすれば彼が戻ってきてくれるとでもいうように、次に言うべきことを頭の中で練った。そして彼が電話口に戻ってくると頭の中で考えた台詞を言った。また会いたい、と私が言うと、店に来てもらっては困る、と彼は言った。だが彼は仕事が終わったあと私の家に来ることも拒んだ。電話が終わると、私はふたたび車に乗ってガソリンスタンドに向かった。

道路から、事務所にいる彼が見えた。暗闇のなか、事務所は蛍光灯の光に皓々と照らされ、彼を入れてまばゆく輝くショウウィンドウのようだった。彼はデスクに向かって本を読んでいた。私が入っていくと彼は立ち上がり、デスクを回りこんでこちらにやってきたが、私に対して必要以上に身構えるように、広い肩をいかつくこわばらせていた。

彼はいま読んでいる本について話したが、明らかにそれは私たちのことについて話すのを避けるためだった。デスクで彼が読んでいたのはフォークナーの小説だった。何か月か前にイェイツの全作品を読破したように、いまはフォークナーの全作品を読破しようとしていた。フォークナーの話をしたがる彼と、そんなことは話したくない私の会話はどこまでいっても平行線だった。私はいまのこの状況に耐えられず、彼も私の期待に沿うつもりはなかった。

私が泣きだすと、彼は私の両肩に手を置いて「帰ってくれ」と言った。もう店を閉める時間だから、と彼は言った。彼は私を車のところまで連れていった。そしてまた店に戻っていった。私は車に乗り、ハンドルに突っ伏して泣きつづけた。彼がまた出てきて私の名を呼び、しばらく黙ったあと、もし私がこういうことを続けるようならもう何もかも駄目になる、と言った。これ以上何を駄目にできるのか私にはわからなかった。彼は客の相手をするために店に戻り、油で汚れた雑巾を手に戻ってくると、怒りだした。便所掃除をしなければならないから店に戻らなければならない、もう九時だが、これのおかげで九時半まで帰れない、九時を過ぎたぶんは手当てがつかないからタダ働きだ、と言った。ちっぽけな仕事へのやりきれない怒りが声にこもっていた。それを聞いて私も怒りだした。あなたはその仕事で時給四ドルもらっているが、私はあなたにとってそれ以下の存在でしかない、そう言って車を出した。怒りを見せられるほうが、優しくされるよりもましだった。彼が怒り、私を怒らせていなければ、私はいつまでも帰ることができなかった。あれで私は自分を取り戻し、ふたたび動けるようになったのだ。

・

こうした五日間のあと、私は諦めた。すくなくとも彼に必死に取りすがろうとするのはやめた。すると今までになかった冷え冷えとした感じが私を包みこんだ。怒りがおさまらず、誰かを傷つけたくてしかたがなかった。私は心の中で彼をののしった。本当にいい加減な男だ、うぬぼれが強くて薄っぺらで粗野で性格が悪く、無慈悲で無責任で嘘つきだ、そう私は思った。彼には良心のかけらもない、だから友を裏切り、女を侮辱し、恋人を平気で捨てるのだ。どこまでも自分勝手だから、自分に良くしてくれる友人たちのことさえ疎んじ、彼らが救いの手を差し伸べようとすると、そのことでさらに彼らを疎んじる。

やがて私はいくつかの精神状態を何分かおきに目まぐるしく行ったり来たりするようになった。まず怒り、ついで安堵、希望、優しさ、絶望、そしてまた怒り。ついには自分がいまどんな気持ちなのかがわからなくなるほどだった。

頭の中が繰り返し彼への思いでいっぱいになり、そのたびに苦しみを味わった。関係が終わってしまった原因の一つが、自分の満足しない性格にあることはよくわかっていた。まだ関係の中にいるときから、私はいつもそわそわと落ちつかなかった。なのに出てしまった今も、私はまだそこから離れられずにいた。自分から何もかも駄目にしてそこから出たくせに、出てしまうと今度はそこに戻ることばかり考えていた。まるでつねに境界線上に立っていなければ気が済まないとでもいうように。

私は彼の愛し方が最後までわからなかった。彼に対してつねに怠慢で、少しでも努力を要することはやろうとしなかった。彼のために何かを犠牲にしようとしたことがなかった。欲しいものが全部手に入らなくてもまだ欲しがることをやめず、何とかしてそれを手に入れようとした。

彼が去ってしまった今になって、彼に対して前よりも優しくあたたかな気持ちをもつようになったが、もし本当に彼が戻ってきたらその気持ちも薄れてしまうのは目に見えていた。彼が戻ってきてくれるのなら何だってすると今の私は思っていたが、それも絶対に戻ってくるはずがないのがわかっているからだった。以前の私は気難しく、彼に対して時には辛く当たった。今の私はただひたすら優しく温和だったが、そんな気分になるのはもっぱら自分の部屋で独りでいる時だったから、彼が私の優しさを感じることはほとんどなかった。以前の私は彼の気持ちなどお構いなしに、彼の欠点やまちがいを本人に向かって指摘した。今もしそれをやれば私は心を痛めるだろうが、かつて彼に与えたほどの痛みではないだろう。以前の私は自分が話すことを聞くのが好きで、彼の話すことにはあまり興味がなかった。そしてすべてが手遅れになり、彼が私に何も話したくなった今になって、私は彼の話を聞きたがっていた。そういったことを考えているうちに、また一から彼とやり直したいという意欲がわいてきた。彼さえうんと言ってくれれば今度こそきっとうまくやれる、そう思うと胸が躍った。だがその決意も、彼が戻ってきてくれるかもしれないという期待と同じくらい虚しいものだった。彼が同意するはずがないとわかっている以上、それは何の意味もなさないことだった。

最初の数日間は、何もかもが思いどおりにならないような苛立たしい気持ちでいた。それが今でははっきりとした怒りに変わっていた。彼に対してだけでなく、自分自身にも、幾人かの人々にも、自分の部屋にある物にまで腹が立った。彼のことを考えないように気持ちをつなぎとめてくれない本に、私は腹を立てた。本はかつてのような命を失い、観念ではなくただの紙と化していた。私はベッドにも腹を立て、そこで眠るのが嫌だった。枕もシーツも他人行儀で、そっぽを向いているようだった。私は服にも腹が立った、服を見ればおのずと自分の体も見ることになり、その体にも私は腹が立った。だがタイプライターには腹を立てなかった。それを使うとき、それは私とともに働いてくれ、彼のことを考えないように手助けしてくれた。辞書にも腹は立たなかった。そしてピアノにも。私は日に何時間も一心不乱にピアノの練習をするようになった。まず音階から始め、五指練習に移り、最後に二つの曲を練習し、着実に上達していった。

私はいろいろなものを憎んだ。それは自分の神経にさわるものを排除したいという感覚だった。九月には茶色だった丘が、いまやすっかり緑に変わっていた。だが私はその景色を憎んだ。私が見たいのは醜くみすぼらしいものだった。美しいものは自分とは無縁な世界に属しているように思えた。すべてのものの縁が黒ずみ、茶色くなるのを見たかった。すべてのものの表面に染みが浮いてほしかった。あるいは薄い膜がかかって、そのものが見えにくくなったり、色が薄まりぼんやりとなってほしかった。花はほんの少し萎《しお》れて、赤や紫の花びらの襞《ひだ》に傷みが生じてほしかった。肉厚で水気を含んだウミイチジクの葉は水分を失って針のように尖り、かさかさと乾いた音を立ててほしかった。丘のふもとのユーカリの木からは香気が失われ、海からも潮の匂いが消えてほしかった。波は弱まり、潮騒もくぐもったようになってほしかった。

私は彼といっしょに行ったすべての場所を憎んだが、いまや行く先々のほとんどすべてがそうだった。自分より一回り若い女を見かけては、その女を憎んだ。自分の知らないすべての若い女を私は憎んだ。とはいえ私の住む町を闊歩する無数の若い女たちは、たいてい背が高く、ふわふわとした金髪で、優しげな笑みを浮かべていて、私の見た、あの小柄で髪が黒く、不機嫌そうな顔つきの女とはすこしも似ていなかった。

私はもう彼の名を口にしたくなかった。そんなことをすれば、彼の気配があまりに濃く呼び起こされてしまうからだ。マデリンが彼の名前を言っても、私はそれに〝彼〟で応じた。

・

それからの数週間は、日々が耐えがたい朝、昼、夕、夜のはてしない連続に思えた。朝なかなか起き上がれないことも多かった。ベッドに横になっていると、窓の下で地面を踏む足音がしたような気がする。だがそれは私の耳の中で砂のような音をたてる私自身の脈拍なのだ。これから始まる一日を思って恐ろしくなる。一時間ちかく目を閉じ、夢を見、やがて不安が頭をもたげ、ついでやらなければならないことを考えはじめる。朝のこの時間はいちばんクリアに物事が見える時間だった。だがそうやって見えたものは、たいてい最悪の形をとって現れた。先の計画が増えて不安に打ち勝つと、やっと目を開けてみようかという気になる。そのまま目を開けていられれば、つぎに部屋の中を見まわしてみる。彼のことを考え、急いで他のことを考えようとする。だがもう他のことは考えられず、まるで自分の肉体に邪魔をされているような、肉体が彼のエキスに浸されてしまったような感じがする。エキスは私の脳にまで達して脳細胞をすみずみまで満たし、その強力な作用によって、私の考えを強引に彼に引き戻してしまう。そのうちやっと私は起き上がる。寝巻の上にバスローブをはおった姿のまま何時間か仕事をし、それからやっと着替えるが、それも形の崩れたルーズな服で、パジャマと大して変わりばえがしなかった。

たいていはそのまま午すぎまで仕事を続けられた。だが午後は長く、進みが遅く、やがて失速して停まり、停まったなり動かなくなった。外に日の光があり、闇の時間が前と後に遠のいているのはありがたかった。だが日の光の中に出ていく気にはなれず、部屋のカーテンを締めきっていることが多かった。それでも、カーテンの合わせ目から日の光が洩れてきて、それが外にあるとわかっているのは頼もしかった。やがて夕方になり外が暗くなると、部屋じゅうの明かりを皓々と灯した。

気を紛らわすためにできることは何でもやった。私は忙しく動きまわった。家のどこかや何かを掃除し、散歩に出かけ、友だちに話をし、友だちの話を聞き、気の紛れるような本を読み、考えがあらぬ方向にさまよっていく隙を与えないような仕事をテーブルでした。ときおり、自分が向かっているテーブルがこの世で唯一の水平な場所で、周囲の何もかもがすとんと下に落ちこんでいるような、逆に高くせり上がっているような感覚にとらわれた。

一番よかったのは翻訳の仕事で、ちょうどそのとき翻訳しなければならない短い小説が一つあった。だから私はパイプ椅子に座り、カードテーブルの上で仕事をした。翻訳はたいてい午前中にしたが、午後や深夜にも続きをやった。翻訳はいついかなる時でもできる種類の仕事で、しかも不幸なときのほうがはかどった。幸せだったり楽しかったりすると、とたんに他のことに頭がいってしまう。不幸であればあるほど、母国語とはちがう構文でページの上に並んだ異国の言葉に集中することができ、解決しなければならない問題に熱心に取り組むことができた。それがほどよい難しさの問題であればうまい具合に気がまぎれ、解決できれば頭が高揚感で満たされた。だが問題が難しすぎて解決できないと、私の頭は何度もその問題に突き当たっては跳ねかえされ、しまいにはそこから離れてふわふわとどこかに漂いだした。

長くはなかったが難しい本で、気持ちが留守のままやったせいで、あまりうまい翻訳ができなかった。そのときは懸命にやり、我ながら冴えているつもりだったが、あとで読み返してみると、訳文が変だった。

訳そうとする文章を読んでいたり、訳文を書いていたり、辞書を引いたりしているあいだは、他の誰かの声に没入していた。小説の登場人物の声というのではなかった——彼らはめったにしゃべらなかった——そうではなく、作者の声や、辞書の編纂者たちが私の引いた言葉を定義する簡潔で乾いた声、そしてその辞書の中で引用されているさまざまな作家たちの、それよりは血の通った声だった。だが、タイプの手を止めて辞書に手を伸ばすときに文字から目を離して窓の外を見る、その五秒あるかないかのわずかの隙にそれらの声はかき消え、私と私の仕事のあいだに彼の面影がゆらりと浮上して、そのたびに胸に痛みが走った。そして彼のことを何分か忘れていた——あるいはそれらの言葉に熱心に取り組んでいたあいだ彼のことがとりまぎれていたぶんだけ、その痛みはまるで初めて受けるように鮮烈だった。

書かなければならない手紙もいくつかあった。そのうちの一つは私が翻訳していた小説の作者に宛てたものだったが、書きながら私は我とわが身を振り返り、こう思った――ご覧よ、まったくざまはない、こうして作者に手紙を書きながら、頭の中は道端のガソリンスタンドの使い走りの男のことで一杯だなんて。だが手紙の宛て先の人物はきっとわかってくれるはずだとも思った、なぜならまさにそういうことを、彼は小説に繰り返し書いているのだから。

テーブルで仕事をする合間には、しょっちゅう何かを洗っていた。自分を洗い、家の中の何か、たとえば服や台所のものを洗った。私はひっきりなしにシャワーを浴びては体をこすった。垢だけでなく、皮膚や肉や骨までこそげて、体がなくなってしまえとばかりにこすった。部屋の窓も磨いた。内側も外側も一枚残らず磨き、外の木々も、赤いテラスも、庭づたいの通路に沿ってついている屋根の裏側の白も、そしてそれが雨に濡れた赤いテラスの反射でピンク色になるさままで、まるでガラスがそこにないみたいにくっきり見えるほど完璧に磨いた。

やたらと雨の多い月だった。空がにわかに黒くなり、雲が蟠《わだかま》ったかと思うと、雨が垂直に、叩きつけるような激しさで落ちてきて、しばらくするとすぐに止む。太陽が顔を出し、晴れた空に輝く。家の外の水たまりの反射が、台所の黒っぽい木の戸棚の上で蛇のように動く。濡れた屋根が太陽の熱であっと言う間に蒸発し、黒いこけら板のあちこちから蒸気が立ちのぼり、それが風に吹き払われて白煙のように屋根からたなびいた。そうしてしばらく晴れ間が続いたあと急にまた空が暗くなり、ふと振り返って部屋の奥にあるベッドのほうを見ると、その一角から黒い影が、まるでベッドの上の黒い上掛けからわき上がってくるかのようにみるみる広がっていくのが見えた。

ときには最低限のことさえできなくなった。たとえばほんのちょっとした片付けもできなくなり、放置した汚れをさらに自分で踏んだりした。一度は床に大量にこぼしたトマトの果肉だった。私は電話で彼と大声で話しながら歩きまわっていて靴下でそのトマトを踏みつけたが、靴下を履きかえることもせず、そのままベッドに寝ころんで本を読み――静謐で美しい文章で書かれた、鹿狩りをめぐる退屈な小説だった――ベッドの端から垂らした濡れた足が徐々に冷えるにまかせた。

理路整然と頭を働かせ、的確な判断を下して計画を立てなければならないときに、それができなかった。何かを理解するにもつねに立脚点がまちがっていて、その中に入りこみすぎているか、逆に離れすぎているかのどちらかだった。一つの選択が正しいと思っても、次の瞬間には正反対の選択が正しいと思えてきそうで気持ちが揺らいだ。やるべきことがはっきりしているのにやる気が起きないときもあれば、やろうとする気持ちはあるが行動に移さないときもあった。こんなふうにいちいち自分に手こずらされるので、どうにかして私という人間を取り替えられないものかと真剣に考えた。この私という人間といつもいつも闘わねばならないのにも、いつもいつも打ち負かされるのにも、もううんざりだった。

そうした問いかけを一切やめてしまい、急に依怙地《いこじ》になることもあった。自分の殻に閉じこもって何もかもから目をそむけ、他人が自分に何をしようが自分が他人に何をしようが知ったことではない、と思ったりした。

体も頭もフル回転して止まらなくなることもあった。そんなときには目に入るものすべてに意味があるような気がした。そして私をすっぽりと包みこんでいる濃縮された孤独のせいで、私はそれらの意味と否応なく向き合わされ、絶えず意味を注ぎこまれつづけた。孤独のドームのどこかに穴があいているときだけ、私が考えるかもしれなかったことが、そこからわずかだが洩れ出ていった。考えたことはすべて書き留めておかなければ気が済まず、買い物メモ、小切手帳、読んでいた本の余白や白ページ、手近な紙に手当たり次第に書き留めた。後になってみれば覚えておく価値のないものもあるだろうとわかっていても、忘れるのが怖くていちいち書き留めた。書き留めるのが間に合わずに考えたことを忘れてしまうこともあり、永遠に失われてしまった、もう二度と取り戻せないのだと思うと、その失われてしまった考えはページにぽっかりあいた空白のように思えた。どのみちただの思いつきにすぎないのだとわかっているのが、せめてもの救いだった。

そういうときの私は電話で早口にまくしたて、少しの停滞もがまんがならず、物を食べる暇さえもどかしく、空腹のあまり物が考えられなくなってやっと食べ物を口にしたが、食べるあいだも部屋の中をそわそわと歩きまわった。そもそも食べることが苦痛だった。自分の中にはすでに何かがみっちりと詰まって激しく渦を巻いていて、食べ物の入る余地などなかった。トーストをほんの一口かじり取り、のろのろと咀嚼し、少しずつ飲み下そうとするたびに胃がぎゅっと縮こまるのを、まるで他人の体のように感じていた。リンゴでも同じことだった。たまにスープを一口、あるいは生野菜をほんの少し飲み下せることもあった。まったく駄目な日があったかと思うと、次の日には少しましになった。

私は体を酷使した。歩き、走り、機敏に動きまわり、エリーのフィットネスクラブにも顔を出すようになった。健康のためではなかった。体を鍛えて硬くすれば、ゼリーのように弱々しく震えて私を苦しめる感情を自分の中から締め出せるような気がしたのだ。私は痩せこけ、肉は骨のように硬くなり、腕も脚も可動式の金属のようになった。ズボンはぶかぶかになり、中指にはめていた指輪がしじゅうはずれて落ちた。

煙草の量はますます増え、何分かおきに一本、新しく火を点けた。寝床で吸い、運転しながら吸い、ちょっとそこまで買い物に出るときにも歩きながら吸った。胸が詰まったような感じがして、一日じゅう空咳が出た。咳は東部から帰ってきてからずっと続いていた。何時間も咳が止まらず眠れないときは、起きてハチミツをなめたり水を飲んだりして、また何度も何度もつばを飲みこみながら眠りにつこうとした。

いつもいちばん辛いのは夜だった。せめて読書は進むだろうと思ったが、まるで集中できなかった。かといって眠ることもできなかった。早くに床につくのは不可能だった。ベッドに入って動きを止めなければならないのが辛かったし、なにより電気を消してじっと横になっているのが苦痛だった。両目を塞ぎ耳栓をすることも考えたが、たぶんそんなことをしても無駄だった。ときには鼻や気管やヴァギナにまで栓をしてしまいたいと思った。悪しき想念がベッドの中に這いこんできて私をびっしり取り囲み、悪しき感情が胸の上にのしかかってきて息をできなくさせた。体の右側を下にして、骨の飛び出た膝と膝を重ねていると、右の膝に左の膝がくいこんで痛くなり、向きを変えると今度は左の膝に右の膝がくいこんで痛くなる。仰向けになり、ついでうつ伏せになり、それも最初は枕に顔をうずめているが、じきに脇にどけて平らにうつ伏せになり、ふたたび右を下にして両膝と両腕で枕をはさみ、それから仰向けになって頭の下に枕を三つ入れ、うとうと眠りかけ、眠りかけている自分に驚いて急に目を覚ました。

そしてそういった自分のありさまを遠くから眺めるように、いっぽうではこんなことも考えた――もしもこのまま何も食べずにどんどん痩せていったら、もしますます彼のことで頭がいっぱいになり、ますます過激な手を使って彼と話をしようとしたり彼を探しまわったりするようになったら、自分はいったいどうなってしまうのだろう。

・

私はティムというイギリス人男性に電話をかけた。ティムの声はソフトで高かった。私は彼をランチに誘った。だが電話を切ったとたん、暗い気分になった。ああ私は取り残された、そう思った。彼に捨てられて、柔和で繊細なイギリス人の男しかいない世界に私ひとり取り残されてしまった、と。

私の計画はこうだった。丘のふもとにある角のカフェにティムと二人で行き、海沿いの道に面した外のテーブルにつく。道路を眺められるように、私が道のほうを向いた席に座る。すべては思ったとおりに運んだ。ティムは教養あふれる男性で、いっしょの食事も本来なら楽しかったはずなのに、そのときの私には前を通り過ぎる車のこと以外は何一つ眼中になかった。

私はランチの時間をたっぷり引き延ばし、ティムと話をしながら通りすぎる車をちらちら見た。そしてついに想像以上のタイミングでそれは起こった。信号が赤に変わった直後、彼の車が来て、私たちのテーブルのちょうど前に停まった。車が停まると彼は私のほうを見、信号が青になるまでずっと私のほうに顔を向けていた。目の端でそれがわかった。目的を果たすために――自分が他の男と食事をしているところを彼に見せつけるために――ティムのような善良な人を利用することに、うしろめたさがないわけではなかった。だがうしろめたさよりも、そうしたい欲求のほうが強かった。

その日の夕方、彼に会いにガソリンスタンドまで行こうとする私を、マデリンが必死に押し止めた。相手の職場でいざこざを起こしてはだめ、そう彼女は言った。あなたは彼よりも年上なんだからもっとしっかりしなさい、そうも言った。彼女は私のそばについて、ずっと私に話しかけた。私が彼女の立場だったらやっぱり同じことを言って思い止まらせただろうが、それでも気持ちはおさまらなかった。マデリンがその場を離れれば、私はすぐに彼に電話をかけただろう。またいっしょに映画を観よう、トランプをしよう、と彼女は言った。それから夕食を作ってくれた。「すくなくともいっしょにごはんは食べたよね。これはちょっとしたものよ」そう言った。

マデリンは、彼が電話に出てくれなくてもガソリンスタンドには行くなと口を酸っぱくして言いつづけた。もっとプライドを持たなければだめだ、と彼女は言った。私があなただったらもっと自分を大事にする。だが止めてくれるマデリンがいないと、私はすぐに行った。時には口実をもうけて行った。見え透いた口実であることはわかっていたが、用をなしさえすれば何でもよかった。たとえば私はすくなくとも三度、彼をパーティに誘った。三度とも彼がきっと行きたがる、そして私以外には誰も彼を誘わないことがはっきりしているパーティだった。彼はどれにも来なかったが、迷ったようだった。最初のときは数分、二度めは半日、三度めのときは一週間、断るまでに間があった。

二度めに誘ったとき、私は彼がバスケットボールをしているところをつかまえた。彼のアパートの近くにある海辺の駐車場でのことだった。頭上をカモメが輪を描いて飛び、松の木の上で鳴き交わしていた。私は車の中から彼を見ていた。ひっきりなしに吸いつづける煙草の煙で車内はもうもうとしていた。彼はコートのいちばん奥でバスケットをしていて、それを私は車何台ぶんか隔てて見ていたが、そこからでも彼のことはじっくり観察できた。短くまばらな赤みがかった顎ひげ、上のほうはまっすぐでうなじのあたりで少しカールした赤みがかった髪、白い肌、上気した顔、日に当たってV字型にピンク色になった胸元、エネルギーの塊のような肉体、敏捷なその動き、ふいにジャンプし、急に向きを変え、それでもつねに踏みとどまり、決してバランスを崩さない。彼はバスケットがとても上手だった。

私は満ち足りていた。いまこの瞬間、私は彼を目の前にとらえていて、彼がどこにいるかも何をしているかも把握していて、彼のことをいつまでも好きなだけ、安全な距離を保ったまま眺めていることができるのだ。それは私を傷つけるようなことを彼が何もできない距離、私も自分がどう見えて、自分が何をやり何を言うのかに心をわずらわせなくてすむ距離だった。

彼と私がまだ恋愛関係にあったころは、私は彼の居場所を知っていたし、たとえ知らなくても平気だった。どうせ長く離れていることはなかったし、お互い離れていたくなかった。今では彼と離ればなれなのが普通で、彼は自らの意思で私から離れていて、私が自分から出かけていって彼を見つけ、つかまえておかないかぎり、二度と目の前に現れることはなかった。最悪の場合、私の前から完全に消え去り、二度と見つけることができなくなることだってあるかもしれなかった。

彼の一部が私の中に入りこんだのと同じように、彼の中にも私の一部が入りこんでいた。私のその一部はまだ彼の中に残ったままだった。彼を見るとき、私は彼だけでなく私自身も見ていて、私のその部分が永遠に失われてしまったのを感じた。それだけでなく、彼が私を見る目の中から、かつて彼が私を愛していたころの私が失われてしまっているのも感じた。私の中に入りこんでしまった彼の一部を、私はどうしていいかわからなかった。二つの傷がそこにはあった——私の中にまだ彼の一部があることとの傷と、私の一部が私から引き裂かれて彼の中にあることとの傷が。

　私は煙草を吸いながら一時間ちかく彼を見ていた。私は退屈してもいただろうか。ほんのいっときにせよ、彼のことをただの若者として、バスケットをしている一人の学生として見ていただろうか。ただそれだけのものとして見ると、彼がまったく無害に思えることに喜びを見いだしていただろうか。それとも今だからこそ自分は退屈していたはずだなどと思うのであって、あのときはただ彼の居場所を知りたいという強烈な欲求が満たされたことに充足して、退屈の入りこむ隙などなかっただろうか。

　やがて彼はコートを後にし、こちらに向かって歩いてきた。彼がアパートに戻るときに必ず通る場所に、私は車を停めていた。声が届きそうなほど近くなったので、助手席のほうに身を乗り出し、開いている窓から彼の名を呼んだ。彼はあたりを見まわし、私がもう一度呼ぶと驚いたような顔になり、車に近づいてきて、そこにいる私を見て笑い、それからドアを開けて助手席に乗りこんできた。彼の体から放射される熱で、車の窓が少しずつ曇っていった。彼は黙って私にほほえみかけ、私のうなじに手を置いた。ほんの何百ヤードか先にある彼のアパートまで車を走らせ、彼と話をしながら、いったいなぜうなじに手を置いているのだろうと考えた。すると彼は手を引っこめてしまった。私は彼の後についてアパートに入った。私がベッドの端に座り、彼は床に座って壁にもたれかかった。彼は私の誘ったパーティに行くかどうか迷っているようだった。彼は全身汗まみれで、顔もまだ赤かった。汗が引きはじめて体が冷えていたのかもしれなかった。きっと早くシャワーを浴びたくて私が帰るのを待っているのだろうと思ったので、しばらくして帰った。

・

私がいま書いている小説に、センチメンタルあるいはロマンティックな要素も出てくるかもしれないと知って、ヴィンセントは居間の花柄のひじ掛け椅子の上で渋い顔をする。もし小説が私の言うようなものになるとしても、性的な場面は避けるべきだと彼は主張する。私もそれには納得する。理由はわからないが、今までに書いた性的な場面が自分でも気に入っていないのだ。何かを削るときには、まず理由を見きわめてから削るのが筋なのだろうが、私の考えはいつもこうだ——先に削ってしまって、理由はあとで考えよう。たとえば私はバスケットの後に彼のアパートまで行ったシーンについて書くのが嫌で、どんどん短くしつつある。車の中で煙草を吸いながら考えたことについて書くのは少しも嫌ではないのに。

ヴィンセントがいま読んでいる小説にも、私に書いてほしくないと思っているような類《たぐい》のことが出てくるのだそうだ。女が男に激しい情欲をいだき、ついにそれは耐えがたいまでに高まってしまい、男は彼女の求めに応えることを承知するが、そのわずか数時間後には彼女を捨ててしまう。だが彼に言わせれば、その小説にその手のことはそぐわないのだそうだ。この嫌いようでは、たぶんヴィンセントはその本を最後まで読みとおせないだろう。

だがヴィンセントは、私が感情面についても書くべきではない、皆無とは言わないまでも最低限にするべきだと思っているふしがある。感情そのものは尊重しているし、彼自身さまざまな種類の強い感情を持っているのだが、それについてあれこれ述べることを良しとはしないし、それが悪しき言動の正当化につながるようなことがあってはならないと考えているらしい。もちろん私は彼を喜ばせるためにこれを書いているわけではないが、彼の意見には敬意を払っている。とはいえ、彼の要望は時にほとんど無理難題に近い。理想が高いのだ。

いま気づいたが、当時の私はずいぶんたくさんのパーティに出ていたのに、小説の中に登場するのは二つだけで、しかも二つめのは、そこに欠けていたもののことしか書いていない。「パーティ」という言葉じたい、すでに過去に属する言葉、若い女の日常のための言葉のように思える。

今もパーティに行かないわけではない。だが自分のことをパーティに行く人間だと思えるほど頻繁には行っていない。と言いながらほんの数日前、私はヴィンセントといっしょにとあるレセプションに行った。近所の大学にこんど新しく着任する学部長の歓迎レセプションだった。招待状を見るだに退屈そうなパーティだったが、ヴィンセントがこれは行ったほうがいいと（理由は言わなかった）言いだした。出席の返事を出し、看護婦に時間の延長を頼むべきだ、と。

当日の夜は雨だった。雨だな、とヴィンセントは何度も言った。これからますます気温が下がるらしい、と彼は言った。もしもだ、たとえば我々がレセプションから帰る段になって、路面がつるつるに凍っていたらどうしよう。たぶん我々の知っている人間は誰も来ていないだろう、そう彼は言ったが、そのあとで二人名前をあげて、もしかしたら彼らは来ているかもしれない、と言った。服も着替えなければなるまいな、それでもやっぱり行かねばならないだろう、というので私たちは服を着替えた。私がウールのスーツ、彼はクリーニングしたシャツにネクタイ、着古したツイードの上着という恰好で、雨の中を出ていった。着いたときはかなりの遅刻だった。

だがレセプションは大盛況だった。ダークスーツを着た初老の男たち、生真面目な風貌のもう少し若い男たち、カクテルドレスを着た女たちなどで会場は立錐《りっすい》の余地もなかった。あいているのはジャズトリオの周りだけだった。ヴィンセントの知った人はいなかったらしく、私が彼から離れて、会場の隅にぽつんと据えられたテーブルに並んでいるドリンク類や、大皿に乗ったチーズやブドウを眺めていて、ふと顔をあげると、私の後ろをついてきた彼が、手に温シードルの入ったプラスチックのコップを持ち、さあ誰でも話しかけてきなさいといった感じににこやかに微笑んでいる。私たちはしばらくそこにいて、それからロビーに出て暖炉の火を眺め、建物の奥にある図書室をのぞいた。そしてふたたびメインの会場に戻ってみると、人々の話し声のかまびすしさは少しも衰えておらず、相変わらず知った顔は見つからなかったので、私たちはホールでコートを受け取り、出口のほうに向かった。するとドレスに名札をピンで留めたにこやかな若い女性が近づいてきて、一、二分私たちと話をし、今日は来てくださってありがとうございました、と礼を言った。

私は飲み物を一滴も飲まず、食べ物もブドウを二、三粒つまんだだけだった。帰る道すがらヴィンセントが、じつは知っている男を一人見つけたので話しかけたのだが、向こうはこっちのことを覚えていないようだった、と言った。それから、もしかしたら誰か来ていたのかもしれないが、我々が来るより前に帰ったのかもしれない、と言った。

だが不思議にも、その旧《ふる》い大学の部屋がどれも広々として美しかったのと、食べ物と飲み物と音楽があったこと、それに名札をつけたあの若い女性に感じよくさようならを言われたこと、そして何よりも、あれだけ大勢の人間が、私たちに向かってではないにせよ、笑い、話をしていたせいで、楽しく浮き立ったような気持ちが、今日になってもまだ余韻のように尾を引いている——ヴィンセントも私も、ほとんど誰にも気づかれずに行って帰ってきただけだというのに。

・

マデリンは、何部屋も隔てた家の反対側にいても、私が何か良からぬことをしようとしているのを察知することが多かった。そんなときは私のところにやってきて、ずっと私のそばについて私に話しかけたり、自分の話をしたり、私を散歩に連れ出したりした。すくなくとも二度、いっしょに映画にも行った。

昔、出会ってそのあとイタリアでいっしょに暮らした男の話をマデリンはした。当時、彼女には船乗りの恋人がいた。その男がもうすぐタヒチに向けて出発するので、彼女が船の横腹を洗っていると、デッキブラシの先が海の中に落ちてしまった。するとたまたま近くにいたイタリア人の男が海に入っていき、水の中からそれを見つけ、彼女に渡してくれた。それから何日かして、彼女は波止場に座って泣いていた。恋人に顔を殴られたのだ。するとまたそのイタリア人が通りかかり、彼女を慰めてくれた。二人はキューバでいっしょに暮らし、その後イタリアで男の家族とともに暮らした。そこでは召使いたちが身の回りの世話を何もかもしてくれて、服にアイロンまでかけてくれた。それがかえって窮屈だった、と彼女は言った。

船が係留されていたのは私たちの家の近くの街にある港で、彼がのちにウニを箱詰めする仕事をしたのもその同じ港ではないかと思っているのだが、もしかしたら違うかもしれない。

他の友人たちも私に身の上話をしてくれた。エリーは夫といっしょだったときのことを話した。結婚の約束をするまでは彼のことが好きだったのに、約束したとたん好きでなくなってしまった。大西洋岸沿いのリゾート地に二人で旅行したが、旅先での彼はひどく背が低く見えた。こんなに背の低い人だとは思ってもみなかった。結婚してからは喧嘩が絶えなかった。彼女は怒ってわめき散らしたが、夫はむっつりと黙って早く会話を切り上げようとし、それがますます彼女を怒らせた。友だちが訪ねてくる前に喧嘩になると、客が来た瞬間に喧嘩はやんだ。さっきまで彼女が部屋じゅうにチーズとクラッカーをまき散らしていたのに、二人ともそんなことはなかったかのように振る舞った。客が帰ると、夫のほうはそれで喧嘩も終わったつもりになっているが、彼女はすぐに続きを始めた。

他人といっしょに暮らすのは簡単なことではない。すくなくとも私にとっては簡単なことではない。他人と暮らすと、自分がいかに身勝手かを思い知らされる。他人を愛することも私には難しいが、こちらのほうはだいぶ上達しつつある。最近では、もとの身勝手に戻るまでに一か月も優しさが持続するようになった。かつて私は、他人を愛するというのがどういうことかを勉強して身につけようとした。そしてふだんだったら何の興味もない、イポリット・テーヌとかアルフレッド・ド・ミュッセといった有名な著述家の本から文章を抜き書きしたりした。たとえばテーヌは、愛するということは他者の幸福を自分の目標にすることである、と言っている。私はこれを自分の場合に当てはめてみた。だが、もしも愛するということが他人を自分より優先させることだとするなら、そんなことはとてもできそうにないと思った。とるべき道は三つあった。他人を愛することをあきらめるか、身勝手をやめるか、身勝手なまま他人を愛せる方法を見つけるか。最初の二つはとてもできそうになかったが、ずっとは無理にしても、休み休み誰かを愛せる程度に身勝手でなくすることなら、できるようになるかもしれないと思った。

•

ついさっきエリーから来た封筒を開けて、中の写真を見た。当分は見返す気になれないだろう。それくらいショックは大きかった。そこに写っていたのは私の知らない顔、見たことのない顔だった。こんな飛び出た頬骨は知らないし、その持ち主の男も知らなかった。目が慣れるくらい長く見ていることもできなかった。

その写真を見ていて思ったのは、私は彼がどんな人だったのかも本当は知らないのだ、ということだ。私は彼を外側から見たことがなかった。知り合ってほんの半日で近しい関係になってしまったから、彼を外側から距離をもって見る暇がなかったし、一度そうなってしまったあとでは、もう彼を外側から見ることは不可能だった。今の私が彼を見たら、どんなふうに思うのだろう。

私の記憶の中には、彼の映像や彼の言ったことの断片や彼の印象がいくつもあるが、互いにつじつまの合わないことも多い。彼が矛盾した人間だったからかもしれないが、もしかしたら今の私の気分のせいなのかもしれない。私の機嫌がわるいときには、彼は薄っぺらで冷酷で自意識過剰な男に思える。逆に優しく穏やかな気分のときは、一途で正直で繊細な人だったと感じる。どちらにしても中心にあるべき本来の彼は失われていて、私がいくらその周りに肉付けをしたところで、元のものとは似て非なるものなのかもしれない。そういう例は自然界でもありそうだ。生物が死んだ後に残る殼や鞘、甲羅、貝殼。あるいは死骸を閉じこめた石がその生き物の形を刻印され、元の本体が失われたあともずっと長く残る。彼のことを知らない今の私が、彼の真意や彼の気持ちをどう推し測ったところで、それは真実からはかけ離れたものなのかもしれない。あるいはいつもヴィンセントといっしょにいるせいで、ヴィンセントから真意を借用してしまっているのかもしれない。真意を探そうとしても、私にはヴィンセントの中にある真意しか見分けることができないのかもしれない。

・

マデリンと初めて映画を観たのは、北に向かっていくつか先の町にある小さな映画館だった。周囲が真っ暗な中にそこだけぽつんと暖かな照明のともった、ほっとするような感じの場所だった。国家の危機的状況を描いた映画で、二人とも怖がった。

二度めの映画も、その同じ小さな映画館だった。私たちは早く着きすぎてしまい、入るとまだ前の映画の最後のほうをやっていて、それが終わると短編映画が始まった。私たちの今いる町を写した露出不足の暗くぼやけたスチール写真に、とってつけたような音楽がかぶさった、陰鬱な感じの短編だった。それからやっと目当ての映画が始まったが、冒頭のシーンがローマ風呂で、顔を白塗りにしてトーガを着た人々が出てくるのに辟易《へきえき》して、途中で出てきてしまった。

映画館の中にいるあいだは彼のことを忘れていられたが、海沿いの道を車で戻る途中には彼の住む町があった。家に帰って本を読もうとしたが、ページを邪魔するように彼の面影が浮かんだ。

私は何もかも忘れさせてくれるような本だけを読むようにしようと、肝に銘じていたはずだった。だが、そのとき私が読んでいたのはヘンリー・ジェイムズだった。なぜそんな時にわざわざヘンリー・ジェイムズを選んだのか理解できない。もしかしたら、あのころは今よりもっと志が高かったのかもしれない。今の私は話が面白ければ何だって読む——看護婦が大都市の病院でさまざまな試メキシコの子供たちを率いて山々を越え黄河を目指した教師の手記、メキシコの治療院で癌を克服した女性の話、ニュージーランドでマオリ族の子供たちを教えている教師の自伝、『サウンド・オブ・ミュージック』のモデルになった一家の伝記、等々。もしも今の私が辛いことを忘れようと思ったら、手に取るのはそういった類の本だ。だがあのころの私は、完全にのめりこめるような本は選ばなかった。読んでいるうちに魂の一部がページを離れ、もう何度もしゃぶった古い骨を求めてあてどなくさまよいはじめるような、そんな本ばかり選んでいた。

目の前にページが開いてあるのに、そこに何が書いてあるのか理解できなかった。一つひとつの文章に懸命に意識を集中させ、文を形作っているさまざまな要素を全部いちどきに頭に刻みつけるようにしてようやく理解しても、次の瞬間には今読んだばかりのことを忘れてしまう。意識が絶えずページからふわふわと遊離し、そのたびに引き戻さねばならず、その繰り返しにすっかり疲れ果て、しかもそんなふうにしてやっと読んだ数ページも、まるで内容を覚えていなかった。

私はふと他のことを、今までに他の場所で私のことを傷つけた人たちのことを考えた。たとえば私に金を返さなかった人なら、彼の他にもいた。私がした写植の仕事の報酬を不渡りの小切手で支払った小さな地元紙の社主がいたし、アリゾナ州ユマの州立公園で、バンをバックさせてきて私の車にぶつけた夫婦もそうだ。私はそれらの金をずっと忘れられずにいるが、向こうのほうでは、そうした借金は時とともにしだいに忘れられ、しまいにはもう払わなくてよくなるとでも思っているのかもしれなかった。

それに、かつて住んでいたアパートの大家。無慈悲で血も涙もない女で、当時私の住んでいた街のあちこちに不動産を所有していたが、私が引っ越したあとの何日かぶんの家賃まで払えと言ってきた。私は彼女から借りていたぼろアパートを思い出した。だだっ広く家具ひとつない部屋、カーテンのついていない窓から部屋に射しこんでくる街灯の明かり、早朝、街が静まりかえると、通りの信号が変わるたびにカチリという音が聞こえた。日中はすぐ外の通りを大型トラックやバンが行き交い、道の凹《へこ》みを通るたびにガタンと大きな音をたてた。大家はアパートのメンテナンスに必要な金をびた一文出そうとせず、のちに自宅ガレージで殺されているのが見つかった。あの頃、朝早く起きて仕事場まで歩いて通った道。まだ誰も来ていない新聞社の入口を合鍵を使って開け、一階の窓のない小部屋で独り、広告やニュース記事の写植を打った。

報酬で支払われた小切手は、しょっちゅう不渡りで戻ってきた。そのたびにそれを請求書に繰り入れたが、結局いくつかは未払いのままになった。それでもあの頃は、その後に比べればまだ安定した収入があったし、生活にも余裕があった。その後、持っていたお金をすべて使い果たして一文無しになったことが、覚えているだけでも二度あった。うち一度は友人に貸してあった十三ドルが最後の望みの綱だった。金は返してもらえたが、そのときの自分が何の仕事をしていたのかが思い出せない。もしかしたら、二人の女性に語学のプライベートレッスンをする口を見つけた頃だったかもしれない。彼女たちは私のアパートに来たいと言ったが、私は住んでいるところを見られたくなかったので、とりあえず最初の授業は少し離れたところにあるレストランでやろうということになった。ところが当日私は馬鹿げた勘違いをして、待ち合わせは一時だから一時に家を出ればいい、というふうに考えた。着いたときには二人はもうあきらめて、サンドイッチを食べている最中だった。指がマヨネーズにまみれていたので紙や鉛筆は持てなかったし、話もちゃんとできなかった。適当な言い訳をすればいいものを、正直に本当のことを話したので、二人は妙な顔をした。昼食が済むと、すでにレッスンをする時間はなくなっていたが、二人はいちおう金を払うと私に申し出た。情けなかったが、私は金を受け取った。まったく不本意だったが、とにかく金がなかった。二人のうち一人はほどなくやめてしまったが、もう一人の、より裕福だったほうは、その後何か月間かレッスンを続けた。

私はふたたび本を取り、ページに目をこらして続きを読みはじめた。重いものが私にのしかかっていた。それは押し寄せる闇の重さだったが、私はそれを見まい、考えまいとし、あと何フィートというところでそれを食い止めていた。一行また一行と必死に目をこらして読み進め、大変な集中力の末に、しだいに物語が頭に入りはじめた。言葉に厚みを作るために、ありったけのエネルギーと集中力をふりしぼりながらではあったものの。

少しずつ、少しずつ、私がめくった本のページが私と痛みを隔てる防護壁を築き——あるいはページの四辺が、私を物語の中に安全に匿《かくま》ってくれる部屋の壁に変わって——私はしだいに前よりも楽に物語の中にとどまれるようになり、やがて痛みよりも物語のほうがリアルに感じられだした。痛みのせいでゆっくりとぎこちなくではあったが、私はさらに読み進め、自分の不幸せと物語の悦びがしだいに拮抗しはじめた。そしてそのバランスが充分に安定したとわかると、電気を消し、あっというまに眠りに落ちた。

明け方ちかく、一瞬目を覚ました。まだ半分眠っていたが目を開けて、目を覚ました、と思った。私は体を横にして寝ていた。顔の真正面、ベッドとシーツをはさんだ向かいの壁に、彼の顔があった。私は右腕をいっぱいに伸ばし、指先でその顔に触れようとした。すると顔は消え、そこにはただ壁があった。そのとたん、それまで力ずくで押し止めていた痛みが思いがけない激しさで一気になだれこんできた。唐突に涙がこぼれ、あまりに唐突だったので、涙は痛みとも私自身とも関係がないもののように思えた。涙はこみ上げ、あふれ、まばたきをする間もなくビー玉のようにころがり落ち、私が驚きのあまりじっと動かずにいると、顔のくぼんだ部分にそのまま溜まった。

・

何週間ものあいだ、同じ中心をもつ日々が続いた——彼または彼の車を見ることができるかどうか、それだけが問題だった。ある朝大学の駐車場に車で入っていくと、すぐ前に彼の車がいた。彼は私に気がつくと、私の隣に駐車をした。私たちは車から降りて話をした。彼が駐車メーターにコインを入れるのを見て、自分も同じようにしなければと気がついた。ぎくしゃくとした、ひきつれたようなリズムの会話を私たちはした。彼が何か言うと、私はろくに考えもせずに返事をかえした。

ひどく上の空で、彼の言っていることがごく表面的にしか理解できなかった。そして一瞬おいてから、ちゃんと考えてもう一度返事をしなおした。彼のほうも似たりよったりだった。私たちはいっしょに駐車場を出て、校舎のほうに向かった。

何時間かあと、もう彼はいないだろうと思って車に戻ると、はたして彼はいなかった。彼の車のあった場所には見たことのない、他の誰かの車が停まっていた。小さく黒く新しいその車は、私には何の興味ももてない、醜いものに思えた。大きくも白くも古くもなく、私と何の関係もなく、車と同じように小ぢんまりとして小ぎれいな人生を送っている人間のものであるにちがいないその車は、ほとんど憎むべきものだった。

彼は何の伝言もメモも残さず去ってしまった。彼と私は同じ場所にいて、二人の車は一時間かそれ以上も並んでここにあったというのに、私はふたたび彼を見失い、もうどこにいるのかもわからなかった。私に残されたのはただ、彼が毎週水曜の朝は大学に来るらしいという小さな情報――それすらも私には貴重だったが――だけだった。

彼と直接会わなくても、遠くから姿を見かける可能性はあった。彼はガソリンスタンドの外に立っているかもしれないし、ガソリンスタンドを出て裏に停めてある車に向かっていくところかもしれなかった。あるいは角を曲がってくる車の中に、まっすぐ背を伸ばした彼が乗っているかもしれず、彼は独りかもしれずガールフレンドといっしょかもしれなかった。あるいは街や大学の中で彼の車を見つけたと思って後をつけるかもしれず、それは彼の車であるかもしれず違うかもしれなかった。いちどスーパーの前に、同じ型の白くて古い車が停まっているのを見たが、ナンバーが違っていた。私は買い物をしながら何度もそのナンバーを頭の中でくりかえし、暗記しようとした。この町にある同じ型の車のナンバーをすべて暗記しようと思った。だが出てみると車はもうなかった。私の知るかぎり町には同じ型の車が三台あり、一台はナンバーの最初の字がC、もう一台はE、あとの一台はTだった。

その夜、友人たちとの食事に出かける途中、遠くから彼を見かけた。デニムのジャケットを着て、小雨の中をガソリンスタンドに向かって歩いていた。友人たちとともにチャイニーズレストランに着くと、私はすぐトイレ脇の電話ブースに行き、ガソリンスタンドに電話をかけた。陽気な声の男が出て、彼なら五分ほど前にシフトが終わって帰ったと言った。私はしばらくそのまま電話の前にいた。人の大勢いる広い空間の中で小さく区切られたその密室は、その瞬間、店内の他のどの場所よりも彼に近かった。なぜなら、運さえよければ私はそこで、大勢の人たちの中にいて、彼から遠く隔たっていながらにして、彼をすぐそばに引き寄せ、耳の中を彼の声で満たすこともできたのだから。電線を通ってきた彼の細い声が私の耳の中に入りこみ、頭の中で顔のように像を結ぶこともあり得たかもしれないのだから。

帰り道、前を通りかかるとガソリンスタンドはすでに閉まっていた。屋根の下に並んだポンプは黒いシルエットとなって沈み、無人の事務所と大きなゴミ箱が蛍光灯の明かりに白々と照らされていた。私は彼の住む町の通りをいくつか通り、それから海側に曲がって自分の家を目指した。もう二度と彼を探さないと心に誓ったのに、自分の町に着くと、左に曲がるべきところを右に曲がり、電車の駅の横を抜け、スピードを落としてあたりを走りまわった。何日か前に、その近くで彼のとよく似た白い大きな車を見かけ、そのときは停まれなかったのだが、同じ車が同じ場所にまた停まっていた。私は対向車線を走ってその車をいったんやり過ごし、少し先でUターンして、戻ってきてその車の横につけた。車のナンバーが違うような気がしたが、それを確かめるために――まるで目をこらして一心に見れば、けっきょく彼の車だったとわかるとでもいうように――どこかの家の車寄せを使ってもう一度方向転換すると、こんどは車線を逆走して、その車に真正面から向かっていってヘッドライトで車の前面を照らした。違う車だった。

その後町をぐるぐると走りまわったが彼の姿はどこにもなく、私はしだいに失望し、失望は疲弊に変わった。車で前を通りすぎながら一軒一軒窓の中をのぞき見ると、どの家でも、青い霜降りのテレビの画面がちらちらと明滅していた。

家に戻り、レンガ敷きの小径《こみち》を歩いていくと、両側から突き出たクラッスラの硬い枝が体を叩いた。水分をたっぷり含んだゴムのような肉厚の葉は、暗闇の中で獣のように重たく獰猛だった。黒い空に白い月がかかり、そのそばに明るい星が三つと雲の切れ端が浮かんでいた。私は月明かりにすみずみまで照らされたテラスに立って、しばらく月を見上げていた。小径の上の屋根が黒々とした影を落としていた。

家の中に入るとマデリンが、今日なにがあったと思う、と私に言った。私は何も言わずに待った。

彼が家に来たのだという。犬が吠えるので出てみると、彼が立っていた。丘を徒歩で上がってきたのだ。マデリンは彼と五分ほど話した。あとになって彼女は、彼の車が近くのコンビニの前に乗り捨ててあるのに気がついた。たぶん車が故障して、私の助けが欲しかったのではないか、と彼女は言った。「きっと車を貸してほしかったんじゃない」そう言った。

私はそんなふうに彼が訪ねてくるところを何度も、犬が吠えるところまで何度も思い描いてきた。そしてついにそれは起こった。だが肝心のそのとき私は駅の近くにいて、全然別の白い大きな車の周りを車で何度も行ったり来たりしていたのだ。

•

私はふと思った。彼がもう私に会いたがっていないのに、ただ彼の姿を見、彼の匂いをかぎ、彼の声を聞きたいというだけの理由で、当人の気持ちを無視して探しまわる私は、彼を人間以下の何かに貶《おとし》めているのではあるまいか。何か受け身な、私が意のままに消費することのできるもの、食べ物や飲み物や本のようなものに。

だが、彼を探しまわっている私のほうこそ受け身だった、何もしないよりももっと受け身だった。なぜならそれは自分を昔のように彼の手の中に委ねたい、彼が何かをしなければならない存在に戻りたいという欲求だったのだから。能動的というなら、彼に対して最初から何もしないのが最も能動的な行為だったが、それが私にはできなかった。

私の眼の中には、彼の映像をとらえるためだけの部位があるようだった。眼の中のその筋肉は、彼の肉体をとらえてそれに合わせて収縮することに慣れきっていたから、目の前にそれがないと苦しいのだ。

・

ある日私はローリーを家に招待し、フルートもぜひ持ってきてほしいと言った。それから彼に電話をかけたが、出なかった。外は暗くなり、雨が降りはじめていた。私は雨の中を出ていって大通りを歩きながら車を探し、引き返して家に戻る途中、彼の車とすれちがったような気がした。人が二人乗っていた。もっとよく見ようとしたが、行ってしまった後だった。彼の車かどうかははっきりしなかった。私は家の前まで戻ってローリーがもう来ているかどうか見たが、まだ来ていなかったので、そのままスーパーに向かって歩きだした。駐車場に彼の車があることを確かめられたら、それ以上のことをするのはよそうと思った。ただ彼の居場所が知りたいだけだった。私は道の真ん中を歩いていた。あと少しで端までたどり着くというところで、バンが一台曲がりこんできて、ヘッドライトが真正面から向かってきた。私は脇にどいた拍子に浅い溝にはまり、バンが行ってしまうまでそこにじっとしていた。そして溝からはい上がった。私はゴム長と雨合羽を着たままじっとたたずみ、自分をつくづく眺めた。いい歳をした女がいったい何をやっているのだろう、こんな雨降りの夜にあたりをほっつき歩いて。まるで人間というより何か〝もの〟のようだった。犬のようだ。

私は別の道に入り、また真ん中を歩きはじめた。丘のてっぺんから急勾配で下ってきて海辺の公園まで続く広い道だったが、途中で方向感覚を失ってふたたび立ち止まり、頭を右、左とめぐらせた。スーパーの駐車場が見えた。もうこれで彼の車を探すのは最後にしようと思った。車はなかった。

彼がときおりそのスーパーで買い物をするのを私は知っていた。何週間か前、マデリンが彼をそこで見かけたのだ。彼は前ほど楽しそうに見えなかった、何か悩みを抱えているふうに見えた、と彼女は言った。彼女を見つけて話しかけてくるかと思ったが、彼は肉売場のほうに行ってしまった。ガールフレンドもいっしょだった。マデリンは言った、「とても若い子だったわ――十七とか。本当にすごく若い子。感じは悪くなかった。そうね、とてもきれいな子だった」。私はそのときはまだ彼女を一度も見ていなかった。

私の記憶が正しければ、私は彼女のことを二度だけ見ている。濡れたガラス窓ごしに部屋の中にいるのを見たのが一度、そしてエリーと二人で映画館から出てきたときに見かけたのが一度。映画館は町のなかでも荒涼とした、空き地の多いあたりにあった。私たちは、たぶん巨大な映画館の巨大な駐車場のようなところから車で出て、次の映画を観るために長い列を作っている黒い小さな人々の横を通りすぎた。私は前を向いて運転していたが、エリーが窓から外を見ていて彼の姿を見つけ、私に知らせてくれた。彼はガールフレンドともう一人の女の人といっしょに列に並んでいた。もう一人の女は大学の同級生でとても背が高く、彼とガールフレンドは顔を振り仰ぐようにして彼女を見ていた。どこまでも広がる白い景色の中で、その三人は滑稽なくらいに小さく黒く見えた。

実際にはそんなに小さく見えたわけはなかった。だが私の記憶の中の彼らは時とともにますます小さくなり、逆にそれ以外のものがどんどん大きくなっていった。

なぜ私はマデリンに彼女がきれいだったかと訊ねたのだろう。それが何になるというのだろう。きれいであるということが何かの妖術だとでもいうのだろうか。

だが私自身、いつ彼に見られてもいいように、できるだけきれいでいたいと思っていた。もっともそれで何かが変わるわけではなかった。かつての彼は私が疲れて見えても、少々皺があっても、ありのままに私を受け入れてくれていたのだから。だが今の私は実際以上に醜かった。髪は短く切りすぎていたし、顔は老けこんでげっそりとやつれ、着ている服はぶかぶかだった。日中のほとんどを家にこもって過ごしていたので、日の当たらないところに棲む生き物のように肌が生白かった。朝、鏡を見るたびに、まるで空模様か新聞でも眺めるように、今日の私は白というより黄やオレンジに近いな、とか、ピンクのまだら模様だな、とか、目がいつもより小さいな、などと思った。

もう一度町をすみずみまで歩き回ってあらゆる場所を探す時間はもうなかった。私はときどきそれをやった。町の一方の端まで行くと彼が反対側の端にいるような気がしてきて、反対側の端に行くとこんどはさっきまで自分がいたほうの端にいるような気がしてくる。そうしているあいだにも時間は刻々と過ぎていき、いまこの瞬間にも、私がいるのとは別の場所に彼が来ているかもしれなかった。

家に戻ると、外に車が停まる音がして、門の掛け金がかちりと鳴った。ローリーだった。彼女は自分が、今ここで起こっていることとも、私とも何の関係もないなどとは夢にも思っていなかった。きっとこれから楽しい夕べが始まり、おいしいごちそうを食べ、会話を楽しみ、音楽を奏でるだろうと、そして私が彼女といっしょの晩を過ごすのを心待ちにしているだろうと思っているのだ。彼女は笑顔を浮かべてさっそく話しはじめた。だが私の眼には靄《もや》のようなものがかかっていて、彼女の言っていることがよく聞き取れなかった。すでに私の頭の中には他のことがいっぱいに詰まり、脳を内側からぐいぐいと押していて、彼女の言葉が入る余地はなかったし、それに何か返事をかえす余地はさらになかった。私は何とか彼女の言葉を聞き、それに対して言うべきことを考えながら、料理を作った。

相手がエリーだったら気分がすぐれないと言えただろうが、ローリーには言えなかった。ローリーは他人の噂話に目がなく、自分以外の誰かの不幸をいつも喜んだ。他人の不幸を聞くと自分が幸せになったような気がするのだった。他の誰かが太っていたり不美人だったりすると、そのぶん自分が痩せて美人になった気がして（それでなくとも充分痩せて美人なのに）喜んだ。他の誰かが孤独なのを見ると、自分が孤独でないことを実感して喜んだ。

雨がやんだので、私たちは外にカードテーブルを出して、暗かったがそこで食事をした。テーブルに置いたロウソクのささやかな光に加えて、外通路の屋根についた電球の明かりもあったが、それでも料理がほとんど見えないくらいに暗かった。料理のメインの部分については大きな失敗はしなかったが、サラダは塩を入れすぎて食べられなかった。ローリーはそんなことはないと言った。

ローリーがデザートにとペストリーを一箱持ってきていた。マデリンが家の奥から挨拶をしに出てきたので、彼女にも一つすすめた。彼女は一つとり、私たちから少し離れた、外通路のガラスの壁に添うように繁った大きな灌木の影の中に立ってそれを食べた。彼女はローリーに一言ふた言なにか棘を含んだことを言ったが、たぶんローリーは聞いていなかった、というのは一つには、ローリーはマデリンのことを真剣に耳を傾けるべき相手とみなしていなかったからだったが、その後マデリンは自分の部屋に帰っていった。たぶん彼女はあとでローリーのことを揶揄《やゆ》するにちがいなかった。立ち居振る舞いといい性格といい、ローリーは彼女がもっとも忌み嫌うタイプの女だった——口と頭がよく回り、誰にでも媚を売り、俗な好奇心むき出しで、しかも薄情。ローリーにはローリーなりの良さがあったが、それはおそらくマデリンの前では発揮されない類のものだった。

マデリンはきっと今ごろ自分の部屋でひたすらローリーへの憎悪をつのらせ、時に優しくも人なつこくもなるその顔を、暗く辛辣に歪めているにちがいなかった。そしてローリーはローリーで、マデリンの孤独や偏屈さ、質素な暮らし、くすんだ抹香臭いインドの服、古い麻とニンニクの匂い、貧しさなどを思い、それに比べて自分はなんと恵まれているんだろうと考えているにちがいなかった。

ローリーが帰ると、雨の中を歩き回ったあのときからすでに何時間かが過ぎていて、その時間が頼もしい楯となって、私がそれまで感じ考えていたことから私を守ってくれていた。

次の日は午前中いっぱいかかって彼に長い手紙を書いたが、途中で書くのをやめてしまった。長く書けば書くほど絶望がつのっていき、ついにはその絶望の重さに引っぱられて、それ以上前に進めなくなってしまった。紙の上に並んだ黒くいじけた文字は、どうしようもなく無力に見えた――互いにぺちゃくちゃとさえずり合い、言い訳し、説きつけ、恨みごとを言い、論理の破綻をあげつらい、解説し、かきくどき……そんな言葉が何ページも何ページも連なっていた。

いま気がついたが、大学のカフェで、学生や職員が大勢いる前でスカンクが現れたときに私がいっしょにランチを食べていた〝L・H〟というのは、たぶんローリーのことだ。

・

物みな寝静まった深夜には、浜に打ち寄せる波の音にまじって、いろいろな声が周囲から聞こえてきた。まずマデリンの飼っている猫が、哀しげに長々とひっぱった中に、ときおり人語のような短い叫びを織りまぜて鳴く声。するとそれに眠りを破られた犬が寝ぼけた声で低くうなる。私が本を読んでいれば、その読んでいる言葉も声になって聞こえた。怒りながら読めば、声はか細く、とげとげしく、あるいは愚痴っぽく、一列に連なってページをぞろぞろと這いまわった。

眠るときには体を横にして両膝を重ね、手のひらを合わせて腿のあいだにはさんだ。でなければ仰向けに寝て両手を胸の上で交差させ、足もやはり甲のあたりで交差させた。そうやって四肢をシンメトリカルに触れ合わせておかなければ不安だった。できるだけ体のパーツをつなぎ合わせておかないと、体がばらばらになったりマットレスから浮き上がったりしてしまいそうだった。その姿勢でしばらくじっとしていると、しだいに体が溶けてマットレスと一体になり、あとには枕にのった頭とまばきする両目、それに頭の中にある脳だけが残った。

長枕に枕を二つ載せた上にもたれかかり、上体をほとんど垂直に起こした姿勢でなければ寝つけないこともあった。そうしていると咳もそれほど出なかったし、胸に重くのしかかってくる不安をふり落とすことができた。それはもはや寝ている人の姿とは言いがたく、電気を点けていればなおさら起きている状態に近づいた。そのほうが楽だったのは、起きている自分のほうがまだしも制御しやすかったからだ。

眠りに落ちかかった瞬間に意志の力で目を覚まし、夢が始まる前にはじめからやり直す、という芸当もできるようになった。夢が始まったぞ、と私の頭が警告を発する。すると私は目を覚まし、最初からやり直す。もっとも、最初から頭がフル回転して休む間もないこともあったが。

体のあらゆる部分にいっぺんに眠りが訪れて、それに気づいた頭が驚いて、それで目を覚ましてしまうこともあった。不審な物音で目が覚め、まず胸の動悸がして、ついで怒りがこみあげてきて、そうするうちに頭が活動を再開し、どんどん回転が速くなって止まらなくなることもあった。

真夜中に、外で何か獲物を見つけた猫がにゃあにゃあ鳴いたかと思うと網戸に飛びついて、派手な音を立てながら網に爪をひっかけて上までかけ登ることもあった。大きなエンジン音を響かせた車が家のすぐそばで停まり、はっと目が覚めることもあった。そんなときはじっと動かずにいるか、ベッドの上に膝立ちになって窓の外をのぞいた。じきに車は動きだし、私もまた横になった。目をつぶっていても、閉じたまぶたの奥で目はまじまじと見開かれ、闇の中を凝視していた。

電気を点け、目がキリキリ痛むほどまぶしいのを我慢して思いを紙に書きつけ、それで気が済むこともあった。あるいは本を読むか、起きてミルクを沸かし、それを寝床で飲むのでもよかった。飲み物それ自体が効いたのではなかった。母親か看護婦のように自分で自分の世話を焼いたという、そのことがよかったのだ。

ときおり、私の意識が監督することも訂正することもやめ、思考がしだいに論理性を失って夢に変わっていくそのさなか、ふとこう感じることがあった。じつは私の意識も変わりたがっているのではないか。今の状態を何もかも脱ぎ捨てて生まれ変わりたがっているのではないか。そして私の厳しい制御の手がゆるむ時をじっと待っているのではないか。

眠りに落ちかかったとたんに彼が目の前に登場して目が覚めてしまうこともあれば、彼のイメージが他のイメージと混ざりあって、そのまま夢になだれこんでいくこともあった。ある日の夢では、彼が私に「きみのような恋人は今まで一人もいなかった」と言うが、カフェで働かなければいけないからと言って行ってしまう。私は例によってまだまだ言い足りないので、彼を追いかけてカフェに行く。ところが店に入ると、彼は小さな黒い車の助手席に乗っている。車には彼の他にもたくさん人が乗っていて、後部座席には一人、非常な美人がいる。それを見て私はまたしても裏切られたと感じる。彼は私に嘘をついた、彼は他の人たちといっしょにいるのだ、と思う。彼は車を降りて男子トイレに入る。私はその中に入ることができないので、かわりに電話ブースに入る。だが彼に電話はかけない。

夢の中の私は、彼の前でいっそう無力だった。それでもそんなふうに夜に彼といっしょにいられることに慰めを——たとえそれが夢であっても——見いだすこともあった。ある夜の夢では、私がどこか公共の施設の食堂にいると彼がやってきた。彼はすっかり面変《おもが》わりしていた。顔に皺が増え、頬がこけて、ひどく生真面目な感じになっていた。それでも私には彼が戻ってきてくれたということが大事だった。私の妄想も何もかも終わらせられるほど、それははっきりと決まったことだった。すでに決定済みの事項で話し合うまでもなく、私はただ自分が彼と今すぐ結婚することだけを知っている。私がそのことを母に告げると、母は驚く。私はじつは他の男と結婚する寸前だったのだが、母が驚いたのはそのことではなく、彼をある黒人タレントと勘違いしたからだった。朝、目が覚めてからも、私はしばらく寝床の中にじっとしていた。その長い夢がまだシーツの上に残っているようで、いつまでもその中にとどまっていたかった。

別の夢では、彼が何か下品なことをするが、私はそれが気にならなかった、ということだけを覚えていて、だがそれがどんなことだったのかはわからなかった。さらに別の夢では、老齢で体も悪いがまだかくしゃくとしている私の母が伴侶を欲しがっている。そして私に言いづらそうに、彼がいっしょにノルウェイに行ってくれることになった、ただし大学から何かの奨学金を今の倍もらえればの話だけれど、と言う。

ある晩、私はフロイトの本を読んでいて、読みながら、書かれている内容をいちいち彼に当てはめていった。彼から借りっぱなしになっている本が私のところには三冊あった。ある寒い晩に彼がもってきたグリーンのチェックの毛布もそのままになっていた。私はその毛布にくるまって、彼の二冊の本をかたわらに置き、三冊めを開いていた。読んでいたのは、忘れるということについてだった。人が何かを忘れた場合、それが口実として通用すると思っているのは当の本人だけで、周囲の人々は正しく真相を見抜いてこう言う、「彼はそれをやりたくなかったんだ！　興味がなかっただけなんだ！」。フロイトはこれを「対抗意志」と名付けている。彼もそうだ、彼は興味のないことは即座に全部忘れてしまう、と私は思った。それは必ずしも正しくなかったしフェアでもなかったが、その気になれば他のことは何もかも忘れてしまえる人だったのも事実だった。とりわけ彼にとって不快なこと、昔に金を借りた人や昔の恋人、今までの人生で彼が怒らせてしまった人々などは。

明かりを消すと、暗闇の中に横たわった。穏やかな、くつろいだ気分だった。ただ彼を見ていたくて、そばにいてほしくて、彼の面影を記憶の中から呼び起こした。疲れていたので、それ以外のことは思い描けなかった——ただ光あふれる場所で、どこかの部屋の壁を背に立っている彼の姿の他は。私は目の前に彼を置いてはいたが、その顔は苛立たしげだった。やがて私が眠りに落ちかけると、彼は勝手に背を向けて歩きだし、まるで舞台から退場して袖に隠れるように消えてしまった。私ははっとして目を覚ました。起き上がり、たったいま起こった出来事について考えた。私は彼をここに連れてはきたが、彼の面影をそこにとどめ、思いどおりにするだけの力がなかった。ただの面影にすぎないとはいえ、彼には自分の感情がちゃんとあり、私に服従しようとせず、私に引き止めておくだけの力がなくなったと見ると、とたんに私から離れ、去っていってしまった。

・

私は今でも眠りが浅く、つねに寝不足ぎみだ。もっとよく眠れれば顔色もましになるだろうし、何か一つのことを集中して考えたり二つのことを同時に考えたりするのにこれほど苦労もしないだろうし、つぎつぎ病気もしないだろう。だが事はそう単純ではない。あまりたくさん寝てしまうと、翌日は疲れ方が足りなくてうまく眠れず、最初から寝つけないか、寝ても夜中に目を覚ましてあれこれ心配ごとを始めてしまう。たくさん寝すぎてそんな思いをするよりは、寝不足でいて次の日によく眠れるほうがいい。

何かを改善することについて考えはじめてしまい、興奮して眠れなくなることがある。わが家の食生活のこともあれば（もっと採集狩猟民族系の食事にするべき）、家にある物のこともあり（プラスチックやビニール製のものを減らし、なるべく木や陶器や石や木綿や羊毛のものにするべき）、あるいはこの町の住民の生活態度のこと（庭の木をやたらに伐《き》ったり、落ち葉やゴミを燃やしたりをやめるべき）、町の行政のこと（もっと公園を増やし、道路はすべて歩道を設置して、車ではなく歩くことを奨励するべき）等々。あるいは、地元の農家を支援するために自分にもできることはないだろうかと考える。すると豚を一頭飼って、残飯をエサにしたらいいのではないかと思いつき、そうだそれならディケアセンターでも豚を飼えばいいのだと考える。以前にヴィンセントの父親を昼食どきにそこに迎えに行ったとき、老人たちの食べ残しを大量に捨てているのを何度か目にしたことがあったのだ。豚はその残飯で大きく育て、クリスマスになったらつぶして老人たちのディナーにすればいい。そして春になってまた新しく仔豚を飼えば、ペットとして愛嬌をふりまいて老人たちの慰めにもなる。

どっちみち最近はヴィンセントの父親が夜中に起き出すようになったので、私の睡眠も細切《こまぎ》れだ。老人は廊下を歩くが、あんまりゆっくりで、まるでそろそろと這っているようだ。床板がきしむ音に目を覚まして出てみると、廊下にじっと動かず立っている老人の姿に一瞬ひるむ——街灯と車のヘッドライトに照らされ、暗がりにパジャマと白い顔をぼんやり浮かび上がらせ、バランスをとるために枯れ枝のような両手をいっぱいに伸ばし、饐《す》えたような匂いをあたりに漂わせ、奇妙に温和な微笑みを浮かべた、その姿に。

そして次の日には、疲れのせいか、それとも何か他のことによって引き起こされた精神状態のせいなのか、座って仕事をしていると視界の端をネズミが横切るのが見える。だが振り返るたびにそれは床板の節穴に変わる。

疲れたまま、自分がたったいま書いたばかりの言葉をじっと見る。何だか意味がわからない。と思っていると、頭の中で声がする。私自身の声だ。声は奇妙な執拗さでその言葉を繰り返すが、目はまだそれを理解できずにいる。

別の日には、まだ文章の終わりではないのに、手が何度も勝手に単語の後ろにピリオドを打とうとする。私が言おうとすることを最後まで言わせまいとするかのように。

老人は夜中に起きているぶん昼間寝ている時間が長くなってきた。起きているときも、じっと一つ所に座って遠くを見ている。いっしょにいると、まるで牛と座っているようにとても静かだ。遠くを見ながらときどき口の中で何やらくちゃくちゃ噛んでいるところも牛めいている。少し前まではこうではなかった。家に人が来ると興奮して、歩行器によりかかって立ち上がったりした。そして具合はどうですかと訊ねられると、共産主義について話しはじめたりしたものだった。

このところの私は、またしても時間とお金のことが心配で眠れない日が続いている。最初は、ときどき翻訳で中断しながらでも、年内にこれを書き上げられるだろうと思っていた。そしてじっさい一度中断して、聞いたこともない十八世紀の作家の、ひどく難しい小説を翻訳した。夏の別荘での男女の密会を描いた下らない話だった。だがこの仕事はいい気晴らしになった。いちばん大事な決定はすでに他人が下してくれているのだから。私は別の十八世紀の小説を翻訳するためにもう一度執筆を中断し、さらにもう一度中断した。そのうちに、このやり方はやはりよくないと気がついた。あっと言う間に月日が流れてしまい、小説を書く時間がなくなってしまう。何か他の手を考えなければ。そこで私はもっと別の、大規模なプロジェクトに加わる契約をして、まとまった額の前金を受け取り、だがそれには取りかからずに小説の執筆を続けた。いずれまた否応なしに翻訳を始めなければならなくなるだろう。

といったようなことをくよくよ考えているうちに、胃がおかしくなってきた。私は胃が変だ変だと騒ぐわりに、胃を痛めつけつづけた。体に悪いとわかっていても朝はコーヒーを三、四杯飲まずにいられなかった。果物や野菜をまったく摂《と》らず、白いパンやクラッカーばかり食べた。体調はどんどん悪くなっていった。

終わりが見えてきた今になって、書き上げられなかったときに言い訳が立つように、私は逃げを打とうとしているのかもしれない。年末年始にかけては風邪をこじらせて肺炎一歩手前になった。咳のしすぎで肋骨に二本ひびが入った。さらに食あたりのひどいやつだと思ったのが、お腹にくる風邪だった。風邪はぐずぐずと長引き、おかげですっかり食べ物に神経質になってしまったが、胃の調子が悪いのは風邪とは無関係だったと気づいたころにはもう胃は治りかけ、と思ったらまた新たにひどい風邪をひいて、それが今度は鼻にきた。

先日、仕事の途中でトイレに行って鏡を見たとき、おかしなことを考えた。何年も前にこの小説を書こうと思い立ったころには、私は翻訳家らしくは見えても作家のようにはまったく見えなかった。それが最近では、日にもよるが、だんだんと作家らしく見えるようになったと感じるときがある。鏡を見ながら私は内心思った。小説を書き上げた人のように見えないうちは、私はずっとこれを書きつづけなければならないのかもしれない。そしていつか小説の一つも書いていておかしくないような人間に見えたとき、はじめてこれを書き終えることができるのかもしれない。

　もしもこれを書き終えたら、私は妙な気持ちになるだろう。あまりに長いあいだ未完成のままなので、この小説を未完成のまま抱えていることに、すっかり馴染《なじ》んでしまっているのだ。もしかしたら、ずっとあれこれ理由をつけて引き延ばしを図るかもしれない。あるいは疲れ果ててもう一歩も先に進めなくなるかもしれない。だが、もしこのまま進んでいけば、いつかどこかで、変えたくてももう変えることのできない地点に到達してしまうのにちがいない。

　たとえ望むとおりのものにならなくても書きつづけなければならない、書けることはすべてここに書こう、私は長いことそう自分に言い聞かせてきた。だが今は、これを書き上げたときに私がはたして満足するかどうかわからない。ほっとはするだろうが、それは話を語りおえた安堵感なのかもしれず、単に仕事から解放された安堵感なのかもしれない。

　じっさい小説は、当初思っていたのとは違ったものになりつつある。いったいこれを書くうえで、私の意志はどれくらい反映されているのだろうか。最初のうちは、どんなことも一つひとつ自分で決定していかなければならないのだと思い、あまりにも決めることが多そうで恐れをなしていた。

ところが、いざいくつかの選択肢を試してみると、他ではどうしてもうまくいかず、けっきょく一つしか選択の余地がなかった。書きたいと思ったことが書かれたがっていなかったり、たった一つの書き方だけを要請してくることもたびたびあった。

語彙にしてもそうだった。以前は自分の慣れ親しんだ語彙を使うべきか、それともいつもと違う語彙を使ったほうがいいのか、あるいはもっと努力して語彙を広げるべきだろうかと迷ったものだった。類語辞典を読んで、頭から抜け落ちてしまっている語を補充したほうがいいのかもしれないと思ったりもした。むろん絶対に使わない言葉というのはある。以前ある女性が、みんなもっとvex（苛立たせる）という言葉を使うべきである、と急に熱っぽく主張したことがあった。イギリス人以外でこの言葉を使う人を見たことがない、と彼女は言った。私は賛成したかったが、本当のところ彼女ほどこの言葉を好きになれない。翻訳で使うことはあるかもしれないにせよ。

だが最近では、語彙についても他のどんなことについても、自分には大して選択の余地はなかったのかもしれないと思いはじめている。小説がこの長さになることも、何について書き何については書かないかも、事実をアレンジした度合いも、描写の程度も、ここでは詳細だがここでは曖昧だとか、ここはリアリズムだがここは象徴的だとか、センテンスがここでは完全だがここでは不完全だとか、ここは語句を繰り返すがここでは繰り返さないとか、ここでは動詞の省略形を使うがここでは使わないとか、そういったことまで、けっきょくすべては必然だったのではないか、と。

イギリスの詩人が二人、私の大学に招かれてやってきて、私たちの家に何日か滞在することになった。殿方をあまり家に入れたことのない行き遅れの姉妹のように、マデリンと私は準備をめぐって真剣に協議した。

詩人の一人は若く、もう一人は年配で、白い顎ひげを生やして腹が突き出ていた。二人には空き部屋のツインベッドで寝てもらった。午後になると彼らはテラスに出て、朗読の練習をした。

よく気のつく人たちで、おかげで家の中はいつになくきちんとなった。ぴかぴかのカウンターに洗ったマグカップが伏せて置かれるなど、ついぞないことだった。二人とも礼儀正しくにこやかで、ときおり声を立てて高らかに笑った。若いほうの人はいつも眠たげな目をして、動作もゆっくりで、好んでキッチンのスツールに座り、年配のほうは快活で、丸い腹を片手で抱えて立ち、もういっぽうの手にはカップを持つか、さもなければ何も持っていなかった。彼らが帰ったあと、洗面台の縁に短い銀色の毛が何本か残されていて、それが私の黒いズボンについた。

詩人たちが朗読をした会場は、背後の壁が一面のガラス張りになっていた。その向こうには明かりがまばらに灯った小さな中庭があり、いちばん奥には髭を生やした政治活動家の似顔絵がペンキで描かれたレンガの塀があり、そのさらに向こうに大学の敷地を取り囲むユーカリの森の黒々とした頭がのぞいていた。第一部では二人がいっしょに朗読をした。読んだのは意味のない音の羅列だった。単語を一音節ずつばらばらに分解して、その断片を使って音楽のようなものを奏でる。それが意味をもたない、ただの音の連なりだったせいで、私の意識はそれに捕らわれることなく体から遊離し、壁一面のガラスを抜けて中庭の暗い明かりを越え、彼の姿を求めてさまよった。彼の居場所を知らなかったせいで、私は暗闇のいたるところに彼を見、暗闇を彼で満たした。闇と夜とを一杯にするぐらいに彼を大きくせずにいられなかった。

若い詩人が腰をおろし、年配のほうが一人で立ち、こんどは言葉を使った詩を読んだ。意味をもった一つの語が発せられ、すぐに続けて別の語が発せられる。単語は先ほどの意味のない音節と同じように扱われ、どうやら意味を失うように仕向けられているらしかった。だが意味は私の耳には失われなかった。物の名前を一つ聞くたびに、それとともに絵が浮かび、その絵の一つひとつがここではないどこか別の場所、私が本来いるべき場所であるように思われた。たとえば詩人がイギリス風のアクセントで、細い黄色い歯と白い顎ひげのあいだから「垣根《ヘッジ》」と発語し、続いて「塀《ウォール》」と言えば、私はもうイギリスにいて、季節は夏で、傍らには垣根と塀があり、垣根には適度に荒れた美しさがあり、不揃いな大きな石を積み上げた塀は陽光にあたためられていた。もっと言葉がほしいと思ったが、詩人はじきに言葉を使うのをやめてしまい、また意味のない音節に移行した。

その夜、家に帰って床につき、明かりを消してから、私は読んでいた本の中のイメージを頭の中に呼び起こそうとした。自分が何か考えてしまいそうになるのを、別の何かを使って遮断できるかもしれないと考えたのだ。私は読んでいた本の中から、樫材の白木のテーブル、食糧庫、薄暗い酒蔵、灰色のそば粉パンケーキ、褐色のサワー・グレーヴィー、ポーチ、ポーチの軒から列になってしたたり落ちる雨、紫色の尖った砂漠の花などを召還した。食べ物や家の部分、家の中の光、そうした風物の無心さが、彼にあらがう力を私に与えてくれた。私はベッドから片腕を出して垂らし、床のタイルの上を流れる涼しい風を感じながら、他のことを、私をとりまく身近なものたちのことを考えた。海まで降りていく道、勾配や平坦、砂漠と海にはさまれた野、引き潮で姿をあらわす干潟、崖の上から見おろすと点のように小さく見える、浜辺を散策する人々。私は時計の針の音や、下の通りをシュンシュンと走りすぎる車の音、おぼろげな海の音に耳を澄ました。だが海の音は私を不安にさせる音だった。遠くから響いてくる電車の音もそうだった、電車の音は海の音に似ているけれど、より重く規則的で、息が長く、始まりがあり終わりがあった。それを言うなら夜の音すべてが私を不安にさせた。夜の音はどれも同じ連想を運んできた。私はいつの間にか良くない場所に来てしまっていた。安全な場所に戻ろうとしてイギリスのいろいろな風物をもう一度呼び起こそうとしたが、すでに暗い海の音はどうしようもなく大きくなっていて、垣根も塀も、もはやしがみつくことができないくらいに薄っぺらく平たくなり、ついには消えてしまった。

ときどき夜、やるべきことをすべてやってしまい、マデリンが自分の部屋に引き上げてしまったあと――そして周囲のざわめきが、近隣のも、何マイルか四方のも少しずつ鎮まり、静寂がしだいにあたりを圧して町のほうにまで滲みわたり、闇が夜に向かって大きく開いて私のための居場所を作ってくれると――私はパイプ椅子に腰かけてカードテーブルに向かい、あるいは背中にクッションをいくつもあてがってベッドの上に起きあがり、彼について書き記した。彼とすこしでも関係のあることは、たとえば彼を通りで見かけたとか、探したけれど見つからなかったとかいうことまで一つ残らず書きとめた。どんなことでも彼と結びつけられないものはなかった。たとえ何の関連もなくとも、そこに彼の存在が欠落しているというそのことのために、よけいに強く彼が想起された。彼について思い出せるかぎりのことはすべて書いた。何がどういう順番で起こったか記憶があいまいだったり、何かについて記憶ちがいをしていたり、まったく理解していなかったことに気づいてもう一度検証しなおすということはあったにしても、ともかくも書いた。ときには眠ったあとも夢の中で書きつづけた。どんな些細なことも一つ残らず書き留め、夢の中で起こることで私の書き留めないことは一つとしてなかった。

彼が私の望むことをしてくれないのなら、私は彼なしにできることをしようと思った。まだ彼といっしょにいたころには、彼について驚かされたことを書いていた。いまも驚きの気持ちから書いてはいたが、書いたものは他の何ともつながらず、ただそこにあるだけだった。これほどたくさん彼について書くということが私がすでに苦しみから脱したということを意味しているのか、それと自分がいまほとんど自由にものを言えなくなっているのは、わからなかった。どれだけが怒りから書かれていて、どれだけが愛から書かれているのかもわからなかった。本当に怒りが愛よりも大きいのかも、自分の中にあるこの激しすぎる感情のうちに愛の占める割合は本当に小さいのかも、わからなかった。

まず最初に怒りがあり、ついで悲しみが膨らんでいき、あまりに悲しみが大きくなると一部だけでも書き留められないかと考える。そして気持ちなり記憶なりを正確に書き留めることができると、しばしば胸の中に穏やかな気分が広がった。書くときには細心の注意を払う必要があった。うんと丁寧に書くのでなければ、悲しみをその中に移すことはできなかった。私は激しさと用心深さを同時に備えて書いた。書いていると、身内に力がみなぎってきた。一パラグラフ、また一パラグラフと前のめりになって書くうちに、自分はいまとても価値あるものを書いているのだという気がしてきた。だが書くのをやめて頭を上げると力の感覚は消え、つい今しがた書いたものに何の価値も感じられなくなった。

彼についてあまりにたくさん書きすぎて、しまいに彼が架空の人物であるように感じられる日もあった。そんなときに不意に道で彼と出くわすと、彼が前とはちがって見えた。自分はついに彼から実体を抜き取ることに成功した、そしてそれをノートに移しおおせたのだ、それはある意味彼を殺したのに等しい、そんなふうに思った。だが家に帰ってみると、実体はふたたび彼の中に戻ってしまっていた。それほどに私の書いたものは空疎で生気がなかった。

私は欲張りすぎなのかもしれなかった。もしこれが彼を所有するために私にできる唯一のことであるなら、私はできるかぎりのことをやっていた。そしてほんの束の間にせよそれによって充足を味わってもいた。だったら今までの苦しみもまったく無駄ではなかったのではないか。やっと彼に対して何らかの力を得て、私に何かを与えさせることができたのではないか。こうでもしなければ失われてしまうかもしれないことを、保存することができたのではないか。だが実際には彼に何かを与えてもらったのではなく、私は自分の手でそれをつかんでいた。彼を得ることはできなかったが、私には書くということがあった。そして彼はそれを私から奪うことはできないのだった。

いま起こっていることはじつは過去に起こっていることなのだ、そう思おうとしてみた。現在はすぐに過去になってしまうと考えれば、今ここにいながらにして、それを未来から振り返るようにして見ることもできた。こうすると自分と現在のあいだに少しだけ距離ができて、そのぶん楽な気持ちになれた。

私はあることについては一人称で書いたが、もっとも辛い、あるいはもっとも恥ずかしいこと(なのだろう、たぶん)については三人称で書いた。そのうちに、あまりに長く「私」の代わりに「彼女」を使いつづけたせいで、三人称ですら生々しすぎる感じがして、もっと遠い人称がほしいと思うようになった。だが四人称などというものはなかった。

だからそのまま三人称を使いつづけ、そうするうちに「彼女」は無味無臭で無害なものになった。それも過ぎると、こんどはあまりに無味無臭で無害になりすぎて、自分ではない、他の誰でもあるような女――アンとかアンナとかハンナとかスーザンとかいった名前の、存在感の希薄な、というか存在感のない、ただ名前だけの登場人物であるかのように思えてきた。

そうやってすっかり三人称が定着するまでずっとそれで書きつづけ、これは他の誰かの身に起こった出来事だと自分でも信じられるほどになってからやっと、まるで他人の物語を自分の物語だと言いくるめるようにして、ふたたび一人称に戻すことができた。

なぜあとあとまで彼について書くのをやめなかったのか、それは自分でもわからない。彼についてすでにたくさんのことを書いていて、彼について書くのが生活の一部だった時期が長く続いたうえ、あまりに長く鬱屈を味わってきたから、はっきりと何かを終わらせられるまでは書きやめたくなかったのかもしれない。

書くことをやめられなかったもう一つの理由は、自分の問いにきちんとした答えを見つけられなかったからでもあった。どの問いにもたいていいくつか答えを見つけることはできたが、納得はいかなかった。どれもきちんと答えになっているように思えたのに、問いはいつまでも消えずに残った。なぜ彼はあのとき長距離電話で、二人はまだ終わっていない、何も心配することはないと言ったのか。私が戻ってきたあと、本当のところ彼は一度でも私とやり直したいと思っただろうか。なぜ一年も経ってからフランス語の詩を送ってきたのだろう。私の返事は彼に届いたのだろうか。届いたのなら、なぜ返事をくれなかったのだろう。私がその住所を訪ねていったとき、彼はどこに住んでいたのだろう。一度は手紙をくれたのに、それきり音信不通なのはなぜなのだろう。

私はしだいに自分の書いていることをどうすれば小説の形にできるだろうと考えはじめ、始まりと終わりを探しはじめた。のちに彼が私たちの家のガレージに住まわせてほしいと言ってきたときに、私が承知してもいいと思ったのは、それがちょうどいい小説の終わりになるかもしれないと思ったからだった。だが彼がそこに住みたいと申し出て、マデリンに拒否される、というのはあまりいい終わりとは言えなかった。拒否したのが自分ではなくマデリンだというところがなおさらだめだった。私は別の終わりを探すしかなかった。創作してしまうという手もあったが、それはしたくなかった。自分でもどうしてかわからないが、無から有を作り出す気にはなれなかった。何かをあえて書かなかったり、順番を入れかえたり、誰かがやったことを他の誰かがやったように書くことはできても、実際にあったことを材料にしてしか書けなかった。

•

さっきまで、自分が以前に書いたメモをにらんでいた。私はときどきこういう役に立たないメモを残す。文中には空白が二か所あり、たぶんそのときはあまりに明白なので書くまでもないと思ったのだろう。こんなメモだった——〈奇妙なことに、いったん彼女が〝x——〟と書くと、それは〝——〟のように感じられた。だがその感覚もやがて消えた〉。

私は何度もメモを読み返し、その奥に隠れているはずの考えをつかみ取ろうとした。おそらくは何かが逆転することについて書いたのだろうと思われた。こうだと思ったことが文字にしてみるとそうではなかった、あるいはある時こうだと思ったことが、後になってまったくまちがっていると感じられた、といったような。しかもここには二重の逆転が存在しているようだった——何かを書きとめたときに起こった逆転と、その後、その反応が薄れたときの逆転と。むろん、もしかしたら同じことを別の場所に、もっとわかりやすい形でメモしているかもしれず、それをすでに無意識のうちに小説の中に取り入れているのかもしれないが。

同じカードにはインクの色を変えて、自分自身にあてたややお節介めいた指示書きもある——彼のことを書くことについて考察する際に、このことも入れること。だがそれが何なのかわからないので、入れようがない。

いちど考えたことを失ってしまうのはいつだって悲しいが、今回のこれをとりわけ惜しいと思うのは、この感じにはたしかに覚えがあって、もう少しで思い出せそうな気がするからだ。だが実際は、考えたことは刻々と失われているのだ。一日はどんどん次の日のかなたに消えていき、多くのことがそれといっしょに消えていく。私はいくつかのことを懸命に正確に書き留めようとするが、その多くはまちがっているし、さらにその何倍ものことがこぼれ落ちてしまっている。

また別のメモを箱から出して一番上の行を読もうとするが、字が上下さかさまに書いてある。カードをさかさまにすると、またしても一番上の行がさかさまになっている。何度カードをくるくる回してみても、一番上の行はつねにさかさまに見える。最初は目がどうかしてしまったのか、それとも自分の字がよほど汚いのかと思った。だが、カードをどっち向きにしたときも、いちばん下の行は正しい向きになっていることに気がついた。スペースが足りなくなったので、縁に沿ってぐるりと書き連ねていたのだ。

別のカードは、もっと逆転だらけだ。彼について書くことで――とメモにはある――彼から彼自身を（彼本人も気づかないうちに）奪い、彼を傷つけている、と私は思った。それが私には後ろめたかった。彼を傷つけていることがではなく、彼を傷つけることを何とも思っていないことがだ。だがそのことを自分の中で言葉にした瞬間、私はもっと後ろめたくなり、恐怖さえ感じて、彼に許しを乞いたい気分になった。だがいっぽうで、それでもたぶん自分は書くことをやめないだろうとも思った。そういった思いが私の中を次から次へ通りすぎては消えた。

ときどき私は、もしいま彼が何の前触れもなしにいきなり目の前に現れたら、あるいは電話をかけてきたら、と考えて怖くなる。これほど彼のことを考えているのだ、遠くにいても彼がそのことを感知してしまうのではないか。私はすでにこれを書くのにじゅうぶん苦労している。このうえ彼本人が介入してきたら、どうなってしまうかわからない。

だがもしも彼があのときもう少し時間を割いて誠実に私と話をし、私の話を聞いてくれていれば、これほどの手間も苦労も省けていたかもしれないと思う。小説も、もしかしたら書かれずにすんだかもしれない。話したいことがあるのに人がそれを最後まで聞いてくれないことが、私には何より耐えがたい。もし誰かが耳を傾けてくれるなら、私は永遠にだって話しつづける自信がある。この町の郵便局の前に立って、えんえん誰かと時事問題を語り合うことだってできそうな気がする。

時事問題に関して、私はかなり強固な意見をもっているほうだ。ヴィンセントはいつも最後まで聞いてくれない。最初のうちは、まあそうカッカするな、などと言っているが、やがて話題を変えてしまう。二人で友人たちと会うときなどは自粛している。自分で自分の言っていることがあまりに面白くなりすぎてしまうからだ。昔はまるで正反対だった。引っ込み思案でなかなか物が言えず、部屋が静かになるのを待ってからやっと口を開くといった風だった。しかも無難なことしか言わなかったので、私の言うことはたいがいつまらなかった。だが今の私は、小説の終わりがきて話すのをやめなければならなくなってもきっとまだまだ話し足りないだろうと、そんな心配をしている。

ごくまれに、エリーのような心優しい友人が話を最後までずっと聞いてくれることもある。時間とともにげっそりした顔になりながら、それでも我慢して聞いてくれる。私が東部に戻ったあともエリーとはずっと家が近かったので、安上がりに電話をしたり家に遊びに行ったりでき、私が都会を離れたあともそれは続いた。彼女がいなくなってしまって寂しい。だが不思議なことに、彼女から遠くに行くと聞かされたときは、さほどショックを受けなかった。彼女の人生においてその時そういう選択をすることがとても自然だったので、悲しむ余地を感じなかったのかもしれない。あるいは今までどおりしょっちゅう会えるつもりでいたのかもしれない。だがもしかするとこう考えたのかもしれない——私が自力で小説を仕上げるために、彼女が遠くに行かなければならないのだ、と。私がそのときたまたまやっていたことが彼女の人生の選択を左右するわけはなかったし、彼女が私の執筆を手助けしてくれていたわけでも（冒頭の部分を何ページか渡して読んでもらった以外には）なかった。それでもいまだに私は心のどこかでそう感じている。私が執筆のある段階に到達し、その先を一人でやりとげるために、エリーは去って私を一人にしてくれたのだ、と。

・

友人たちのうちでもとりわけ道義心の強い何人かが、そばにいないときでも常に私とともにいるようになった。彼らの話に一心に耳を傾けてきたせいで、いまや彼らは私の頭の中に声となって棲みついていた。自分でものごとを決められないとき、私はその声たちに判断を委ね、自分が何かよくないことをしようとするのを代わりに止めてもらうようになった。「やめなさい！」声たちは怒ったように言う。「そんなことをしてはだめ！」

これからはもう独りきりなのだ、そう自分に言い聞かせると、安全な場所に逃げこんだような気分になった。自分の中の何かが死ぬか麻痺するかしてしまい、ほとんど何も感じずにいられることが救いだった。以前は何かを感じることが救いだったのに。たとえ痛みであっても。

私は自分のことをことさら女だとは思っていなかった。自分には性別がないように感じていた。ところがある日レストランで、サンダルを履いた片足を椅子の縁に載せていたら、見知らぬ男が近づいてきて私に話しかけ、自分の席に戻っていった。そして店を出るとき、私の席の横を通りぎわ、背をかがめて私のむき出しの足先に触れていった。そのときの驚きで、私は一つの存在から別の存在に変わってしまった。その後また元の存在に戻ったが、完全には同じでなくなってしまった。

それで私は否応なしに忘れていたことに気づかされた。私の中には、機械のように休みなくフル回転しているこの頭以外のものもあったのだ。この肉体は、ただ頭の道具としてだけでなく、ずっと昔から頭と二つで一組のものとして存在することもできたのだ。私のこの肉体と頭とは、互いに交流しあえるものだったのだ。

ある午後、エリーのスポーツクラブに行って浴槽のタイルの石段に腰かけて湯に浸かりながら、目の前を行き交う女たちのさまざまな裸体を眺めていた。それらは形も大きさも千差万別だった。あるものは小さくて平たい乳房をもち、あるものは重たげな乳房を腹ちかくまで垂れ下がらせていた。あるものは丸みを帯びたなだらかな肩をもち、あるものは直線的でごつごつした肩をもっていた。むっちりと丸みをおびた背中の下に四角くてえくぼのある尻がついていることもあれば、細くてすとんとした背中の下が丸い尻のこともあった。何より驚いたのは、何人かの女たちは乳輪がとても大きく黒かったり、逆にうんと小さく色も薄くてほとんど見えないくらいだったりし、陰毛も臍のあたりまで茂っているのもあれば、黒ではなく金髪や赤毛のものもあることだった。

だが、つぎつぎと途切れることなくあちこちの角から現れ、シャワールームやサウナ室から出てき、タイルの石段を下りて浴槽の中に入り、段を上がって浴槽から出ていく人々の体が私にとって驚きだったのは、それらがどれ一つとして私の体と同じではないからだった。そして他の人々の体が私の体に比べてより性的に見えたのは、単に私が自分の体に慣れきっていたせいであり、自分の体を性的なこと以外の用途に多く使っていたからでもあった。私の乳房はいつもシャツの下にあったが、私が町を歩いたり、買い物をしたり、車を運転したり、パーティで食べ物ののった皿や飲み物を持って立っているとき、ただそこにあるだけだった。机に向かって仕事をしているときも、私の体はただ私を支えるためだけにあり、尻は椅子の座部にのしかかり、脚と足は椅子の上と下でつっかえ棒のように体重を支え、あるいはぐっと前に伸ばされ、あるいは椅子の下で交叉し、そして私が疲れて机に頬づえをつき、胸を机の端に押し当てれば、乳房も机の上にのって一息ついた。私の体が実用一辺倒であることをやめ、性的な存在になるとき、その転身はどこか滑稽で取ってつけたもののように思われた。

・

部屋に知り合いを何人か招いた夜、みんなが帰ったあとも一人だけ帰らずに残った男性がいた。優しく穏やかな感じの人だと思った。いっしょに過ごしたら安らかな気持ちになれそうな気がした。それにきっと楽しいだろう。だが終わってみれば、それは楽しくもなく不快でもなく、ただ黙って過ぎ去るのを待つだけの経験だった。それは私が慣れ親しんだ男の体ではなく、私の手は触れたことのない彼の体に触れるたびに驚きと違和感を感じた。どこもかしこも、手がそれまで知っていたのと違う形をしていた。尻はもっと小さく平たかったし、太腿はもっと肉が薄かったし……数え上げればきりがないほど、手を伸ばして触れる何もかもが異質だった。

　彼は控えめにではあったがあれこれと指示を出し、私はしだいに、どこか遠くで行われている機械操作を見ているような気がしはじめた。たくさんのガラスが介在している感じがした。ベッドの中でも眼鏡をかけてすべてをありありと見ているような、顕微鏡でもって一部始終をつぶさに観察しているような、そしてそれを科学的に分析しているような。あるいはショウウィンドウの中、蛍光灯の明かりに皓々と照らされて交合する私たち自身を眺めているような。あるいはその男と私のあいだに——二つの体のすべての接点に、重ね合う肌と肌のあいだに——ガラスが何枚もはさまっていて、あらゆることが嫌というほどくっきりと見えているのに何ひとつ感触がないような、あってもつるりとした冷たい感じしかないような。

　二つの体が境界線をなくして混ざり合うような、あの感覚もなかった。どの腕が彼のでどの腕が私のかちゃんとわかったし、脚も、肩も、そうだった。どれが誰の体かわからなくなって自分の腕にキスしてしまったり、口の前に来たものにとにかくキスしてしまうということもなかった。ほんの小さな動きがすぐに次なる動きを呼び覚ますこともなかった。無限に続きもしなかったし、自分の体と彼の体の奥へ奥へと、魂とはぐれてしまいそうなほど深く入っていくこともなく、意識は無情なまでにどこまでも覚めていた。終わったのにまだ続いていく感覚もなかった。

　男は早朝に目を覚まし、私が起きようとしないのを見て煙草に火を点け、ベッドに横になったまま煙草を吸い、私は彼が吸い終わるのをじっと動かずに待っていた。やがて彼は煙草の火を消してふたたび眠り、隣で私は横たわったまま目を開けていた。

その後あらためて二人とも起きたが、私は落ちつかない、ぎこちない気分で部屋の中を歩きまわり、彼に話しかけ、キッチンで彼の周りを動きまわり、廊下で彼とすれちがった。動作の一つひとつがわざとらしく、発する言葉もいちいち計算されていた。そしてそれに対する相手の返事も同じくらい作為的に聞こえた。私は失ったもののことを痛ましく思い返しながら、彼のときはこんなではなかった、もっと自然な感じだったと思い、思ったあとで、だがよく考えてみれば彼のときもやはりこんなふうに歩きまわり、彼に話しかけ、彼があまりに無口でただ私をじっと見つめているので、やはり今みたいに一語一語に明るいスポットライトを当てるようにしてしゃべっていたのだと思い出した。彼は口をきくよりも黙って微笑んでいることが多く、笑い声はたいてい短く性急だった、怒っていないときは――もっとも最初のうち彼はめったに怒らなかった、ただよく拗《す》ねることはあった。そしてときどき私に、もっと僕といっしょにふざけてくれればいいのに、と言った。私はふざけなかった。優しくもなかった。

・

彼が去っていってそれほど経ったわけではないのに、もうずいぶん長いこと嘆き悲しんでいる気がした。だが友人たちが私に大丈夫かと訊ねなくなったのと期を同じくして、私ももうこのことについて話す気が失せてきた。ある朝目を覚まし、またいつもの悲しみが始まったとき、ふいに、もう充分だ、と思った。このことはもう寿命が尽きた。生まれ、生き、そして死んだのだ、そう思った。すでに私は二十四時間つねに心のどこかで彼のことを考えているということはなく、日に何時間かは想像上の彼とではなく、自分一人で過ごせるようになっていた。私はそのことをまるで朗報を聞いたように、何か祝福するべき良い報せを聞いたように喜んだ。

すると、もう私は悲しみから癒えたのだから、彼とまた一から新たな関係を築けるかもしれない、という考えが浮かび、喜びのあまり、またしても彼を探しに出かけていった。私はいつもこんなふうに自分をペテンにかけた。自分の中に賢さが生まれると、ちょうどそれに見合うだけの愚かさも生まれるのだ。

この日は彼を見つけることができ、彼は私と食事をすると約束し、しかも約束をすっぽかさなかった。仕事が終わったあと、彼は私の家に来てシャワーを浴び、まるで私を近づけまいとするかのように、歌を歌いながら浴室で服を着た。出てくると服は新しくなり、髪はまだ濡れていた。私たちは丘のふもとの角にあるカフェに行き、食事が済むといっしょに私の家に帰ってきた。彼は深夜まで帰らなかったが、べつに私といたかったからではなく、家に帰れないからだった。アパートの他の住民が寝静まってからでないと帰れないのだと彼は言ったが、理由は言わなかった。夜はたいてい図書館で過ごしているらしかった。

私たちは図書館について話し、花の季節を迎えている砂漠について話し、他にもいろいろなことについて話した。自分の車に戻る途中、彼は私の肩を抱いた。この家がとても好きだと言い、私がなぜ今ごろそんなことを言うのだろうととまどっていると、続けて、ここに住んでいたころが懐かしい、と言った。そのとき私はパーティにいっしょに行かないかと誘った。これが私が誘った三つめのパーティだった。彼は行くかもしれない、一週間以内に返事をする、と言った。彼が帰ったあと、私は今日からまた新しく何かが始まるのだと確信した。きっとまた彼といっしょの夜を過ごせるようになるのだ。だがそれはまちがいで、私の確信にはなんの意味もなかった。

その夜、彼が途中で引き返して戻ってくるかもしれないと思ったが、それもまちがいだった。きっと一週間も経たずにすぐに電話をしてくるだろうと思ったが、それすらもまちがいだった。

・

私は劇場一階の特等席にいて、扉のあたりにいる群衆のほうに向かって歩きながら、出ていけと言っていた。ふと見ると片隅に彼がいて、挑むような顔つきで静かに佇《たたず》んでいた。そこで目が覚めて、ふたたび眠ると、こんどは暗いタクシーの後部座席に座っていた。すると突然となりに彼がいて、私の手を握って「大丈夫だよ」と言った。もう一度眠ろうと思い、目の上に白いものが覆いかぶさるイメージを思い浮かべた。目の周りでふわふわ揺れる白いシーツ、それが眠りの中で言葉のない会話に変わり――空白、空白――沈黙の応酬の最後に、やっと一言だけ言葉が発せられた。

朝、目を覚ますと外は嵐だった。海が重くとどろき、地面は震え、家の周りでいろいろなものが揺れ、がたがたと音を立てた。風は悲しげにむせび、木々は葉擦れの音を立てながら互いにぶつかりあった。

ゆうべは何度も目が覚めたとマデリンに言うと、マデリンは、そういえば自分も真夜中に嫌な感じがした、と言った。急に深刻な、怒ったような顔になった。「夜中の三時に寒けがしたの」と彼女は言った。「べつに寒くもなかったのに、なんだかぞくっとした。精神的なものね」。それを聞いて私の頭に、上空からこの家を俯瞰してみるように、家の一方の端で私が寝つけずにいて、反対側の端で彼女が寒けに襲われている絵が思い浮かんだ。

嵐が去ると、午後は猛暑になった。お向かいの家では三、四人の男が庭の木を伐り倒していた。食料品を買いに出た帰りに、彼らの乗ってきたらしいでこぼこで錆だらけの青い車の横を通った。中を覗きこむと、前の座席に黒い犬が一匹、腹を上に向け、脚を大の字に広げ、目を開けたまま寝そべっていた。長い鎖がいったん窓の外に垂れ下がり、また中に入っていた。

家に戻り、仕事をしようと机に向かうと、さっきの青い車がちがう角度から、ちょうど真正面に見えた。太陽がじりじりと照りつけ、どこかで何かが香ばしく炙《あぶ》られるような匂いがときおり風の中に混ざった。フェンス際に生えているクラッスラのレモンに似た芳香が、開け放った窓から入ってきているのだった。それに誘われて彼の肌の香りがよみがえり、私の仕事をさまたげ、あきらめて本を読もうとするとそれもさまたげた。なぜこんなに長く続くのか、と思った。

彼はいまも私の中にいて、私の中の大きな部分を占めていた。その甘くみずみずしく香ばしい体が、丸ごとすっぽり私の中に納まっていた。私の家にやってきて、心を開いていろいろなことを語り合ったあの夜以降、彼はまた沈黙の向こう側に消えてしまった。彼の恐ろしい沈黙は彼をとても遠く、まるで外国にいるかのように遠くに感じさせた。彼が何を考えているのか想像してみようとしたが、無駄だった。彼の果てしない沈黙は空を覆い尽くす重苦しい雲のようだった。その重みに大地は押しつぶされ、地上の生き物はみな地面にはいつくばり、恐ろしい雲の圧迫に窒息しそうになりながら、それでもまだ待っていた。

・

その週、彼からの返事を待つあいだに、私は三日間で三人の男と昼食を共にした。一人めは大学の同僚の古典の教授だった。二人めは、他に泊まるところがなかったのでその日と次の日に私たちの家の空き部屋に泊まったのだが、あまりにおとなしく控えめなので、名前も何もかもすぐに忘れてしまった。その人のことは何か月も経ってから一度だけ思い出した。二日めの夜に彼が残したひっそりとしたメモが、部屋からひょっこり出てきたのだ――〈先に寝ます。具合が悪いので〉。三人めはまたしてもティムだった。三人ともイギリス人だったことに気づいたとき、私は思った――もう自分はイギリス人男性の穏やかな物腰にしか耐えられなくなってしまったのだろうか、それとも彼がいなくなった穴はイギリス人男性三人がかりでやっと埋められるようなものなのだろうか、あるいは彼が三人のイギリス人男性に分かれたのだろうか。

その同じ週、私の母と母の妹がやってきて、しばらくうちに滞在することになった。母と叔母は私とマデリンよりもはるかによくしゃべり、はるかに声が大きく、込み入った計画を次から次へ立て、どこかの部屋に入るたびに、セーターや、財布や、新聞や、雑誌や、ペンや、眼鏡や、そういったこまごまとしたものの小さな塊をあとに残すので、家はとつぜん人だらけになった感じがした。マデリンはすっかり人あたりがしてしまい、丘の上にある友人の家に避難した。

この二人が来ているあいだに、たぶん今までいちばん嫌な夢を見た。とても単純な夢だった――私は何か、野性の動物の死体を手でもてあそんでいた。おそらくは、イボイノシシか何かの。

・

パーティの当日の午後、やっと彼が電話をかけてきて行きたいと言い、ただしガールフレンドも連れていきたいと急いで付け足した。私は怒り、そんなことはできないと言った。するとこんどは彼が怒った。私はさらに怒り、私に対して怒るなんて筋違いだ、と言った。

電話を切ったあと、彼がその女といっしょにパーティに現れるところを何度も何度も想像した。じっさいにはその家の玄関は狭いからそうなるはずはないのに、二人がいっしょに戸口に立っている絵を思い描いた。そして私が彼に対して何らかの暴力をふるうところも。だが私が自分の部屋で、座ったり立ったり歩きまわったりしながら想像の中でいくら彼に暴力をふるおうと、そこにいない彼にその暴力は伝わらなかった。そのときの私は、彼に暴力をふるうことを悪いとは思っていなかった。

その晩はずっと玄関のドアが見える場所にいて、彼が現れるのを待ちかまえながら人々と話したり飲んだりしていたので、人でごったがえしていたにもかかわらず、パーティはひどく虚《うつ》ろな感じがした。私の魂の半分はつねに家の外にあって、暗く広いハイウェイの上を浮かぶように、舐めるように海岸線を下り、現れては消えるガソリンスタンドの背の高い看板を過ぎ、一台の車の中に入りこみ、前を向いて並んで座っている彼と女の顔が対向車のライトに照らされるのを見、やがて車は細い脇道に逸《そ》れ、パーティが開かれている家の界隈に——店はすべてシャッターを下ろし、低く垂れこめた雲が近くの繁華街の明かりにピンク色に染まり、それを背にヤシの木の黒々としたシルエットが高く低く浮かびあがり、古い漆喰の平屋の家々が、素朴な石の塀と錆びた鉄の門、雑草だらけのでこぼこの芝生の奥に並んでいる——入ってくる。

深夜をまわってパーティを後にした。家の近所まで来て、他に車のいないがらんとした交差点で赤信号で停止した。信号が青に変わるのを待ちながら、何時間も泡のような人声を聞きつづけたあとの静けさに包まれていると、ふいに静寂を破って音楽が大音量で響きわたってすぐに止み、その瞬間に二個か三個のことが同時に頭に浮かんで何かがひらめいた気がした。だがひらめきは消え、あとにはただ空白が残った。

翌日の午下《ひる》がりはテラスに座って日光浴をした。道端のウミイチジクの肉厚で艶のある葉のあいだから、薄紫色の小さな花が顔をのぞかせていた。思いがけずそんなものを見つけて、突然プレゼントをもらったような気がした。その近くには別の植物のもっと大きな椀型の黄色い花があり、フェンスごしに重たげに覆いかぶさるようにして茂っているクラッスラも小さな白い花をつけ、その濃密なレモン香は窓から流れこみ、通りから庭に入って木の下を歩くとき、塊になって私を打った。

私は顔だけ木陰に入れてテラスに何時間も座り、自然動物園に出かけていった母と叔母のことをときおり考えつつ、二人の帰りを待った。母たちはいっこうに帰ってこなかった。読んでいる本のページの上に、彼の怒りが響いた。いつまでも自分に執着するのはまちがいだ、と彼は言った。たぶん本当はパーティに行きたくて怒っていたのだ。彼の怒りは自分以外のものすべてを否定する子供じみた怒りだった。私の問いに答えたときの、あの突然の激しさ——「ちがう!」

ナゲキバトがヒマラヤ杉の木の上で羽を打ち鳴らし、悲しげな声で鳴いた。すぐそばで笑い声が壁に響いた。遠くの雲に、凧か鳥かわからないものが浮かんでいた。

母と叔母が来たことで、私はまた一から彼の不在を悲しみはじめた。環境が新しくなるたびに、こうして一から彼の不在を悲しまなければならないのだろうか。その夜、私は母たちのいる部屋を出て自分の部屋に戻り、ドアは閉めずにおいた。仕事をしようと机に向かったが、何もせずにただ窓の外を眺めた。まだ宵の口だったが、あまりに疲れて仕事にならず、眠ることすらできなかった。

私は仕事を脇にどけ、ジグソーパズルをやりはじめた。一時間が過ぎた。あたたかな夜で、開け放った窓から、また花と杉の香りが入ってきた。匂いに混じって向かいの家でやっているパーティの音も流れてきた。大きな笑い声、ピアノの音、車のドアが閉まる音。母と叔母が廊下でひそひそと何か話すのが聞こえた。私のことを心配しているのだろう。やがて薄物のローブをはおった私の母が特使めいた雰囲気を漂わせて入ってきて、遠慮がちに、あいまいに私の机の端に触れ、何か交流したそうな様子を見せた。私は何も交流したくなかったし、何も聞きたくなかったので黙っていると、母はあきらめて行ってしまった。

二人に気づかわれたことが情けなく、パズルを続ける気も失せてしまった。私はドアの外に出て、家を背に歩きだした。表向きの目的はキャットフードを買うことだった。家の猫はお腹がはちきれそうに膨らんで、いつ仔を産んでもおかしくない状態だった。まだ若い猫なので心配だった。私は煙草を吸いながら店まで歩き、キャットフードと煙草を買い、もう一本火をつけてから店を出た。ぶらぶらと道を歩き、そのままスーパーの駐車場まで行った。数えきれないくらい何度もそうしてきたので、もはやそれはただの癖のようになっていた。彼や彼の車と遭遇しようと思ったら、路上がいちばん確率が高かった。それに、暗い夜道は別の暗い夜道の記憶につながっていて、呼吸も思考も楽になる気がしたし、希望ももてた。家から遠く離れても、よその家の庭々の花が強く香った。老人たちが夜道を行き来していた。駐車場には車がたくさん停まっていたが、彼の車はなかった。ここには何度も来たが、彼の車を見かけたことはついに一度もなかった。

私は丘の急な坂道をふたたび上りはじめた。スーパーの明かりが尽きた木立の下、闇のいっそう濃いあたりに、大きな茶色のスーパーの紙袋を抱きかかえた腰の曲がった老人が一人、身じろぎもせず佇んでいた。私が通りかかると、老人は非常にかしこまった礼儀正しい口調で、何かあったのだろうか、教会とスーパーの駐車場に車がたくさん停まっているようだが、と訊ねた。頭の中で二つのことを結びつけるのにしばらく時間がかかったが、やがて気がついて、一本向こうの筋の家で若い人が大規模なパーティを開いているようだ、と教えてあげた。老人はひとこと「どうもありがとう」と言い、背を向けて丘の上をめざして歩きだし、私も自分の家をめざして、もっと細くて暗い道に入った。自分の中から出て老人と相対し、また自分の中に戻ってみると、いつの間にか暗鬱な気分があらかた消えていた。老人がそれを丘の上まで持っていってくれたかのようだった。彼の堂々とした物腰や単純明快な問いかけ、それに対する私の答え、そうしたもので何かが変わったようだった。

夜が更けてパーティが静まると、セミたちが粛々と規則正しく鳴きはじめた。どこか遠くの闇の中でモッキンバードが歌い、歌はいろいろに調子を変えながら何時間も続いた。シャワーを浴びていると、濡れた蛾が一匹、シャワーカーテンを這いのぼっていった。点々と黒いカビが浮いた壁紙の端がめくれ、灰色の漆喰がのぞいていた。ベッドに入ると、シーツの上に黒っぽい砂がたまっていた。

その後、彼の姿は二、三度しか見ていない。春が過ぎ、日一日と暑くなり、彼という湿った部分を私の人生から乾かしてしまったかのようだった。

ある晩、彼がやってきた。私の立ち方や話し方に、もう二度と彼の後を追いまわすつもりがないのを見てとったのだろう、もう一度私を自分の側に誘いこもうとするようなことを二、三言い、それらしき仕草も一つ二つしてみせた。

通りに出ると、彼は家とその界隈をあらためて眺めまわしてから、さも今思いついたというようにに唐突に、ここのガレージに住まわせてもらえないだろうか、と言った。私は彼といっしょにそこまで行き、暗いガレージの内部に立った。どこからか射してくる明かりで床のオイルの染みがぼんやり見えた。こんなことを考えるなんてどうかしているだろうか、と彼は言った。ガレージの中は乾いていて匂いもなかった。そうだ、と私は思った――彼がここに、うちのガレージに住むのもいいかもしれない。電気を直せば住めるだろう。そうすれば私は彼の無事が確認できるし、いつも彼を目の届くところにおいて行動を逐一監視できる、それにきっと私にも愛想よくせざるを得ないだろう、何といってもここは私のガレージなのだから。彼がガールフレンドといっしょにここに住むつもりなのかどうかはわからなかった。

だがマデリンが嫌だと言った。そんなことにはとても我慢がならない、そう彼女は言った。彼にとってよくないし、私たちにとってもよくないことだ、それにこのあたりでは誰もガレージに住んだりなんかしない。

そのことがあってからは、もう彼は私のところに何も言ってこないだろうと思った。そんなことをしても何の得にもならないのだから。

まだ完全に終わったわけではないのに、私はまたしてもこれを小説に書けないだろうかと考えはじめていた。陽射しの中で始まり、陽射しの中で終わる話にしようと思った。彼のガレージで始まり、別の、私のガレージで終わる話にしよう。けっきょく私のガレージには住まなかったが、住んだことにすればいい。そして途中にはたくさんの雨が降る。

だが予想ははずれた。それから二、三日して彼が電話をかけてきた。夜だった。背後でけたたましい笑い声が聞こえていた。ガレージのことは残念だった、と彼は言った。でもべつに寝る場所に困っているわけではない、仕事場がほしかっただけだ。だから空き部屋ではなくガレージがいいと思ったまでだ。でもまあ、べつに気にしていない。そう言った。

二週間ほどしてまた彼が電話をかけてきて、今度は荷物を置く場所がなくて困っていると言った。私のガレージに置かせてもらえないだろうか。そのとき私は、母と母の妹と二人の荷物を車に乗せている最中だった。あとでかけなおす、とたぶん言ったと思う。それから母たちを空港まで送っていった。空港でたくさんの兵士と水兵を見たのがそのときだったか別のときだったのかははっきりしない。国がどこかで戦争を始めるのかと思うほどの大人数だった。兵士たちはみな髪を短く刈り、二人一組になってあたりを歩きまわったり、両側を両親にはさまれて座り、膝の上に手を置いて無言でカーペットを見つめていたりした。そのとき背後に流れていた音楽が、そこにいた誰の心情とも——私の家族とも、兵士たちとも——かけ離れていたのを覚えている。それと、窓の外に黒い人影がいて、両手を大きく広げてガラスを清掃していたこと。搭乗のアナウンスを待ちながら、私たちは話をするかわりにその人影の動きをじっと目で追っていた。

彼は荷物を私のガレージに運びこんだが、それがいつのことだったかははっきりしない。ガレージに見にいくと、彼ともう一人の男が作業をしていた。たぶんピックアップだったと思うが、小型のトラックから二人で荷物を下ろしていた。

持ち物をガレージに運ぶと、彼はマデリンから小型のテントを借りた。彼もガールフレンドも住むところがなくなっていた。二人はキャンパスに面したユーカリの鬱蒼とした森の中にテントを張って寝起きし、そこから大学に通いつづけた。その後五月、六月と、彼はほとんど影をひそめていた。

その時期、一度だけ彼を見た。大学のカフェテリアの前を通りかかると、後ろから彼に呼び止められた。話している暇がないと言うと、彼は残念そうな顔をした。彼を見るのはいまだにつらかった。だが今となってみると、それが本当に直接彼との別離からくる痛みだったのか、それとも彼の姿が慣れ親しんだ痛みとしっかり結びついてしまっていたからなのかはよくわからない。すでにそれは半永久的なものになってしまっていて、何年も経った今でも、もし彼の姿を見たら、やはり同じ痛みを感じるのかもしれない――今の私の人生とは何の脈絡もなしに。

・

六月、町にフェアがやってきた。海沿いの道を通ると、フェア会場の灯が入江の水に映り、観覧車やいろいろな乗り物の上でいくつもの色が回るのが見えた。遠くから聞こえてくる観覧車の音は、たえまなく木々をなぶる風のようにいつまでも続いた。夜になってすこし肌寒かった。木を燃やす匂いが界隈に立ちこめ、家の周囲はスイカズラのような匂いがした。ひんやりと無人になった空き部屋には、ユーカリのつんとくる匂いがこもっていた。

大学は授業が終わって人がいなくなり、そして長い夏が始まった。町が静かになり、一人で過ごす時間が長くなると、私は奇妙な無風状態に落ちこみ、知覚や反応が異常に増幅された。静まりかえった家にいると、部屋の中のちょっとした物音にもひどく敏感になった。それが生き物の――たいていは虫だった――たてる音のこともあり、そんなときは彼らを仲間のように感じた。彼らは自分の意思で、もし仮に意思があったとして、私の部屋を居場所に選んでくれたのだから。彼らと出くわすたびに、いや見ているだけでも、誰かと触れ合ったような感じがした。

硬い殻をもつ甲虫が、飛びながら自分の位置を知らせるように、天井の端に沿ってカツンカツンと繰り返しぶつかった。薄茶色の蛾が白い壁にとまって、木っ端のように見えた。灰色の蛾はクローゼットの中からまっすぐ私に向かって飛んできて、私の眼鏡にとまった。台所に行って床にゴキブリがいれば、そっとまたいで通った。ベッドに横になって本を読んでいると、大きな黒い蛾が水の入ったカップの中に飛びこんで、腹を上にしてぱしゃぱしゃもがきながら輪を描いた。私は読書を続けた。蛾はもがくのをやめてしばらくじっと浮かんでいたが、またぱしゃぱしゃやり出した。やっと私がティッシュでつまみあげてやると、蛾はしばらく休んでから、また電灯や、私の読んでいる本や、私の眼鏡や頬に勢いよくぶつかりだした。蛾を助けたのはもっと私を煩わせてほしかったからだ。だがそれほど疲れを知らず暴れまわった蛾も、そのあとあまり長くは生きなかった。

犬はしょっちゅう部屋にやってきたが、めったに物音をたてないので、最初のうちは気づかなかった。ぴちゃっと湿った音がして顔を上げると、部屋の隅のひんやりしたタイルの上に犬が寝そべって、体についたノミを歯で嚙《しが》んでいる。悲しげな目をした、藁のように黄色い強《こわ》い毛をした犬だった。

生命のない物たちにもしだいに生命が宿り、いつしか私の仲間になった。机の上に落ちて、ときおり吹く風にころころ転がる煙草の灰は、視界の端で走っては止まり、走ってはまた止まる蜘蛛になった。白いページの余白にぽつんと一つ書かれたインクの文字は、ページの上を這うダニの一種だった。頭の上で揺れ動く自分の髪の束さえも、頭皮に向かって歩いていく小さな生き物だった。

独りで過ごす時間が長くなると、やるべきことをどうにかやるだけでは物足りなくなり、いろいろなことをもっと論理的にやる方法についてあれこれ考えた。報酬のシステムを考え、たとえば煙草は夜になるまで吸ってはいけないなどと取り決めた。一日のうち何時間かを、まったく別のことをするための時間に定めたりもした。郵便が来たら、毎日一通ずつ返事を書こうと自分でルールを決めた。だが長続きはしなかった。受け取った手紙のほとんどは返事をせずじまいだった。顔を日に焼くために、日の高いうちに南に向かって歩くようにしようと考えた。だがこれもさして長続きしなかった。厳しい規律というものに憧れがあり、何かが規律の一環だというだけでいいもののように思う私だったが、すぐに規律には飽きてしまった。

やらなければならない必要なことはたくさんあり、必要ではないが役に立つこともいくつかあったが、必要でもなければとりたてて役にも立たないものもあった。たとえばベッドに寝ころがって物を食べながら本を読むなどはそうだった。だがそんなことにも何か意味があるように思えた——役に立ったり必要だったりすることからの、単なる逃避にしかすぎなかったにせよ。

独りでいることには重力のような作用があって、私を漠然とした憂鬱に引きこんだ。物を考えようとしても考えられなかった。頭がつねに無知の状態にあるような気がした。頭の中に何も物が入っていないかのようだった。頭と体がつねに麻痺の状態にある感じがした。何か手段を思いついても、それがいちいち強すぎて行動に移せなかったし、何か行動を起こそうとすれば、それがいちいち無言の批判にあった。

ある夜、寝入りばなに夢を見た。夢の中で私は〈無知〉と〈麻痺〉という二つの名詞をどうするべきか考えていた。見ているうちにそれらは二種類のチーズに変わり、私はそのうちの一方を、他方より味が劣るからという理由で食べなかった。それからまた夢を見た。私は何か危機的な状況におちいって、馬で砂漠を横断しようとするのだが、骨なのかそれとも骨に似た何かなのかが高い帆柱《マスト》の上でカラカラ鳴る音が聞こえた。さらにまた夢を見て、ドアの敷居の前を小さなネズミが死に物狂いで行ったり来たりして、それを懐中電灯の光が執拗に追い回していた。

誰かといっしょにいるときに、何かを訊かれたのに答えられないことがたまにあった。私の中の核となる部分が凍りついてしまっているようだった。それでも脳はちゃんと機能していて、しゃべれずにいる自分を他人事のように冷静に観察していた――答えが言語化できない、息を深く吸えない、舌と唇が動かせない。

ひどいときには言葉の意味も理解できなかった。氷の結晶の中に閉じこめられたように、ただ言葉が宙に浮かんでいるのを眺め、ちりちりと音を立てるのを聞いているだけだった。

このころ、ある友人が手紙をくれた。手紙の最初で、彼は私の名前の前に「親愛なる」という言葉をつけていた。だが何度読んでも「親愛なる」という言葉と自分の名前が頭の中で結びつかなかった。その二つはまるで無関係なもののように思えた。手紙の最後に、彼は「勇気を出して」と書いていた。すると驚いたことに、「勇気を出して」というその文字を見ただけで、それまで影も形もなかった勇気が自分の中に生まれるのがわかった。

私は手紙を封筒にしまい、枕元に置いた。それに目をやるたび、友人の筆跡で書かれた私の名前と住所がくっきりと目に迫って見えた――彼の書き文字が私の名を呼び、私が誰でどこに住んでいるかを繰り返し語りかけ、そうして私を今いる場所に、よりしっかりと根づかせてくれる感じがした。

その手紙を受け取ってから何日かして、夢を見た。友人に助けを求める夢だった。だが夢の中の彼は私を助けられるほど大きくなかった。私と同じくらいの大きさしかなく、体の輪郭を越えて大きくなることはなかった。

・

見知らぬ男が門の外に立って何か訊ね、私は門扉ごしにそれに答えた。礼儀正しく、物腰が柔らかく、魅力的な男性だったが、眼鏡が変だった。スーパーの棚の前で別の男を見かけた。最初の男より若く、スポーティで、やはり魅力的だったが、髪形が変だった。

私は回復のきざしを感じはじめていた。時間の経過とともにさまざまなことが間に入り、壁を築きはじめていた。いくつかの出来事が起こり、時とともに引いていった。新しい習慣が生まれた。日々をとりまく環境が変化した。

すべてが元のままなら、彼が戻ってくる余地がある気がした。すべてが彼が去っていったときのまま変わらなければ、彼の場所も保たれたかもしれなかった。だがもしいろいろなことがある点を越えて変わってしまえば、私の人生の中の彼の場所はしだいに閉じ、彼はもう入ってこられなくなる――あるいは入るにしても、一から新しく入り直さなければならないだろう。

・

最後に彼を見たのはこの時期のどこか、夏のいちばん盛りのころだった。私のガレージに置いてあった荷物を運び出しに来たのだが、今日あらためて思い出してみると少し記憶がちがってきている。彼は門を抜けてテラスに上がってきた、汗もかいていた、立ち止まって私たちとしばらく話をしたし、水を一杯もらってもいいかと訊ねもした。だが今にして思うと、彼が本当に気安い親しげな様子だったかどうか、よくわからなくなってくる。もしかしたらもう一人の女がいたせいで、あるいは私がいたせいで、もしくはその両方からじっと見つめられていたせいで、彼は緊張していたかもしれない。無理に笑顔をつくり、しゃべり方もぎこちなかったかもしれない。私にいま思い出せるのは、彼が私のガレージから友人のガレージに荷物を移したこと、そしてその友人の心づもりよりずいぶん長く荷物をそのままにしていたと後で聞いたことだけだ。

最初は彼が私をそんなふうに、つまり年上の女二人のうちの一人として見たことが悲しかった。それが彼が私を見た最後だったと気づいたあとは、よけいにそう思った。だが考えてみれば、彼は年上の女であれ年下の女であれ、どんなタイプの女だろうと関係なしに愛したのだった。たるみのないつるりとした肌や、細い腰や、完璧に丸く張りのある乳房も愛したが、大きな尻や、重たげに垂れた乳房や、小さく平たい乳房、むっちりとした腕、太いふくらはぎや腿、ごつごつした膝小僧、顎の下や頬のたるみ、首の皺や目尻の皺、朝の寝不足の顔も同じように愛した。その女だけがもつ体のパーツの一つひとつが、それが愛する女のものであれば、彼にとってはかけがえのないものになった。持ち主にとってよりも大切なものだった。

・

夏が過ぎていくあいだにいろいろな人が家に来て、数日とか一週間とか滞在しては、また帰っていった。どの時もマデリンは、お客を二、三日泊めるから、としか説明しなかったと思う。だが静かな暮らしが破られることはなかった。私たちが騒音を好まないことをマデリンがあらかじめ彼らに言っておいたのか、それとももともとひっそりとした人たちだったのか、ともかくも彼らは忍び足で部屋から部屋へ移動し、鍋のふたをそっと開け閉めし、ささやくような声で話した。なかでもいちばん静かだったのは、長い衣をまとった、ある種の仏教徒の太った女だった。動作もゆっくりなら話すのもゆっくり、誰かから何か言われれば、返事をするのもゆっくりだった。いつも流しで米を洗ったあと、それを外に運んで日干ししていた。なぜそんなことをするのかと私が訊ねると、わからない、そうするものだと教わったから、と答えた。

人々が出入りしているあいだ、マデリンはしょっちゅう怒っていた。何か特定のことで怒っていたのかそうでないのかはわからなかった。真昼の暑い盛りにオーブンに火を入れてサツマイモを焼き、一時間か二時間のあいだ台所がおそろしく暑くなり、家じゅうが甘い匂いになったこともあった。自分の鍋やフライパンやボウルを誰にもわからない場所に隠してしまい、みんなが帰るまで部屋にこもって出てこないこともあった。

・

彼の消息をまったく聞かないまま何か月かが過ぎた。私は相変わらずガソリンスタンドの前を通りかかると中をのぞきこんだ。もう彼がそこにいないとわかっていても、もしかしたら彼か彼の車を見かけるかもしれないと思った。やがて小型テントとその中に置いてあったものが一切合切盗まれてしまい、彼とガールフレンドは友人たちの家に身を寄せたが、しばらくするとその友人たちからも出ていくように言われたという話を聞いた。今は街なかの繁華街に住んで、彼は波止場でウニを箱詰めする夜勤の仕事をしているらしかった。

真夜中に車を走らせて波止場まで彼を探しに行くところを私は想像した。きっと彼は汗にまみれ、荷詰めをしたり木箱を担いだりしているだろう。その背後で海は黒く、彼の周りで倉庫は暗くたたずみ、桟橋や係留した漁船の上で投光照明が皓々と輝き、海の上にもはぐれたような光が点々と灯っているだろう。磯の強い香りや死んだ魚や油の匂いがむっと鼻をつくだろう。

彼が私と話をするために歩いていくと、他の男たちは手を止めて私たちを見る。彼は疲れて無愛想だ。途中で邪魔が入ったせいで夜の労働がよけいに長く感じられることに腹を立てているのかもしれないし、私にこの仕事を見られて恥じているのかもしれないし、女が訪ねてきたのを他の男たちに見られてばつが悪いのかもしれない。それとも単調な労働の合間に息抜きができることや、真夜中の仕事の合間に思いがけず誰かと話せることを喜ぶだろうか。他の男たちに対して得意な気分になるだろうか。

彼が街に住んでいることがわかったので電話番号を調べようとしたが、彼は電話を持っていないようだった。もしかしたら料金を滞納しているのかもしれなかった。というのも、ちょうどそのころ電話会社の女性が何度か私のところに電話をかけてきて、彼の連絡先を知らないかと聞いてきたことがあったからだ。いつも驚くほど丁寧で、話のわかる感じの女性だった。たぶん彼が保証人に私の名前を書いたにちがいなかった。私も丁寧に、居場所は知らないと答えた。あとで聞いた話では、彼は前の電話の料金を未払いにしたままガールフレンドの名義で別の電話会社と契約したが、けっきょくその料金も払えなかったらしい。

それから商船がどうのという話を聞き、皿洗いの仕事がどうのという話も聞いた。雑誌を創刊したという話を聞き、それから北のほうに移ってまた職を探しはじめたという話を聞いた。私はそうした不連続な情報を貪欲に蒐集しては、すでに知っている情報につけ加えた。情報のあるものは中立的で、わりあい直接的なルートでもたらされた。あるものは嫌な内容で、めぐりめぐって私のもとに届いた。彼に侮辱された女から、彼を憎んでいる別の女に伝えられ、そこからさらに彼に困惑し失望させられた別の女に伝えられ、そこから私に伝えられる、といった具合に。私はつねに彼の人生の物語の次なる展開を知りたがり、その結末を想像した。嫌な話を聞くと悪い結末を想像した。私は刑務所に彼を訪ねて行くことになるのだろうか？

そういった消息は、すべて私が東部に戻る前に聞いたものだ。エリーもまだ東部に戻っていなかったが、戻ったのは彼女のほうが先だった。彼が結婚したことを教えてくれたのもエリーだった。ラスヴェガスで結婚したらしい、と彼女は言った。相手の女性の兄が図書館のエリーの近くで働いていて、その人物から聞いたのだそうだ。それを聞いた夕方、私はコートを着たまま図書館の長テーブルに座り、本の山を自分の前に置いて彼女の仕事が終わるのを待っていた。そこは錠のかかった鉄格子の奥にある稀覯本《きこうぼん》セクションだった。エリーは私の向かいに別の本の山を置いて座っていた。部屋の一方には大きなガラス窓があり、カーテンは閉まっていたが、開いていればそこからは裏手の小さな谷が望めるはずだった。

その話を私にしたあと、エリーは本の山ごしに私を見て、ショックかと訊いた。最初は自分でもよくわからなかったが、エリーに説明しようとするうちに、だんだん自分の気持ちが見えてきた。彼がどうなろうと知ったことではない、彼と私はもう無関係なのだ、という気持ちがいっぽうではあった。だが彼の噂話を聞くたびに胸が痛むのは、彼がもはや他の人たちから噂話を聞くだけの存在になってしまったと気づかされるからであり、どんなに自分では彼について何もかも知っているのだと、私の知らないことは存在しないのだと――私が知っている以外の彼は存在しないのだと――思おうとしても、やっぱり彼について私の知らないことはたくさんあることに気づかされてしまうからだった。

私たちが話しているあいだにも、その女の兄、今では彼の義理の兄となった人物が、錠つきの鉄格子のすぐ外で本を棚に並べていた。何度も行ったり来たりし、本棚の向こうに消えたかと思うと、小さな本の山を抱えたり台車を押したりしてまた戻ってきて、合間に同僚と話をしたり、通りすがりの誰かの質問に答えたりしていた。彼が姿を見せるたびに、私は黒いズボンに白いシャツの彼の姿をじっと見つめた。

その後エリーといっしょにエレベーターに向かう途中、デスクに寄りかかって電話で話をしている彼の横を通りすぎた。私はまたしても見えるかぎりの彼を――彼の体と横顔を――目に納めた。まるで彼についてできるだけ多くのことを知れば、それで何かが変わるとでもいうように。私は彼と自分を結ぶ縁のようなものをひしひしと感じたが、もし彼が振り向いて私を見たとしても、彼の目には見知らぬ一人の女が映るだけだった。

だが、けっきょくこの結婚で私の何かが変わるということはなかった。私は相変わらず彼のことを考え、彼の姿を求め、彼を探しつづけた――意識のほんの一部を使って、頭の他の部分は彼とはまったく無関係なことに働かせながらではあったにせよ。彼を探すことがすっかり生活の一部になってしまっていたからなのか、それとも彼なら私のガレージに住まわせてくれと言ってきた時と同じ気安さで、自分の都合次第で誰かと結婚するぐらいのことはするだろうと考えていたからなのか、それはわからないが。

また春が巡ってきて、彼が例のフランス語の詩を送ってきて、それで初めて私は、彼も私が知らないところで私のことを考えていたのだということを知った。

•

いろいろな変化があり、時間が経つにつれ、さらにいろいろな変化があった。例の若猫は仔を産んだ。産まれた仔猫をマデリンはクローゼットの中で飼った。みなノミにたかられて弱々しく、マデリンが可愛がって世話を焼いたものの、正しいやり方を知らなかったのか、それとも知っていてやらなかったのか、ほとんどは小さいうちに死んでしまった。私たちは仔猫を一匹また一匹と庭に埋葬した。家の脇に立っている大きな松の根元の赤土の中が彼らの墓だった。マデリンが家を出たあとも母猫は残ったが、屋外で野良同然に暮らし、近隣の住民から餌をもらっていた。

私たちは家を立ち退《の》くことになった。持ち主の婦人が家を改築して、義理の子供たちの家族といっしょに住むことに決めたからだ。私はマデリンより先に引き払って、軍隊の宿舎のような学生カップル向けの共同住宅に移った。そこでは匂いがちがっていた、音もちがっていた。近くに、開けた田園地帯と峡谷があった。峡谷の斜面はセージで覆われ、上空にはカラスが飛び、谷底には黄色のブルドーザーが一台ぽつんと置いてあった。峡谷から屋内に戻ると肌にはセージの匂いが移り、服にも爪のあいだにも黄色い土埃が入りこんでいた。黄色い土は室内にもうっすら積もり、フロアマットの藁のような匂いを放った。峡谷でカラスが鳴き交わし、近所のテニスコートからはポコンポコンとボールを打つ音に混じって、プレーヤーたちがかけあう声が聞こえた。壁ごしに、両隣の家族のたてる物音や話し声が聞こえた。か細い蚊の羽音のようなオペラの切れ端、水音、そして切れめなく続く拍手のような音。浴室で聞こえる、ささやくような、あるいは呻くような声。吹き降りの日には平たい屋根に雨粒が叩きつけられ、水の中を小石が転がる音がした。この部屋には数か月間住んだ。

家を出たあと、マデリンはいくつもの家やコテージを転々とした。留守宅の番をしたり、管理人のようなことをしていたようだ。私が東部に戻ったあとマデリンから届いた最初の何通かの手紙には、今はどこにも住んでいないと書いてあったが、どういう意味なのかはわからなかった。返事の宛て先はいつも同じ私書箱番号だった。一度だけ訪ねていったとき、彼女は私たちのもといた町の丘の上に建つ、同じように大きくて美しい家に住んでいた。すでにかなりの年寄りだった犬は、その家で死んだ。マデリンは手紙でそのことに触れ、犬の魂はいつも自分のそばにいる、と書いた。

マデリンが出ていったあと、家は増築された。彼女は何通かの手紙で、あのきれいだったクラッスラの茂みが伐られてしまったと怒った調子で繰り返した。あるときの手紙には、彼女が手作りしたネックレスの写真が同封してあった。自分でそのネックレスを着けている写真で、肩は見えたが、顔から上は切り取られていた。マデリンはその手紙の中で、またあの猫といっしょに暮らすようになった、でもこの猫のことは好きではない、猫はみんな好きになれない、と書いていた。私が顔も映っている写真がほしいと書くと、三枚送ってきたが、どの写真も猫を両手で抱き上げて、カメラに向かって突き出すようなポーズだった。猫は不機嫌そうだったが、ずいぶん体が大きくなっていた。

電話会社がよく私のところに電話をかけてきていたころ、かつて競馬場やフェア会場のほうに行くのにいつも通っていた古い細い橋の横に、新しい幅広の橋が架けられた。新しい橋が完成して開通すると古い橋は閉鎖になり、やがて解体され撤去された。もうあと二、三年もすれば、かつてそこに古い橋があったことすら誰も覚えていないだろうと私は思った。そしていずれ干潟にも住宅が建つだろうが、そうなればそこに茶色くて泥だらけの干潟があったことも、フェアの期間中はみんながそこに車を停め、車が轍《わだち》をがたごと踏み越えていったことも、きっともう誰一人覚えていないだろう。

•

私が彼を最後に誘ったパーティを開いた友人たちは、その後ほどなくして引っ越してしまった。

だから私がまるで今そこにいるかのように何度も繰り返し生々しく思い返してきたあの場所は――パーティの開かれていた居間も、彼とガールフレンドが現れるのではないかと私がずっと見張っていた玄関のドアも――すでに見知らぬ住人の手に渡り、私の想像の届かないものに変わってしまった。この人たちに限らず、私が当時あの地で知っていた友人たちは、みんなあの街と近隣の町から、あるいはそのとき住んでいた家から、引っ越してしまった。何人かはそれきり訪ねていっていないので、彼らの懐かしい顔を思い浮かべるときは、見たことのない部屋の中に置いてみるしかない。

私がパーティのあいだじゅう居間で彼が現れるのを待っていた家と、それより何か月か前に、彼の朗読の後に行った別のガーデンパーティで、庭にライムの木があって頭上を飛行機が飛んでいた家とは、じつは同じものだ。けれどもその二つのパーティは時期も私の気分もかけ離れていたので、同じ場所で起こったことだとはどうしても思うことができない。ガーデンパーティのとき、彼と私は家の横の門を通って、家には入らず直接庭に行った。ビールのお代わりを取りに中に入るときは、木の階段を何段か上がって勝手口から入り、冷蔵庫のあるキッチンまで行った。だがそのキッチンで思い出すことの大半は、そのパーティの夜ではなく別の日に同じ家に行ったときのこと、冷蔵庫に別のビールを取りに行ったり、キッチンペーパーを探して見つからなかったり、すでに鍋や皿でいっぱいのシンクでレタスを洗ったりした思い出だ。ガーデンパーティの日は私も彼もダイニングには入らなかったが、そのダイニングはまた別の記憶につながっている――ある夜、あるいはそれはべつべつの二つの夜だったのかもしれないが、大きなダイニングテーブルで何かの言葉遊びをしたこと、そして誕生パーティの最中にそのテーブルの脚がとつぜん一本折れ、ケーキがあやうく滑り落ちそうになったか、本当に滑り落ちてしまったこと。

こうした記憶は正しいこともあれば、まちがっていることもあるのだろう。別の部屋にあるはずのテーブルがそこにあって、何度元に戻してもまたその場所にきてしまったり、本棚が消えて別の本棚にすり替わっていたり、あるはずのない場所に電灯がともっていたり、シンクが本来の位置から一フィートずれていたり。ある記憶の中では、部屋を二倍の広さにするために壁がまるごと取り払われていたりする。だがどんなときでも、戸棚やカウンターの上に置いてあった食べ物や、騒々しい話し声や、視界の隅を横切っていくぼんやりとした人影などは変わることがない。

彼をそのパーティに誘ったのは私ではないと彼は言うかもしれない。自分はパーティの主催者からじかに誘われたのだと言うかもしれない。ガールフレンドといっしょに来るべきでないなどと私の口から言うのはおこがましいことだ、けっきょく行かないことにしたのは私の気持ちを斟酌《しんしゃく》しただけだ、と。

彼の言うとおりなのかもしれない。私の記憶がまちがっているのかもしれない。私はこの話をできるだけ正確に語ろうと努力してきたが、ある部分はまちがっているだろうし、意図的にせようっかりにせよ、何かを言い落としたり付け加えたりしたこともたしかにあった。彼から見ればこの話は、事実関係も、それへの私の解釈も、嘘だらけということになるのかもしれない。だが結局のところ物事は、私の目で見たことと彼の目で見たこと、そして他の人々の目で（仮に彼らが見たとして）見たことの、どれかでしかない。それでもきっと一握りの人々は何かを覚えていて、私に水を向けられれば、まったくちがう観点からそれについて語ってくれるだろう。もしかしたら私が忘れてしまっていた恐ろしい、あるいはとてつもない事実が発覚して、今まで書いたことを何もかも、少しずつにせよ訂正しなければならなくなるかもしれない――もっとも今となってはもう遅すぎるのだけれど。

私はときに矛盾することも書いている。彼は私に心を開いていたと書き、心を閉ざしていたと書いている。私といるとき無口だったと書き、口数が多かったと書いている。謙虚だったと書き、傲慢だったと書いている。彼のことはわかっていたと書き、彼が理解できなかったと書いている。自分は四六時中だれかと会っていたと書き、つねに独りだったと書いている。いつもせっかちに動きまわっていたと書き、ずっとベッドに寝て動くのもおっくうだったと書いている。それらすべてがそのときどきで真実だったのかもしれず、現在の気分しだいで思い出す中身まで変わってしまうのかもしれない。

・

この小説はこれで終わりだと言うためには、まずこれを誰かに見せなければならないだろう。エリーかもしれない、たとえ彼女が話の顚末を大部分知っているにせよ。ヴィンセントにも見せるつもりだが、それは誰か他の人に見せて、その人がこれで終わりだと言ったあとだ。だが誰かに見せる前に、まず私自身がこれで終わりだと思わないといけない。それに、見せる前にはまずあらかじめこの小説の弱点はどこなのか考えて、心の準備をしなければならないだろう。

誰に見せるつもりかとヴィンセントに訊かれて、私が何人かの名前を挙げると、彼は「男には見せないの？」と言った。意図的に男性を除外したつもりはなかったので、私はもう一人つけ加えた。

・

彼の消息を最後に聞いたのは今から何か月か前、エリーからだった。彼が上等の服を着て、あるいはすくなくともきちんとした身なりで、あの街にいる私たちの共通の友人の職場を予告なしに訪ねてきたそうだ。彼が訪ねてきた理由が何だったかは思い出せない。エリーは知っていてそれを私にも言ったのだったか、エリーも知らなかったのか。おそらく何らかの頼みごと、何かをしてほしいとか何かを教えてほしいとか、そんなことだったのだろう。彼はそのときホテルで働いていた。

エリーも今は南西部に移ってしまったので、これから共通の友人との接点は少なくなるだろうし、そうなると私が彼の消息を聞く機会も少なくなるだろう。

寝室の窓から、裏庭の向こうの山の頂《いただき》に太陽がかかっているのが見える。もし彼も大陸のこちら側にいるのなら、たいていの仕事が終わるこの五時という時刻に、彼も一日の仕事を終えていることだろう。あるいは何か他のこと、たとえば一日じゅう部屋で本を読むとか、そんなことを切り上げようとしているだろうか。出かける支度をして、あちら側の街よりもずっと古びた東部の街を散策しに出ようとしているところだろうか。

もちろん彼は反対側にいるかもしれない。けれども向こうは今ごろ午後の二時で、二時は私が一日でいちばん嫌いな時間だというだけの理由で、彼は何となく向こうにはいないような気がしてしまうのだ。

・　・

あの苦い紅茶はまだ冒頭に置いたままなのに、それが——彼の最後の住所を探して長時間歩きまわり、疲れはてて座りこんだ書店で渡されたあの一杯の紅茶が——話の終わりだと言うのはおかしいのかもしれない。それでも私はやはりそれが終わりだと感じているし、今はその理由もわかる気がする。

だがその前に、ずっと心にかかっている質問を私は自分に向けなければいけない。私は本当にあのときのことを正確に覚えているのだろうか。私はあの時あの場で書店員の表情を見て、それで浮浪者と勘違いされたと感じたのだろうか、そして後日その感じを自分の中で言語化したのだろうか。それとも、あとになって記憶の中から書店員の顔を探し出して眺めなおし、ついで彼の全体を——カウンターの向こうでほとんど身じろぎもせず、わずかに前かがみになって困惑の表情を顔に浮かべていた彼の全体を——眺めなおしたのだろうか。そして私は彼の顔を記憶の中から引っぱり出してきたのだろうか、それとも自分が記憶の中に入っていって、彼の顔の前に立って観察したのだろうか。たぶんその場で彼の表情から読み取ったよりも、あとで読み取ったことのほうが多いのだろうと思うのは、後づけの情報のほうが多いからだ——たとえば、彼が紅茶をもってきてくれたのは私に同情したからだとか、だから困惑の表情の裏で彼は私に同情を感じていた、あるいは感じはじめていたのだ、とか。

話はその後も続いたにもかかわらず、書店でもらった紅茶が話の終わりだと思う理由の一つは、私がその時を境に彼を探すのをやめたからだ。その後も、あの角を曲がれば彼がいるかもしれないと考えることはあったし、何度か彼の消息を聞きもしたが、電話や手紙で彼と連絡を取ろうとは、あれきり二度と思わなくなった。

もう一つ、たぶんもっと大きな理由はこうだ。見ず知らずの他人が私の疲れを癒すために与えてくれたあの紅茶は、私の苦悩を知る由もない誰かによる単なる親切だったという以上に、ある種の儀式的行為だった。儀式の必要性があったところに差し出されたことで、一杯の紅茶は儀式的行為になったのだ。それがカップの縁から紙のタブが垂れ下がった安物の苦い紅茶であってもかまわなかった。この話には、これまでにあまりにも多くの終わりがあり、そのどれもが何ひとつ終わらせず、逆に何かを、話に結実しない何かを続けていくばかりだったので、私には話を終わらせるための儀式が必要だったのだ。

訳者あとがき

本書は、アメリカの作家リディア・デイヴィス Lydia Davis の長編小説 *The End of the Story* の翻訳である。『ほとんど記憶のない女』をはじめ、一つの作品がわずか一、二行しかなかったり、質疑応答の質問がなく答えだけが並んでいたり、最初から最後までしゃっくりで中断される独白形式があったりと、いっぷう変わった短編の書き手として知られるデイヴィスの、これが今のところ唯一の長編小説である。

女が男と出会う。女は三十代半ばで、西部のとある街に大学教師として赴任してきたばかり。男はその大学の学生で、女より十二歳若い。女は男と出会ってすぐに心を惹かれ、その日のうちに恋人同士となる。だが幸福は長くは続かない。二人の間にしだいに冷ややかなものが忍びこみはじめ、溝は修復できないまでに広がり、やがて苦い結末が訪れる。

男と別れて何年も経ってから、女はその数か月間の出来事を記憶の中から掘り起こし、できるかぎり詳細に、かつての恋愛の一部始終を再現しようと試みる。いくつもの情景。交わされた言葉。彼の顔。彼の声。自分の感情。自分の言葉。何が、いつ、どこで、どういう順序で起こったか。だが記憶はそこここでぼやけ、歪み、欠落し、捏造される。正確に記そうとすればするほど事実は指先からこぼれ落ち、物語に嵌《は》めこまれるのを拒む。

するとその物語のところどころに、別の声をもつ断章が紛れこみはじめる。こちらの語り手は小説家で、自分の過去の恋愛体験を元に一人称の小説を書いている。どうやら先に出てきた女の語り手は、この小説家の分身であるらしい。小説家は自分をとりまく日常を点描しながら——彼女の住む東部の町の風景、夫と交わす会話、同居する夫の老父の介護問題、並行して進めている翻訳の仕事、等々——小説の執筆をとりまく諸問題についても語っていく。何を書き、何を除外するべきか。時系列で書くべきか否か。登場人物の名前をどうするか。現在形がいいのかそれとも過去形か。そもそも一向に完成しないこの小説を書きつづけるべきなのか、いっそ見切りをつけて別のものに着手するべきなのか……。

かくして映画の本編の合間にそのメイキング映像が差し挟まれるように、読者は小説の中の〈私〉といっしょに過去の恋愛をつぶさに追体験しながら、同時にそれを書く小説家の執筆の行為までも追体験することになる。

ここには何人もの〈私〉が登場する。小説の中で実際に恋愛を体験している〈私〉と、それについて語っている〈私〉、その小説を書いている小説家の〈私〉、さらにはその枠組みのもう一つ外にいるはずの〈私〉——つまりはこの本の作者であるリディア・デイヴィス。読み手は幾重もの〈私〉の森の中に迷いこんで、いったいこれはフィクションなのかノンフィクションなのか、小説なのかエッセイなのか、自分がいったいどこに立ってこれを読んでいるのか、わからなくなってくる。そして書かれたものとそのプロセスを同時に見せられることで、読みながら書き手の頭の中を覗きこんでいるような、読みながら書いているような、そして「読んでいる自分」や「書いている自分」についても読んでいるような、奇妙に不安定で生々しい気持ちにさせられる。

このような形式をとった理由について、作者であるデイヴィスはあるインタビューでこう語っている。

「いまにして思うと、私はこの小説を、誰かが考えていることをリアルタイムで読ませるようなものにしたかったのだと思います。……頭の中で起こっていることを完璧に再現することで、読む人が読みながら自分もその考えを考えているような気持ちになる、そんな小説にしたかった。そしてオーソドックスな小説の決まりごとに従っていたのでは、それは実現できなかっただろうと思います」。さらにこうも言っている――「この小説に執筆のプロセスまで入れたのは、一つには、どんな小説も完成された状態で生まれるのではない、と伝えたかったからです。（中略）べつにポストモダンとか前衛風を狙ったわけではなく、読者に直接働きかけ、読者を作品に巻きこみたかったのです」。

リディア・デイヴィスの書く文章は、そっけないほどに無駄がなく、淡々として、無機質ですらある。思考がそのまま結晶したような硬質で純度の高い言葉が、どこまでも均一に並んでいる。それでいて彼女の文章はとても音楽的で、強く五感に訴えてくる。じっさい読み終わって振り返ってみると、ユーカリの強い香気や、紅茶の苦い味や、夜中に聞こえてくる波の音や、風に吹かれて転がっていく花の赤などが、思いがけない生々しさでよみがえってくる。

感情もドラマも徹底的に排除された文章。内面の動きと日常の風景とが、完璧に等価なものとして描かれる。だがその強い抑制こそが、逆に書かれなかったものの存在を浮かび上がらせる。ひんやりとした語りの向こうに、生身の情念が透けて見える気がする。だから、ただひたすら日常の風物を淡々と写し取るような場面が、時に激しく胸を衝《つ》く。

その冷徹なまでにフラットな語り口は、作者自身の分身である主人公に向けられるとき、一段と凄味を増す。たとえばこんな文章――

自分が他の男と会うのはいいくせに、彼には他の女と会ってほしくなかった。私が他の男と会うのがいいのは、それが私を傷つけないからで、私は自分を傷つけるかもしれないものからは逃げ、自分に快楽を与えてくれそうなものを追い求めていた。

ことに物語の終盤、男に捨てられた〈私〉が彼への執着を断ち切れず、ほとんどストーカーすれすれの危ない人と成り果てるあたりなどは、冷静な語りと、語られている内容の痛々しさとのギャップに、いっそ突き抜けたユーモアさえ生じている。じっさいこの本を読んでいると、思わず吹き出したり、口の端でにやりと笑ったりすることが幾度となくある。そして、このポーカーフェイスのコメディエンヌぶりこそが、リディア・デイヴィスという作家の最大の魅力ではないかと思うのだ。

リディア・デイヴィスは一九四七年、マサチューセッツ州ノーサンプトンで、大学教授の父と作家の母の間に生まれた。幼少期から十代にかけてオーストリア、アルゼンチンで暮らし、大学卒業後はフランス文学の翻訳で生計を立てつつ、アイルランドやフランスで暮らした。帰国後はカリフォルニア大学サンディエゴ校などで長く教鞭を執り、『ニューヨーカー』『ハーパーズ』『マクスウィーニーズ』などの雑誌に作品を発表しつづけている。現在までに五冊の著作があるが、『ほとんど記憶のない女』(岸本佐知子訳、白水社)をはじめ、本書をのぞく四冊がすべて短編集である。(ちなみに残る短編集の翻訳も、*Break It Down*〔『分解する』〕と *Samuel Johnson Is Indignant*〔『サミュエル・ジョンソンが怒っている』〕が作品社から、*Varieties of Disturbance*〔『それぞれの不愉快』〕は白水社から、岸本訳で出版される予定である。)

九〇年代にグッゲンハイム賞、ラナン文学賞などを受賞した彼女は、二〇〇三年にはマッカーサー賞(別名〝天才賞《ジーニアス》〟とも呼ばれ、五十万ドルの助成金が授与される)を受賞、二〇〇七年には短編集*Varieties of Disturbance*が全米図書賞の最終候補にもなった。近年では、たとえばタオ・リンがブログで「『話の終わり』を五度読んだ」と告白したり、ミランダ・ジュライが「最も影響を受けた、いや受けたい作家」としてデイヴィスの名前を挙げるなど、若い作家たちのあいだに信奉者が増えている。

そのいっぽう、デイヴィスはフランス文学の翻訳家としても知られ、モーリス・ブランショ、ミシェル・レリス、ミシェル・ビュトールといった重要な作家の翻訳を数多く手がけている。最近ではプルースト『失われた時を求めて』の第一巻『スワン家の方へ』の八十年ぶりの新訳を手がけて高い評価を受け、今年の九月にはフロベールの『ボヴァリー夫人』の新訳を二年がかりで完成させて、こちらも話題になっている。

最後になってしまったが、この本を訳すにあたっては、多くの方々のお世話になった。訳出上の疑問点に一つひとつ答えてくださったジェームズ・ファーナーさん、満谷マーガレットさん。訳文を丁寧にチェックしてくださり有益な助言をしてくださった、平田紀之さんと作品社の青木誠也さん。どうもありがとうございました。

二〇一〇年十一月

岸本佐知子

Uブックス版に寄せて

翻訳の仕事をしていると、たまに「自分が今までに訳したものの中で一冊だけ自分が書いたことにできるなら何か」と質問されることがある。そんなとき、私はいつだって「『話の終わり』!」と即答してきた。それくらい私にとっては愛着の深い作品だ。ここにはリディア・デイヴィスという作家の魅力と特異性がすべて詰まっている。恋愛の顚末や、それを書くことをめぐる想念もさることながら、私の心に深く刻まれたのは何気ない風景や日常の一コマの描写の数々だ。夜をこめて鳴くモッキンバードの歌声や、地面を転がっていく赤い花の記述を訳しながら、なぜこの文章にこんなに激しく心を揺さぶられるのだろうと感嘆したのを昨日のことのように思い出すし、読むたびあらたに感嘆する。

このすばらしい小説が、Uブックスという形でふたたび手に取れるようになったことを心の底からうれしく思う。一人でも多くの読者にこの感動が伝わることを願ってやまない。

Uブックス化にあたって丁寧に作業をすすめてくださった白水社の栗本麻央さん、本作をはじめリディア・デイヴィスの『分解する』『サミュエル・ジョンソンが怒っている』についてもUブックスに再録することを快諾してくださった作品社の青木誠也さんに、この場を借りてお礼を申し上げます。

二〇二二年十一月

岸本佐知子

著者紹介
リディア・デイヴィス（Lydia Davis）
1947年マサチューセッツ州生まれ、ニューヨーク州在住。著書に『ほとんど記憶のない女』（白水Uブックス）、『分解する』『サミュエル・ジョンソンが怒っている』（白水Uブックス近刊）など。ビュトール、ブランショ、レリスなどフランス文学の翻訳家としても知られ、プルースト『失われた時を求めて』第一巻『スワン家の方へ』の新訳の功績により、2003年にフランス政府から芸術文化勲章シュヴァリエを授与されたほか、2010年にはフロベール『ボヴァリー夫人』の新訳を5年がかりで完成させた。2003年にはマッカーサー賞、2013年には国際ブッカー賞を受賞している。

訳者略歴
岸本佐知子（きしもと・さちこ）
上智大学文学部英文学科卒。翻訳家。訳書にL・ベルリン『掃除婦のための手引き書』『すべての月、すべての年』、L・デイヴィス『ほとんど記憶のない女』、M・ジュライ『いちばんここに似合う人』、G・ソーンダーズ『十二月の十日』、J・ウィンターソン『灯台守の話』、S・ミルハウザー『エドウィン・マルハウス』、N・ベイカー『中二階』『もしもし』、T・ジョーンズ『拳闘士の休息』、S・タン『内なる町から来た話』など。編訳書に『変愛小説集』『居心地の悪い部屋』など。著書に『気になる部分』『ねにもつタイプ』（講談社エッセイ賞）『死ぬまでに行きたい海』などがある。

本書は2010年に作品社より刊行された。

白水uブックス　245

話の終わり

著　者　リディア・デイヴィス
訳　者 © 岸本佐知子
発行者　岩堀雅己
発行所　株式会社 白水社
東京都千代田区神田小川町 3-24
振替　00190-5-33228　〒 101-0052
電話（03）3291-7811（営業部）
（03）3291-7821（編集部）
www.hakusuisha.co.jp

2023年 1 月 10 日　第 1 刷発行
2023年 2 月 10 日　第 3 刷発行
本文印刷　株式会社精興社
表紙印刷　クリエイティブ弥那
製　　本　加瀬製本
Printed in Japan

ISBN978-4-560-07245-5

乱丁・落丁本は送料小社負担にてお取り替えいたします。

白水uブックス

ほとんど記憶のない女

■リディア・デイヴィス 著／岸本佐知子 訳

「とても鋭い知性の持ち主だが、ほとんど記憶のない女がいた」わずか数行の超短篇から私小説・旅行記まで、「アメリカ小説界の静かな巨人」による知的で奇妙な五一の傑作短篇集。

分解する

■リディア・デイヴィス 著／岸本佐知子 訳

リディア・デイヴィスのデビュー短篇集。言葉と自在に戯れるその作風はすでに顕在。小説、伝記、詩、寓話、回想録、エッセイ……長さもスタイルも雰囲気も多様、つねに意識的で批評的な全三四篇。